MORTES-EAUX

Les corps de deux pêcheurs de palourdes sont retrouvés à Pellestrina, petite île située en face de Venise. Leur bateau a été réduit en miettes et les pêcheurs sauvagement assassinés. Le commissaire Brunetti est dépêché sur les lieux et commence à interroger les habitants de l'île. Mais les langues ne se délient pas aisément dans ce coin reculé de la lagune. Brunetti n'apprend rien de possibles témoins, sinon que les deux pêcheurs n'étaient guère appréciés. Mais de là à les tuer...

Face à l'omerta des insulaires, Brunetti se résout à envoyer sur place une «enquêtrice» peu habituée à ce genre de travail. Il s'agit de sa secrétaire, la signora Elettra, qui a de la famille dans l'île, et qu'il charge d'infiltrer la petite communauté en quête d'informations. Mais Brunetti n'a pas prévu deux événements: d'une part, que Elettra tombe amoureuse de Carlo, un séduisant pêcheur au passé trouble, d'autre part, qu'un troisième meurtre puisse être commis...

Il se retrouve alors déchiré entre son désir de démasquer le coupable, son inquiétude pour Elettra et les sentiments quelque peu ambigus qu'il nourrit pour elle... Le commissaire serait-il jaloux?

Donna Leon est née en 1942 dans le New Jersey et vit à Venise depuis plus de vingt ans. Elle enseigne la littérature dans une base de l'armée américaine située près de la Cité des Doges. Son premier roman, Mort à la Fenice, *a été couronné par le prestigieux prix japonais Suntory, qui récompense les meilleurs suspenses.*

DU MÊME AUTEUR

Mort à la Fenice
*Calmann-Lévy, 1997
et « Points », n° P514*

Mort en terre étrangère
*Calmann-Lévy, 1997
et « Points », n° P572*

Un Vénitien anonyme
*Calmann-Lévy, 1998
et « Points », n° P618*

Le Prix de la chair
*Calmann-Lévy, 1998
et « Points », n° P686*

Entre deux eaux
*Calmann-Lévy, 1999
et « Points », n° P734*

Péchés mortels
*Calmann-Lévy, 2000
et « Points », n° P859*

Noblesse oblige
*Calmann-Lévy, 2001
et « Points », n° P990*

L'Affaire Paola
*Calmann-Lévy, 2002
et « Points », n° P1089*

Des amis haut placés
*Calmann-Lévy, 2003
et « Points », n° P1225*

Une question d'honneur
Calmann-Lévy, 2005

Donna Leon

MORTES-EAUX

ROMAN

Traduit de l'anglais (États-Unis)
par William Olivier Desmond

Calmann-Lévy

TEXTE INTÉGRAL

TITRE ORIGINAL
A Sea of Troubles

Éditeur original : William Heinemann, UK, 2001
© Donna Leon et Diogenes Verlag AG, Zurich, 2001

ISBN 2-02-059345-9
(ISBN 2-7021-3472-6, 1ʳᵉ publication)

© Calmann-Lévy, 2004, pour la traduction française

Le Code de la propriété intellectuelle interdit les copies ou reproductions destinées à une
utilisation collective. Toute représentation ou reproduction intégrale ou partielle faite par quelque
procédé que ce soit, sans le consentement de l'auteur ou de ses ayants cause, est illicite et constitue
une contrefaçon sanctionnée par les articles L.335-2 et suivants du Code de la propriété intellectuelle.

www.seuil.com

Pour Rudolf C. Bettschart et Daniel Keel

Soave sia il vento
Tranquilla sia l'onda
Ed ogni elemento
Benigno risponsa
Ai vostri desir

Que douce soit la brise
Calmes les vagues
Et que tous les éléments
Répondent favorablement
À vos désirs

MOZART, *Così fan tutte*

1

Pellestrina est une péninsule de sable longue et étroite qui, avec le temps, est devenue une terre habitable. Orientée nord-sud et allant de San Pietro in Volta à Ca'Roman, elle s'étend sur environ dix kilomètres, mais ne fait jamais plus de deux cents mètres de large. À l'est, elle donne sur l'Adriatique aux humeurs souvent orageuses ; mais l'ouest, face à la lagune de Venise, est protégé du vent, des tempêtes et des vagues. Le sol sablonneux est peu fertile, et si les habitants de Pellestrina sèment, ils ne récoltent guère. Ce qui ne change pas grand-chose pour eux ; d'ailleurs, la plupart réagiraient avec mépris à l'idée de gagner leur vie, si opulente fût-elle, en travaillant la terre. Car les habitants de Pellestrina ont toujours vécu de la mer.

On raconte beaucoup d'histoires sur les hommes de Pellestrina, sur l'endurance et la force qu'ils ont acquises dans leur lutte pour arracher leur subsistance à la mer. Les anciens, à Venise, se souviennent de l'époque où on disait que, été comme hiver, ils couchaient sur le sol en terre battue de leur chaumière et non dans leur lit, pour pouvoir s'élancer dès l'aube et profiter de la marée qui les conduirait dans l'Adriatique, et ainsi à des pêches miraculeuses. Comme presque toutes les légendes qui nous rapportent combien les hommes étaient jadis plus robustes, celle-ci est sans doute apocryphe. Il n'en reste pas moins que la plupart des gens, surtout s'ils sont vénitiens, y croient dur comme fer, tout comme ils croiraient tout ce qu'on pourrait leur raconter sur la robustesse des hommes de Pellestrina ou leur indifférence à la douleur – à la leur ou à celle des autres.

Pellestrina se réveille au début de l'été, avec l'arrivée des touristes venus de Venise et de ses plages ou de Chioggia, sur le continent, pour manger des fruits de mer et boire le petit vin blanc vif, presque pétillant, qu'on sert dans les bars et les restaurants. À la place du pain, on leur propose des *bussolai*, sorte de bretzel dur dont le nom vient peut-être du terme *boussole*, car ils en ont la forme. Le poisson qu'accompagne les *bussolai* est souvent si frais qu'il est encore vivant quand les touristes s'embarquent pour la longue et fastidieuse traversée jusqu'à Pellestrina. À l'heure où ils sortent de leur lit, à l'hôtel, les ouïes des *orate* luttent contre cet élément étranger, l'air ; tandis qu'ils se massent sur les premiers vaporettos, au Rialto, les *sardelle* se débattent encore dans les filets ; et lorsqu'ils en descendent pour traverser la piazzale Santa Maria Elisabetta, à la recherche de la navette qui les amènera à Malamocco ou à l'Alberoni, les *cefali* sortent tout juste de l'eau. Les touristes quittent souvent la navette à l'un de ces arrêts pour prendre un café et aller se promener un moment sur les plages de sable, d'où ils contemplent les énormes jetées qui s'étirent dans l'Adriatique pour tenter d'empêcher les eaux d'envahir la lagune.

À ce moment-là, les poissons sont tous morts, ce que les touristes n'ont pas besoin de savoir (d'ailleurs, ils ne s'en soucient pas), alors qu'ils reprennent la navette pour la brève traversée de l'étroit canal, avant de continuer, soit en restant à bord, soit en en descendant et partant à pied vers Pellestrina et leur déjeuner.

En hiver, les choses changent du tout au tout. Venus de l'ancienne Yougoslavie par l'Adriatique, des vents mordants chassent devant eux la pluie et de légères averses de neige qui gèlent jusqu'aux os quiconque ose rester trop longtemps dehors. Bondés pendant l'été, les restaurants restent fermés jusqu'au printemps, laissant les touristes se débrouiller et, c'est le cas de le dire, sur leur faim.

Ce qui ne change pas, en revanche, ce sont les dizaines de *vongolari*, alignés en longues rangées côté intérieur de l'étroite péninsule : les bateaux de pêche aux palourdes qui travaillent toute l'année, touristes ou pas, qu'il pleuve, fasse froid ou chaud, bien loin aussi de toutes les histoires sur les pêcheurs de Pellestrina, nobles et durs à la tâche, et leur bataille sans fin avec la mer impitoyable, pour lui arracher de quoi nourrir femme et enfants. Ces embarcations ont des noms chantants : *Concordia, Serena, Assunta*. Ils reposent là, ventrus, proue dressée, tout à fait comme les bateaux dans les livres d'enfant. Lorsqu'on passe devant dans le brillant soleil de l'été, on a envie de les toucher, de les tapoter, de caresser leur proue, tout comme on aurait envie de le faire devant un poney ou un labrador particulièrement craquant.

Aux yeux du profane ils se ressemblent tous, avec leur mât en fer et leur drague de métal qui, relevée, dépasse de la proue quand le bateau est à quai ou à terre. Avec leur armature rectangulaire, ces dragues ont l'air d'être faites en grillage de cage à poules, bien que leur fil de fer soit beaucoup plus solide ; il doit en effet résister à la pression des cailloux enfouis dans la vase et aux obstacles pesants et imprévisibles que le hasard met sur leur chemin, quand elles raclent le fond de la lagune. Elles doivent aussi, bien entendu, résister à la vase elle-même, qu'elles remontent à la surface avec des kilos de coquillages grands ou petits emprisonnés dans le grillage, au milieu de grandes cascades d'eau.

Les différences, entre les bateaux, sont insignifiantes : une drague un peu plus petite ou un peu plus grande ;

une bouée de sauvetage écaillée ou au contraire bien brillante ; un pont si propre qu'il en devient aveuglant au soleil, ou rongé de rouille dans les angles. Pendant la journée, les bateaux de Pellestrina voguent de conserve dans une agréable promiscuité ; leurs propriétaires vivent dans une même proximité, dans les maisons basses qui s'alignent d'un bout du village à l'autre, entre la lagune et la mer.

Vers trois heures et demie du matin, au début de mai, un petit incendie se déclara dans la cabine de l'un de ces *vongolari*, le *Squallus*, propriété de Giulio Bottin, habitant au 242 via Santa Giustina. Les pêcheurs de Pellestrina ne dépendent plus seulement des marées et des vents pour naviguer, et ne sont plus obligés d'attendre que les conditions leur soient favorables pour sortir ; mais les traditions ont la vie dure, si bien que la plupart d'entre eux se lèvent à l'aube, comme si la brise du matin leur permettait d'aller plus vite. Mais ils n'allaient quitter leur lit que dans deux heures et étaient donc plongés dans un profond sommeil quand le feu prit à bord du *Squallus*. Sans se presser, les flammes passèrent du plancher de la cabine à ses panneaux latéraux et à celui, en teck, du tableau de commandes. Bois dur, le teck brûle lentement mais à une température plus élevée que du bois plus tendre, si bien que les flammes qui s'élevèrent se propagèrent à une vitesse terrifiante, une fois qu'elles eurent trouvé le bois tendre du toit de la cabine et du pont. Le feu fit un trou dans la cabine et des morceaux de bois en flammes tombèrent dans le compartiment moteur, dont un sur une pile de chiffons imbibés d'huile. Ils s'embrasèrent sur le champ, gagnant avec grâce l'arrivée d'essence.

Lentement, le feu rongea la zone entourant l'étroit tuyau ; lentement, il vint à bout du bois et, tandis que celui-ci se transformait en cendre et tombait, une soudure commença à fondre. Un trou s'ouvrit et les flammes, empruntant le tuyau, se propagèrent à la vitesse de l'éclair vers les moteurs et les deux réservoirs qui l'alimentaient.

Si personne, parmi ceux qui dormaient paisiblement à Pellestrina cette nuit-là, ne soupçonnait ce qui se passait, tout le monde, en revanche, fut réveillé en sursaut par l'explosion des réservoirs de gazole du *Squallus* ; une boule de lumière aveuglante emplit la nuit, suivie quelques secondes plus tard par un grondement tellement puissant que, le lendemain, des gens habitant à Chioggia prétendirent l'avoir entendu.

Un incendie a toujours quelque chose de terrifiant, mais semble l'être encore davantage en mer ou, du moins, sur l'eau – sans qu'on sache très bien pourquoi. Les premiers à s'être précipités à la fenêtre de leur chambre racontèrent par la suite avoir vu le bateau entouré d'une fumée épaisse, huileuse, qui continuait à s'élever pendant que la mer éteignait le feu. Celui-ci avait néanmoins eu le temps de se propager aux deux bateaux au mouillage de part et d'autre du *Squallus*, et l'explosion des réservoirs avait projeté des débris non seulement sur le pont des autres embarcations, mais sur la digue, en face, mettant le feu à trois bancs de bois.

La déflagration fut suivie d'un silence stupéfait ; puis tout Pellestrina fut saisi d'une agitation bruyante et chaotique. Des portes s'ouvraient et claquaient, des hommes couraient dans la nuit, certains avec un pantalon par-dessus leur pyjama, d'autres en pyjama, certains ayant pris le temps de s'habiller tandis que deux étaient entièrement nus, fait auquel personne ne prêta attention tant il était vital et urgent de sauver les bateaux. Les deux propriétaires des bâtiments voisins du *Squallus* sautèrent du quai de bois sur le pont de leur bateau presque en même temps, même si l'un d'eux avait dû quitter le lit de la femme de son cousin, ce qui l'avait fait venir de deux fois plus loin. L'un et l'autre arrachèrent les extincteurs à leur emplacement et commencèrent à noyer, sous la mousse carbonique, les flammes apportées par le gazole en feu.

Ceux qui avaient des bateaux situés plus loin du mouillage où flottait quelques instants auparavant le *Squallus* lancèrent leur moteur et battirent frénétiquement en retraite pour s'éloigner des foyers d'incendie. Dans sa précipitation, l'un d'eux oublia de larguer son amarre et arracha un bon mètre de plat-bord à son embarcation. Mais s'il se retourna et aperçut très bien l'espar qui flottait, il ne s'arrêta qu'une fois à cent mètres de là, hors de portée des flammes.

Il les vit alors qui diminuaient peu à peu d'intensité sur le pont des autres bateaux. Deux hommes arrivèrent des maisons voisines, portant chacun un extincteur. Sautant sur le pont du bateau le plus proche, ils se mirent à leur tour à inonder les flammes de mousse épaisse et eurent tôt fait de contrôler et d'éteindre le début d'incendie. À peu près en même temps, le propriétaire de l'autre bateau réussissait à éteindre seul le départ de feu, qui avait été moins important sur son embarcation. Plus rien ne brûlait depuis un bon moment mais il continuait à pulvériser la mousse sur le pont ; il ne s'arrêta qu'une fois l'extincteur complètement vide.

À ce moment-là, plus de cent personnes s'étaient rassemblées sur le quai, criant en direction des pêcheurs qui avaient réussi à s'éloigner dans le mouillage, s'interpellant, félicitant les hommes qui avaient vaincu les flammes sur leur bateau. Tous exprimaient leur stupéfaction choquée, les questions anxieuses fusaient, chacun voulait savoir ce que les autres avaient vu, ce qui avait bien pu déclencher l'incendie.

La première à poser la question qui les fit taire tous – le silence se propageant lentement dans la foule comme l'infection d'une plaie mal soignée – fut Chiara Petulli, la voisine de Giulio Bottin. Elle se tenait au premier rang de la foule, à seulement deux mètres du gros bollard métallique d'où pendait encore l'amarre calcinée qui avait jusqu'ici immobilisé le *Squallus* à son mouillage. Se tournant vers la veuve d'un pêcheur mort accidentellement un an avant et qui se tenait à côté d'elle, elle demanda : « Mais où est passé Giulio ? »

La veuve regarda autour d'elle et répéta la question. Sa voisine la reprit et la propagea, jusqu'à ce que, en quelques instants, elle ait parcouru toute la foule – sans que personne n'y réponde.

« Et Marco ? » ajouta Chiara Petulli. Cette fois-ci, dans le silence relatif qui s'était fait, tout le monde entendit la question. Son bateau gisait par le fond, seul le mât calciné dépassant de la surface, mais Giulio Bottin n'était pas là, pas plus que son fils Marco, âgé de dix-huit ans et déjà copropriétaire du *Squallus*.

Le *Squallus*, une épave brûlée et coulée dans le port de Pellestrina, par ce petit matin de printemps dont la fraîcheur les faisait tout d'un coup frissonner.

2

C'est alors que commencèrent les conciliabules : tous cherchaient à se souvenir de la dernière fois qu'ils avaient vu les Bottin père et fils. En général, Giulio jouait aux cartes au bar, après le dîner ; quelqu'un l'avait-il aperçu, hier au soir ? Quant à Marco, il avait une petite amie à San Pietro in Volta, mais le frère de la jeune fille, qui se trouvait dans la foule, déclara qu'elle était allée au cinéma, au Lido, avec ses sœurs. Personne ne pouvait imaginer Giulio ayant une liaison. On pensa à aller jeter un coup d'œil dans la cour, derrière la maison des Bottin ; les deux voitures étaient là, mais il n'y avait pas une lumière dans la maison.

Par une curieuse répugnance, une sorte de scrupule devant les possibilités qu'ils imaginaient, les gens avaient du mal à spéculer à haute voix sur le sort des deux hommes. Renzo Marolo, voisin des Bottin depuis plus de trente ans, trouva le courage de faire ce que personne d'autre n'avait envie de faire et alla prendre le double de la clef là où tout le monde savait qu'elle était cachée, sous le pot de géraniums roses qui ornait la fenêtre, à droite de la porte. Tout en appelant Giulio, il ouvrit la porte et entra dans la maison qu'il connaissait bien. Après avoir allumé la lumière dans la petite pièce de séjour et vu qu'il n'y avait personne, il alla jeter un coup d'œil dans la cuisine, mais en laissant la pièce plongée dans l'obscurité – sans doute avait-il agi par acquit de conscience. Puis, toujours en appelant les deux hommes par leur prénom d'une voix atone, il monta l'unique volée de marches menant au premier étage et se dirigea vers la plus grande des deux chambres.

«Giulio? C'est moi, Renzo», dit-il, gardant la main quelques instants sur la poignée de la porte avant d'entrer dans la chambre. Il alluma. Le lit était vide et non défait. Personne n'y avait couché. Mal à l'aise, il traversa le couloir pour entrer dans la chambre de Marco. Mis à part un jean et un chandail léger plié sur une chaise, la pièce était également vide.

Marolo redescendit et quitta la maison, referma tranquillement la porte derrière lui et alla poser la clef à sa place.

«Ils ne sont pas là», dit-il simplement aux gens qui attendaient.

Sans doute rassurée par le fait d'être en nombre, la petite foule retourna sur le quai, où se trouvaient maintenant à peu près tous les habitants de Pellestrina. Les bateaux qui étaient allés se réfugier en eaux plus profondes commencèrent à revenir lentement, les uns après les autres, et reprirent leur emplacement habituel. Lorsqu'ils furent tous amarrés à la *riva*, le vide laissé par le *Squallus* parut soudain plus grand que lorsqu'il n'y avait eu que ses voisins immédiats, les deux *vongolari* endommagés; au milieu, on voyait dépasser de l'eau, sous un angle anormal, les deux mâts du bateau coulé.

Le fils de Marolo, Luciano, âgé de seize ans, vint se placer à côté de son père, tandis qu'au loin une poule d'eau poussait son cri nostalgique.

«Eh bien, papa?» lança-t-il.

Renzo avait vu son fils grandir dans l'ombre – ou, pour utiliser une métaphore nautique plus appropriée – dans le sillage de Marco Bottin, de deux ans son aîné et donc objet de son admiration et source d'émulation.

Luciano avait enfilé un jean coupé lorsque les cris de son père l'avaient réveillé, mais n'avait pas pris le temps de passer de chemise. Il s'approcha de l'eau, se tourna et fit signe à son cousin Franco, lequel se tenait au premier rang de la foule, tenant une énorme lampe torche dans la main gauche. Franco s'avança sans enthousiasme, n'ayant guère envie de faire l'objet de l'attention de tout Pellestrina.

Luciano se débarrassa de ses sandales et plongea dans l'eau, juste à la gauche de la proue du bateau coulé. Franco s'avança et dirigea le rayon de sa torche vers l'eau, dans laquelle son cousin se déplaçait avec l'aisance d'un poisson. Une femme s'avança, puis une autre, puis tout le premier rang s'aligna le long du quai pour regarder. Deux hommes équipés de lampes torches s'ouvrirent un chemin jusqu'au premier rang pour ajouter leurs rayons à celui de Franco.

Au bout d'une minute qui parut durer une éternité, la tête de Luciano surgit de l'eau. D'une secousse, il chassa les mèches qui lui retombaient sur les yeux, puis cria à son cousin :

«Essaie d'éclairer la cabine ! » avant de replonger aussitôt avec l'agilité d'un phoque.

Les trois rayons se mirent à balayer la coque du *Squallus*. De temps en temps, un éclair blanc signalait la plante de l'un des pieds du plongeur – seule partie de son corps qui ne fût pas tannée par le soleil au point qu'il en était presque noir. Ils le perdirent un instant de vue, puis sa tête et ses épaules jaillirent de l'eau, avant qu'il ne replonge à nouveau. Deux fois encore il remonta pour remplir ses poumons, deux fois encore il replongea. Finalement il refit surface, se laissant flotter sur le dos, respirant à grandes bouffées avides et bruyantes. Les porteurs de torches écartèrent alors leur rayon de lui, le laissant se reposer ainsi, éclairé seulement par la curiosité des spectateurs et le ciel qui commençait à s'éclaircir.

Puis, soudain, Luciano se tourna et se mit à nager comme un chien – manière de se propulser qui donnait un air étrangement maladroit à cet excellent nageur – en direction du quai. Il atteignit l'échelle de fer clouée sur le bâti de bois et commença à se hisser le long des barreaux. Ceux qui se trouvaient en face de l'échelle s'écartèrent ; juste à cet instant, le soleil émergea des eaux de l'Adriatique. Ses premiers rayons, s'élevant au-dessus des digues de protection et de la langue de sable de la petite péninsule, tombèrent sur Luciano lorsqu'il s'immobilisa en haut de l'échelle, métamorphosant le fils du pêcheur en une apparition divine surgie des eaux, ruisselante. Il y eut un grand soupir collectif, comme en présence d'un prodige.

Luciano secoua la tête, et des gouttes jaillirent autour de lui. Puis, tourné vers son père, il dit :

« Ils sont tous les deux dans la cabine. »

3

L'annonce du garçon ne surprit guère la foule qui se
tenait le long du quai. Un étranger à Pellestrina aurait
sans doute eu une réaction différente à la révélation que
deux noyés se trouvaient dans l'épave coulée. Mais,
dans ce village de pêcheurs, les gens d'un certain âge
connaissaient Giulio depuis cinquante-trois ans ; beaucoup avaient connu son père et certains son grand-père.
Chez les Bottin, les hommes étaient – et avaient toujours été – durs et impitoyables. Leur caractère avait
été sinon formé, du moins sans aucun doute influencé
par la brutalité de la mer. Que Giulio eût été victime de
violences, voilà qui ne les surprenait guère.

Certains avaient cru remarquer que Marco était différent. Cela tenait peut-être au fait qu'il était le seul Bottin de sexe masculin à avoir été à l'école plus de deux
ans, ou qui en avait suffisamment appris pour déchiffrer
plus de quatre phrases élémentaires ou signer autrement
que d'un griffonnage maladroit. Sans compter qu'il y
avait eu l'influence de sa mère, morte depuis cinq ans.
Originaire de Murano, cette femme douce et aimante
avait épousé Giulio vingt ans auparavant par dépit, selon
les uns, d'avoir été abandonnée par son cousin Maurizio,
parti en Argentine ou, selon les autres, parce que son
père, qui était très joueur, avait emprunté une forte
somme à Giulio et l'avait remboursé en lui donnant sa
fille en mariage. Toujours est-il que les événements

22

ayant eu ce mariage pour conclusion n'avaient jamais été très clairs – à moins qu'il n'y eût rien à raconter, tout simplement. Une chose, cependant, avait toujours été évidente aux yeux de tous, dans le village : le manque total d'amour et même de sympathie entre le mari et la femme, si bien que ces histoires n'étaient peut-être qu'un moyen de donner du sens à cette absence de sentiments.

Quels qu'eussent été ceux de Bianca pour son mari, elle avait adoré son fils et les gens, toujours prompts à médire, prétendaient que telle était la raison du comportement de Giulio vis-à-vis de ce dernier : froid, dur, implacable, mais tout à fait dans la tradition des Bottin. À ce stade de l'histoire, la plupart écartaient les mains et disaient que Bianca et Giulio n'auraient jamais dû se marier ; à quoi il y avait toujours quelqu'un d'autre pour faire observer que, dans ce cas, Marco ne serait pas né, et pour rappeler tout le bonheur que le garçon avait apporté à sa mère, et qu'il suffisait de le voir une fois pour comprendre quel bon fils il était.

Plus personne ne le dirait au présent, maintenant que son cadavre gisait au fond du port dans l'épave calcinée du bateau de son père.

Au fur et à mesure que se levait le jour, la foule se dispersa, chacun regagnant son domicile. Il n'y eut presque plus personne, pendant un moment, puis les hommes ressortirent pour traverser rapidement la place et regagner leur bateau. Bottin et son fils étaient morts, mais ce n'était pas une raison pour manquer une journée de pêche aux palourdes. La saison était déjà suffisamment courte, avec ces lois qui contrôlaient tout : quantité, lieux, horaires.

Au bout d'une demi-heure, seul resta à quai le bateau incendié à la gauche du *Squallus* : le réservoir d'essence avait explosé avec une telle violence qu'une épontille métallique était allée défoncer le flanc de l'*Anna Maria*, à environ un mètre au-dessus de la ligne de flottaison. Ottavio Rusponi, son patron, avait tout d'abord pensé prendre le risque de suivre les autres jusqu'aux bancs de palourdes, mais après avoir étudié les nuages et levé la main pour sentir la direction du vent, il avait décidé qu'il serait plus prudent de rester : du mauvais temps s'annonçait à l'est.

Ce ne fut qu'à huit heures du matin, lorsque Rusponi appela son assureur pour lui signaler les dommages causés à son bateau, qu'on s'avisa qu'appeler la police serait peut-être une bonne idée ; et ce fut même l'assureur, et non le patron de l'*Anna Maria*, qui s'en chargea. Plus tard, tous ceux à qui on demanderait pourquoi ils n'avaient pas appelé les autorités se défendraient en prétendant avoir cru que quelqu'un d'autre l'avait fait. Beaucoup se firent la réflexion que ce détail en disait long sur l'estime que les habitants de Pellestrina portaient, d'une manière générale, à la famille Bottin.

Les carabiniers mirent un certain temps à intervenir. Ils arrivèrent en vedette de leur caserne du Lido ; sans doute le message sur les circonstances de la mort des deux hommes était-il mal passé, car ils débarquèrent en uniforme, sans avoir prévu de faire venir des plongeurs pour aller explorer l'épave et en retirer les corps : on ne leur avait pas expliqué où étaient ceux-ci. La discussion qui s'ensuivit fut autant juridique que juridictionnelle, personne ne sachant très bien lequel des bras armés de la loi devait enquêter sur un double décès douteux comme celui-là. On décida finalement qu'il fallait faire appel à la police de la ville, ainsi qu'à des plongeurs des Vigili del Fuoco, autrement dit, des pompiers. L'une des raisons, et non des moindres, qui fit pencher la balance en faveur de cette décision, était le fait que deux des carabiniers-plongeurs que comptait la brigade du Lido travaillaient aujourd'hui au noir pour recueillir des fragments de poteries sur un site récemment découvert derrière Murano, fragments destinés à un trafic illégal, et provenant de pièces ratées ou mal cuites et jetées là au XVIᵉ siècle. Le passage du temps avait transformé ces rebuts en tessons et, par la même alchimie, en pièces de valeur. Le gisement avait été découvert deux mois auparavant et confié à la Sopraitendenza ai I Beni Culturali (Superintendance aux Biens Culturels), qui l'avait ajouté à la liste des sites archéologiques sous-marins protégés où il était interdit de plonger. Supposés faire l'objet d'une surveillance nocturne, comme tous les endroits où les eaux recouvraient des reliques du passé, il n'était pas rare d'y voir à l'ancre, de jour, un bateau portant les insignes de telle ou telle agence gouvernementale. Et qui aurait osé remettre en question la présence de ces plongeurs affairés, manifestement ici dans le cadre de leur mission ?

Les carabiniers retournèrent au Lido et, plus d'une heure plus tard, une vedette de la police se présentait dans le port de Pellestrina, alors que tous les bateaux étaient déjà ren-trés de la pêche et alignés le long du quai, leurs patrons à la maison.

Le pilote de la vedette ralentit pour s'approcher d'un bateau des pompiers qui était déjà à l'ancre et oscillait sur l'eau, juste à la hauteur du seul emplacement vide dans la rangée de bateaux. Il enclencha la marche arrière un instant pour s'arrêter. Le sergent Lorenzo Vianello se pencha sur le plat-bord et regarda l'eau, dans cet espace vide ; mais l'éclat du soleil créait tant de reflets que tout ce qu'il pouvait distinguer étaient les mâts inclinés qui dépassaient de la surface.

« C'est là ? » demanda-t-il aux deux plongeurs en tenue noire qui se tenaient sur le pont de la vedette des pompiers.

L'un des plongeurs répondit quelque chose que Vianello ne comprit pas et se remit à enfiler ses palmes.

Danilo Bonsuan, le pilote de la police, sortit de la petite

25

cabine, à l'avant, et alla à son tour se pencher sur le plat-bord. Mettant la main au-dessus des yeux pour se protéger du soleil, il regarda l'endroit que lui indiquait Vianello.

«Ça ne peut être qu'ici, dit-il. L'homme qui a téléphoné a dit qu'il avait pris feu et coulé.»

Il examina les bateaux de part et d'autre de l'emplacement du *Squallus* et vit leurs flancs et leurs ponts endommagés, manifestement noircis par le feu.

Sur la vedette voisine, les deux plongeurs continuaient à se harnacher, tripotaient leur masque, serraient les bretelles de leurs bouteilles d'oxygène. Après avoir testé leur tuyau et pris quelques bouffées d'essai, ils s'approchèrent du plat-bord. Grand, large d'épaules, Vianello se tenait à côté de son collègue plus petit, lequel étudiait toujours l'eau.

Lui montrant les deux plongeurs, le sergent demanda :

«Et toi? Tu plongerais là-dedans?»

Le pilote haussa les épaules.

«C'est beaucoup moins pollué par ici. Sans compter qu'ils sont protégés», ajouta-t-il avec un mouvement du menton vers les deux hommes en tenue noire.

Le premier plongeur enjamba le plat-bord et, tourné vers l'extérieur, plaça avec précaution le talon de sa palme sur le premier barreau de l'échelle et descendit dans l'eau, suivi de son collègue.

«Je croyais qu'ils sautaient sur le dos, remarqua Vianello.

– Ça, c'est la technique à la Cousteau, répondit Bonsuan. Il alla dans la cabine et en ressortit un instant plus tard, une cigarette à la main. Qu'est-ce qu'on t'a dit d'autre ?

– Nous avons reçu un coup de fil des carabiniers du Lido, commença Vianello (qui fit semblant de ne pas entendre Bonsuan, tandis qu'il les traitait entre ses

26

dents de "fils de pute"). Ils nous ont dit qu'il y avait un bateau coulé avec deux cadavres dedans, et que nous devrions y aller avec des plongeurs pour examiner ça de plus près.

– C'est tout ?»

Vianello haussa les épaules, comme pour dire qu'on ne pouvait pas attendre grand-chose d'autre de la part des carabiniers.

En silence, les deux policiers regardèrent les bulles crever la surface de l'eau, presque en dessous d'eux. La marée faisait reculer insensiblement la vedette; Bonsuan la laissa dériver quelques minutes, puis alla dans la cabine, lança le moteur et vint se replacer au même endroit, face au vide entre les bateaux. Il coupa ensuite le moteur, retourna sur le pont et prit un cordage qui y était lové. Sans effort apparent, il le lança vers la vedette des pompiers, réussissant du premier coup à l'enrouler autour d'une épontille, et amarra son bateau à l'autre. Ils voyaient du mouvement sous l'eau, mais seulement des reflets et des éclairs, sans pouvoir en tirer aucune conclusion. Bonsuan finit sa cigarette et la lança par-dessus bord; en bon Vénitien, le pilote se fichait complètement de ce qu'il jetait à l'eau. Les deux hommes virent le filtre flotter, puis danser un instant dans les bulles avant de s'en libérer et de partir à la dérive.

Au bout d'environ cinq minutes, les plongeurs refirent surface et retirèrent leur masque. Graziano, le plus âgé des deux, s'adressa aux policiers.

«Il y en a deux, là-dessous.

– Qu'est-ce qui s'est passé ?» demanda Vianello.

Graziano secoua la tête.

«Aucune idée. À première vue, ils se sont noyés quand le bateau a coulé.

– Ce sont des pêcheurs, observa Bonsuan, incrédule. Jamais ils ne se seraient laissé piéger dans un bateau en train de couler.»

27

Le boulot de Graziano était de plonger au fond de l'eau, pas de spéculer sur ce qu'il y trouvait, si bien qu'il ne fit aucun commentaire. Comme Bonsuan n'ajoutait rien, l'homme dont la tête oscillait à côté de celle de Graziano demanda s'il fallait les remonter.

Vianello et Bonsuan échangèrent un regard. Aucun des deux n'avait la moindre idée sur ce qui avait pu se passer pour que les deux hommes périssent avec leur bateau, et ni l'un ni l'autre n'avaient envie de prendre une décision qui risquait de faire disparaître les éventuelles preuves.

Finalement, Graziano reprit la parole.

«Les crabes sont déjà sur place.

– Bon, dit Vianello, sortez-les.»

Les deux plongeurs remirent leur masque, leur tuba et, tel un couple de canards, basculèrent dans l'eau et disparurent. Bonsuan redescendit dans la cabine, ouvrit l'un des sièges qui s'alignaient sur le côté et en sortit un matériel d'aspect compliqué qui se terminait par une sorte de harnais. Puis il remonta sur le pont, à côté de Vianello, fit passer la corde par-dessus bord et la laissa filer dans l'eau.

Une minute plus tard, Graziano et son collègue refaisaient surface, le corps d'un homme pendant mollement entre eux. Avec des gestes montrant une grande habitude et qui mirent le sergent mal à l'aise, ils firent passer les bras de l'homme dans le harnais que leur avait lancé Bonsuan, puis l'un d'eux replongea pour passer une corde autour de ses jambes avant de l'attacher à un crochet du harnais.

Il fit signe aux deux policiers, qui entreprirent de hisser le cadavre à bord. Ils furent surpris par sa lourdeur, et Vianello se prit à penser que c'était pour cette raison qu'on parlait de «poids mort» – puis se força, gêné, à oublier cette idée. Lentement, le cadavre sortit de l'eau, et les deux hommes durent se pencher beaucoup pour éviter qu'il ne heurte le flanc de la vedette. Ils n'y réussirent pas complètement mais finirent tout de même par le faire basculer par-dessus le bastingage. Les yeux sans vie de l'homme contemplaient le ciel.

Avant de pouvoir examiner le corps de plus près, ils entendirent de nouveau des bruits d'éclaboussement. Rapidement, ils détachèrent le harnais et le lancèrent par-dessus bord. Prenant encore plus de soin, cette fois, de ne pas cogner le cadavre contre le bateau, ils le hissèrent à bord et l'allongèrent à côté du premier.

Deux crabes s'agrippaient encore aux cheveux du premier, mais Vianello fut trop horrifié par ce spectacle pour faire autre chose que rester les yeux ronds. Bonsuan se baissa, attrapa les crabes et les jeta par-dessus bord sans même un regard.

Les plongeurs escaladèrent alors l'échelle de la vedette de la police. Ils se débarrassèrent de leurs bouteilles à oxygène et les posèrent délicatement sur le pont, retirèrent leur masque et repoussèrent le capuchon de caoutchouc Mousse de leur tête.

Les quatre hommes contemplèrent pendant quelques instants, sans rien dire, les deux cadavres allongés à leurs pieds. Vianello alla dans la cabine pour en ressortir avec deux couvertures de laine. Il en plaça une sous son coude et fit signe à Bonsuan tout en déployant la première. Le pilote prit l'autre extrémité et ils recouvrirent ensemble le corps du plus âgé des deux noyés. Puis Vianello prit la deuxième couverture et ils répétèrent ce geste avec le fils.

Ce n'est qu'à ce moment-là, quand ils furent entièrement cachés à la vue, que le plus jeune des quatre hommes en vie à bord, le second plongeur, murmura :

« Ce n'est pas un crabe qui lui a fait ça à la figure. »

4

Vianello avait vu les esquilles d'os brisés dans la blessure qui ne saignait plus, sur la tête du père. Un coup d'œil au fils ne lui avait permis de déceler aucune trace de violence. Acquiesçant d'un signe de tête à la remarque du plongeur, le sergent ouvrit son portable, appela la questure et demanda à parler sur-le-champ à son supérieur hiérarchique immédiat, le commissaire Guido Brunetti. En attendant, il regarda les deux plongeurs remonter sur leur bateau. Au bout d'un moment, il eut Brunetti en ligne.

« Je suis sur place à Pellestrina, monsieur. On dirait bien que l'un des deux a été tué. »

Puis pour éviter toute ambiguïté, étant donné que les deux hommes étaient morts dans ce qui paraissait être un accident, il précisa :

« Assassiné, plus exactement.

– De quelle façon ?

– Le père a été frappé à la tête avec assez de violence pour faire de gros dégâts. Pour l'autre, le fils, je ne sais pas.

– Vous êtes sûr de leur identité ? »

Vianello s'était attendu à la question.

« Non, monsieur. Ou plutôt, personne ne les a formellement identifiés, mais l'homme qui a appelé les carabiniers nous a dit qu'ils étaient les propriétaires du bateau. Giulio Bottin et son fils. On a donc supposé que c'était eux.

– Veillez à le faire confirmer par quelqu'un.

– Bien, monsieur. Autre chose ?

– Comme d'habitude. Interrogez les gens, voyez ce qu'ils ont à raconter, ce qu'ils voudront bien vous dire sur eux. Mais, ajouta-t-il avant que le sergent ne lui pose la question, comportez-vous comme si ce n'était rien de plus qu'un accident. Et demandez aux plongeurs de rester bouche cousue.

– Et combien de temps croyez-vous qu'ils tiendront leur langue ? demanda Vianello, regardant vers l'autre bateau où les deux hommes, débarrassés de leur tenue en Néoprène, remettaient leur uniforme.

– Dix bonnes minutes, au moins, répondit Brunetti avec un petit bruit qui, dans d'autres circonstances, aurait pu passer pour un éclat de rire rentré.

– Je vais leur dire de repartir tout de suite au Lido. Les choses prendront un peu plus de temps, de cette façon. Et vous, monsieur, qu'envisagez-vous de faire ?

– Je tiens à ce qu'on garde le plus longtemps possible le secret sur le fait que l'un d'eux au moins a été assassiné. Commencez à poser vos questions, mais en douceur. Je vais venir. Si j'arrive à trouver un bateau, je serai là dans une heure, peut-être avant.»

Vianello se sentit soulagé.

«Parfait, monsieur. Voulez-vous que Bonsuan transporte les corps à l'hôpital ?

– Oui, dès qu'ils auront été identifiés. J'appellerai pour prévenir de leur arrivée.» Soudain, il n'y avait plus rien à ajouter ou ordonner. Répétant qu'il arrivait dès que possible, Brunetti raccrocha.

Le commissaire consulta sa montre à nouveau et vit qu'il était onze heures passées ; son supérieur, le vice-questeur Giuseppe Patta, devait certainement se trouver dans son domaine. Il descendit sans prendre la précaution d'appeler et entra dans la petite antichambre qui précédait le vaste bureau du vice-questeur.

La secrétaire de Patta, signorina Elettra Zorzi, était assise à sa place, un livre posé devant elle. Il fut surpris de la voir plongée dans ce genre de lecture, la jeune femme étant plutôt une adepte des revues et des journaux. Comme elle avait le menton dans la paume de ses deux mains rapprochées et les doigts appuyés contre les oreilles, ce ne fut que lorsqu'elle eut senti sa présence et se fut redressée dans son siège qu'il remarqua qu'elle s'était fait couper les cheveux. Beaucoup plus court que d'habitude, et si la rondeur de son visage et le vermillon de ses lèvres n'avaient pas proclamé sa féminité, il aurait trouvé la coupe sévère, presque masculine.

Ne sachant pas trop quel genre de remarque il aurait été judicieux de faire sur cette nouvelle coiffure et lassé, comme tout le monde, de parler de la pluie qui se faisait attendre depuis trois mois, il lui demanda, avec un mouvement de tête vers le livre :

«Quelque chose de plus sérieux que d'habitude, on dirait.

— Veblen, répondit-elle, *Théorie de la classe de loisir*.»

Il fut flatté qu'elle ne lui demande même pas s'il l'avait lu.

«Ce n'est pas un peu aride ?»

Elle acquiesça, puis dit :

«Je n'arrivais pas à faire de lectures sérieuses ici, jusqu'à maintenant, avec toutes ces interruptions.»

Elle fit la moue tandis que son regard parcourait la petite pièce et passait sur le téléphone, l'ordinateur et la porte de Patta.

«Mais les choses se sont améliorées, et j'arrive à mieux utiliser mon temps.

— C'est bon à savoir, dit Brunetti qui ne put s'empêcher d'ajouter, avec un nouveau coup d'œil au livre, j'ai été fasciné par ses vues sur les pelouses.»

Elle lui sourit.

«Oui, et sur les sports.

– Et ensuite, à quoi passerez-vous, quand vous aurez fini ?

– Je n'ai pas encore décidé, répondit-elle, son sourire s'élargissant. Je devrais peut-être demander conseil au vice-questeur.

– C'est une bonne idée. J'étais d'ailleurs venu moi-même le consulter. Il est ici ?

– Non, pas encore. Il a appelé il y a environ une heure pour dire qu'il était à une réunion et qu'il n'arriverait probablement qu'après le déjeuner.

– Ah, dit Brunetti, surpris non pas du message, mais du fait que Patta ait pris la peine d'appeler pour en laisser un. Quand il arrivera, dites-lui s'il vous plaît que je me suis rendu à Pellestrina.

– Pour y retrouver Vianello ?» demanda-t-elle, faisant preuve de son omniscience habituelle sans complexe.

Il acquiesça.

«Il semble que l'un des deux hommes du bateau ait été assassiné.» Il s'interrompit, se demandant si elle ne le savait pas déjà, par hasard.

«Pellestrina, hein ? Mais c'était plus une constatation qu'une question.

– Oui. Pas grand-chose de bon à en attendre, pas vrai ?

– Ceux de Chioggia sont encore pires, à mon avis», répondit-elle avec un frisson qui n'était ni discret, ni artificiel.

Chioggia, ville de la terre ferme que les guides touristiques ne manquaient jamais de surnommer «la fidèle fille de Venise», était effectivement restée loyale vis-à-vis de la Sérénissime tout au long de son règne. L'animosité violente et soutenue qui existait à présent était récente et tenait à l'affrontement auquel se livraient les pêcheurs des deux villes pour des ressources en poisson qui allaient en s'amenuisant, dans des eaux qui souffraient de plus en plus des règlements imposés par le Magistrato alle Acque – et qui consistaient avant tout à interdire la pêche dans des secteurs de plus en plus étendus de la lagune.

L'idée était venue à l'esprit de Brunetti – comme elle serait venue à celui de tout bon Vénitien – que les deux morts « accidentelles » avaient peut-être quelque chose à voir avec cette compétition. Il y avait déjà eu des bagarres et même des coups de feu de tirés ; mais rien de tel ne s'était encore produit. On avait volé et brûlé des bateaux, il y avait eu des morts lors de collisions d'embarcations en mer, mais personne, jusqu'ici, n'avait été assassiné de sang-froid.

« *Una brutta razza* », dit la signorina Elettra avec tout le mépris que les Vénitiens issus de l'époque des croisades réservent à tous les non-Vénitiens, quelle que soit leur origine.

Brunetti fit preuve de correction et de discrétion en évitant de manifester son accord et la laissa à l'analyse que Veblen fait des problèmes et de la corruption qu'entraîne inévitablement la richesse. Dans la salle des officiers de police, il ne trouva qu'un seul pilote, Rocca, auquel il dit qu'il avait besoin de se rendre à Pellestrina. Le visage de l'homme s'illumina : c'était une longue sortie, le temps était splendide, avec le vent soutenu qui arrivait de l'ouest.

Brunetti resta sur le pont pendant tout le trajet, perdu dans la contemplation des îles au fur et à mesure qu'ils les doublaient : Santa Maria della Grazia, San Clemente, Santo Spirito, la minuscule Poveglia ; puis, sur leur gauche, il vit les édifices de Malamocco. Bien qu'ayant passé une grande partie de sa jeunesse en bateau sur la lagune, le commissaire n'avait jamais réellement maîtrisé l'art du pilotage et n'avait donc pas, gravées dans sa mémoire, les routes les plus directes pour aller d'un point à l'autre dans ses eaux. Il savait que Pellestrina se trouvait droit devant eux, au milieu de cette étroite bande de terre, et que le bateau devait avoir été au mouillage entre des rangées de pieux inclinés ; mais s'il s'était aventuré sur l'étendue d'eau qu'il avait à sa droite, il aurait eu bien du mal à revenir sans problème jusqu'à Venise.

Rocca, dont le jeune visage rayonnait du simple plaisir d'être dehors et en mouvement sur l'eau par cette belle journée, appela son supérieur :

« Où allons-nous exactement, monsieur ?

– Au port. Vianello et Bonsuan y sont déjà. On devrait les voir. »

Sur leur gauche, il y avait des arbres et, de temps en temps, passait une voiture. Puis, devant eux, apparut la silhouette de bateaux ; ils formaient une longue file, la proue tournée vers le quai en ciment. Il parcourut l'alignement de poupes des yeux, mais ne vit pas la vedette de la police. Puis ils arrivèrent à un emplacement vide en face duquel, à quelques mètres sur la rive, se tenait Vianello, debout dans le soleil, s'abritant les yeux de la main.

Brunetti lui fit signe et Vianello commença à marcher vers sa droite et la fin de la rangée des bateaux à l'ancre, leur faisant signe de le suivre. Lorsqu'ils arrivèrent enfin au dernier bateau, Rocca alla se ranger le long du quai et Brunetti sauta à terre, un instant surpris de se retrouver sur un sol qui ne bougeait plus.

« Bonsuan est reparti ?

– L'un de leurs voisins est venu sur le bateau pour les identifier. C'est bien ce que nous pensions : Giulio Bottin et son fils, Marco. Je l'ai envoyé porter les corps à l'hôpital. »

Vianello eut un mouvement de tête en direction de Rocca, occupé à amarrer la vedette.

« Je pourrai rentrer avec vous, monsieur.

– Sinon, quoi d'autre ? demanda Brunetti.

– J'ai parlé à deux ou trois personnes, et elles m'ont toutes raconté la même histoire, en gros. Ils ont été réveillés vers trois heures du matin par l'explosion du réservoir d'essence. Le temps qu'ils arrivent sur place, le bateau était en feu et avait coulé sans qu'ils aient la possibilité de faire quoi que ce soit.»

Vianello commença à marcher en direction de la rangée de petites maisons qui formaient le village de Pellestrina, et Brunetti lui emboîta le pas.

«Après quoi, reprit le sergent, il y a eu les malentendus habituels. Personne n'a pris la peine d'appeler les carabiniers, chacun pensant que quelqu'un d'autre l'avait fait. C'est pourquoi on ne les a prévenus que ce matin.»

Vianello s'arrêta soudain, regardant les maisons comme s'il n'arrivait pas à croire qu'elles fussent habitées par des êtres humains.

«C'est tout de même incroyable : deux hommes sont tués dans l'explosion de leur bateau, et personne ne nous appelle, personne !»

Il reprit sa marche.

«Bref, les carabiniers sont arrivés, ils nous ont appelés et nous ont refilé l'affaire sous prétexte qu'elle serait de notre ressort.»

Il montra l'espace vide entre les bateaux.

«Ce sont les plongeurs des pompiers qui les ont remontés.

– Tu m'as dit que le père présentait une blessure à la tête ?

– Oui. Terrible. Il avait le crâne enfoncé.

– Et le fils ?

– Un coup de poignard à l'estomac. Je dirais qu'il a dû saigner à mort... On l'a littéralement éventré. On a enfoncé le couteau, et fait remonter la lame. Sa chemise cachait la plaie au moment où on a récupéré le corps, on ne l'a vue qu'après.» Vianello s'arrêta à nouveau et

36

se mit à contempler les eaux calmes de la lagune. « Il a dû perdre tout son sang en quelques minutes... l'autopsie nous dira ça, j'imagine, ajouta-t-il, en se souvenant qu'il ne lui revenait pas de tirer ce genre de conclusions.

– À qui as-tu parlé ? »

Vianello tapota la poche de sa veste, celle où il rangeait son carnet de notes.

« J'ai pris leurs noms. Des voisins, pour la plupart. Deux propriétaires de bateau qui pêchaient avec eux – ou en tout cas qui sortaient en mer avec eux : je n'ai pas l'impression que ces hommes considèrent la pêche comme une activité collective.

– On te l'a dit ? »

Vianello secoua la tête.

« Non, personne ne me l'a dit ; en tout cas, pas directement. Mais c'était quelque chose de toujours présent ; j'avais l'impression qu'ils se forçaient à parler comme s'ils devaient faire preuve de loyauté vis-à-vis des Bottin sous prétexte qu'ils étaient eux aussi pêcheurs, à cause du lien que cela créait entre eux, mais que cela ne les aurait pas empêchés de virer le premier qui aurait essayé de pêcher à un endroit sur lequel ils estimaient avoir des droits.

– Virer ?

– Oui, c'est une façon de parler. Je ne sais pas de façon précise comment se passent les choses, ici, mais c'est l'impression que je ressens : ils sont trop nombreux et il n'y a pas assez de poissons. Et il est trop tard pour la plupart d'entre eux pour apprendre à faire autre chose. »

Brunetti attendit de voir si le sergent avait terminé. C'était sans doute le cas, car il ne reprit pas la parole.

« Il me semble me souvenir qu'il y avait un restaurant, quelque part sur la droite, dit le commissaire.

– En effet, dit Vianello en acquiesçant. J'y ai pris un café pendant que je parlais à l'un d'eux.

37

– J'ai bien peur que ce ne soit pas la peine que je joue au touriste, hein ?»

Vianello sourit à l'absurdité de cette idée.

«Tous les gens du village vous ont vu descendre de la vedette, monsieur. Et revenir ici avec moi. Trahi par mon uniforme, si je puis me permettre.

– Autrement dit, autant aller y déjeuner ensemble», suggéra Brunetti.

Vianello partit vers le village, suivi de Brunetti, et s'arrêta devant l'une des premières maisons, une bâtisse à baies vitrées et porte de bois – le restaurant. Le sergent ouvrit, laissa passer son supérieur et referma derrière eux.

Un homme portant un grand tablier se tenait derrière le bar en zinc, essuyant un verre de forme trapue avec un torchon grand comme une petite nappe. Il adressa un signe de tête à Vianello, puis à Brunetti.

«On peut déjeuner ?» demanda le sergent.

L'homme se contenta d'incliner la tête vers le couloir qui partait du bar. Puis il retourna à son verre et se remit à l'essuyer consciencieusement.

L'entrée du couloir, assez étroite, comportait un élément d'ameublement que Brunetti n'avait pas vu depuis des décennies : un rideau fait de rubans de plastique verts et blancs, côtelés des deux côtés. Lorsqu'il tendit la main pour dégager la moitié de son chemin, il en monta un léger cliquetis, un bruit qu'il avait connu dans son enfance. Ces rideaux se trouvaient jadis à l'entrée de tous les bars et de toutes les trattorias, mais ils avaient systématiquement disparu au cours des vingt dernières années ; il ne se souvenait pas de la dernière fois où il en avait vu un. Il tint de côté les étroites bandes qui continuaient à tintinnabuler, fit passer Vianello et les écouta retomber.

Il fut surpris par la taille de la salle dans laquelle ils entrèrent ; elle devait contenir une bonne trentaine de tables. La lumière coulait à flots par les fenêtres hautes.

38

Dans des filets accrochés aux murs, on avait fixé des coquillages, des algues séchées, et des poissons, des crabes et des homards naturalisés. Un long comptoir courait le long d'un des murs. Dans le fond, une porte vitrée, fermée, donnait sur un parking couvert de galets.

Voyant qu'une seule autre table était occupée, Brunetti consulta sa montre et constata avec surprise qu'il n'était qu'une heure et demie. Il devait y avoir quelque chose de vrai dans le lieu commun voulant que l'air marin donne de l'appétit.

Les deux hommes entrèrent et tirèrent les chaises d'une table de la première rangée pour s'asseoir l'un en face de l'autre. Un petit vase, contenant quelques fleurs sauvages, voisinait avec les flacons d'huile et de vinaigre et un panier en osier contenant une demi-douzaine de paquets de *gressini*. Brunetti en prit un, déchira l'emballage de papier et commença à le grignoter.

Les bandes de plastique s'écartèrent et un jeune homme en veston et pantalon noirs entra à reculons dans la salle. Quand il se retourna, Brunetti vit qu'il tenait une assiette de ce qui était une entrée de poisson dans chaque main. Le garçon salua les deux nouveaux venus et alla déposer les assiettes devant le couple d'une soixantaine d'années qui s'était installé dans le coin opposé.

Puis il vint à leur table. Brunetti comme Vianello se doutaient bien que ce n'était pas le genre d'établissement où l'on vous proposait un menu, en tout cas pas aussi tôt dans la saison, si bien que le commissaire sourit au jeune homme et lui dit:

«Tout le monde nous a dit qu'on mangeait très bien ici, en prenant bien soin de s'exprimer en vénitien.

– J'espère bien, répondit le garçon. Il souriait et n'avait nullement l'air de trouver incongrue la présence d'un policier en uniforme.

– Qu'est-ce que vous nous recommandez, aujourd'hui? demanda Brunetti.

– L'*antipasto di mare*. Mais sinon, nous avons des soupions ou des sardines, si vous préférez.

– Il n'y a pas autre chose? s'enquit à son tour Vianello.

– On a encore trouvé des asperges au marché, ce matin, et je peux vous proposer une salade d'asperges aux crevettes.»

Ce plat eut l'assentiment de Brunetti; Vianello dit qu'il se passerait de hors-d'œuvre, et le garçon passa aux entrées.

«Spaghettis *alle vongole,* spaghettis *alle cozze*, et *penne all'Amatriciana*, récita-t-il.

– C'est tout?» ne put s'empêcher de remarquer Vianello.

Le jeune homme agita une main.

«Nous attendons cinquante personnes pour un anniversaire de mariage, ce soir, si bien que nous ne sommes pas très riches pour le repas de midi.»

Brunetti commanda des spaghettis *alle vongole* et Vianello les *penne*.

Le choix, pour le plat principal, se limitait à de la dinde rôtie ou à un assortiment de poissons frits. Vianello choisit le premier, Brunetti le second, et ils commandèrent un demi-litre de vin blanc et de l'eau minérale. Sur quoi le garçon leur apporta un panier de *bussolai*, ces pains ovales et épais qu'affectionnait particulièrement Brunetti.

Une fois le serveur parti, il en prit un, le rompit en deux et en prit une petite bouchée. Il fut étonné de le trouver aussi craquant et non pas amolli par l'humidité du bord de mer. Puis le garçon leur apporta le vin et l'eau et alla, d'un pas vif, enlever les assiettes de la table du couple âgé.

«Nous venons à Pellestrina et tu ne manges pas de poisson», dit Brunetti, davantage sur le ton de la constatation que de l'interrogation, même si c'était bien une question qu'il posait.

Vianello fit le service du vin, prit son verre et en avala une gorgée.

« Excellent, dit-il. Il me rappelle celui que mon oncle ramenait en bateau d'Istrie.

– Et le poisson ? voulut savoir Brunetti, entêté.

– Je n'en mange plus. Sauf si je sais qu'il vient de l'Atlantique. »

Les lubies peuvent prendre bien des formes, comme le savait Brunetti, et il vaut mieux les détecter dès leur apparition.

« Et pourquoi ?

– Je me suis affilié à Greenpeace, répondit le sergent comme si c'était une explication suffisante.

– Et Greenpeace t'interdit de manger du poisson ? » s'étonna le commissaire, essayant de prendre la chose à la plaisanterie.

Vianello fut sur le point de répondre, s'arrêta, et prit une nouvelle gorgée de vin avant.

« Ce n'est pas ça, monsieur. »

Ils restèrent un long moment sans parler et le serveur revint avec le hors-d'œuvre de Brunetti, un petit monticule de minuscules crevettes roses sur un lit d'asperges crues fendues. À la première bouchée, Brunetti constata qu'elles avaient été parfumées au vinaigre balsamique. La combinaison du doux-amer et du doux-salé était merveilleuse. Sans s'occuper davantage de Vianello, il prit tout son temps pour déguster sa salade, sans que s'atténue son ravissement devant le contraste des parfums et des substances.

Puis il posa la fourchette contre son assiette et prit une gorgée de vin. « Aurais-tu peur de me couper l'appétit en me décrivant les horreurs dues à la pollution qui m'attendent dans ces crevettes ? demanda-t-il avec un sourire.

– Les palourdes sont encore pires », l'assura Vianello, souriant à son tour, mais sans donner davantage d'explications.

Avant que Brunetti ait pu lui demander la liste de tous les poisons mortels sournoisement contenus dans les crevettes et les palourdes, le garçon avait pris son assiette vide pour revenir aussitôt avec les deux assiettes de pâtes.

Le reste du repas se passa dans le même esprit aimable ; ils parlèrent des gens qu'ils avaient connus et qui avaient pêché dans les eaux de Pellestrina, ainsi que d'un footballeur célèbre originaire de Chioggia que ni l'un ni l'autre n'avaient vu jouer. Quand arriva le plat principal, Vianello ne put s'empêcher de lancer un regard soupçonneux à l'assiette de son supérieur, bien qu'ayant manqué l'occasion de développer les raisons de son aversion pour les palourdes et les crevettes. Brunetti, de son côté, donna une preuve silencieuse de la haute estime dans laquelle il tenait le sergent en se gardant bien de lui rapporter le contenu d'un article qu'il avait lu un mois auparavant sur les méthodes en usage dans l'élevage commercial des dindes, et sur les maladies transmissibles auxquelles ces volatiles sont sujets.

5

Leur café bu, le commissaire demanda l'addition. Le serveur attendit, comme poussé par l'habitude, et Brunetti ajouta :

« Je n'ai pas besoin de reçu. »

Le jeune ouvrit de grands yeux, l'air d'avoir du mal à enregistrer cette nouvelle réalité, un citoyen qui devait être de la police et se faisait néanmoins le complice d'un restaurateur : pas de facture, pas de taxe à payer. Il était évident que le jeune homme se trouvait placé devant un dilemme – qu'il résolut en disant finalement :

« Je vais aller demander au patron. »

Il revint deux minutes plus tard, un petit verre de grappa dans chaque main. En les déposant sur la table, il dit :

« Vingt-six euros. »

Brunetti prit son portefeuille. C'était le tiers de ce que ce repas aurait coûté à Venise ; le poisson était frais, les crevettes parfaites.

Il prit trente euros dans son portefeuille, et lorsque le garçon voulut lui rendre la monnaie, Brunetti l'arrêta d'un geste et murmura simplement *« Grazie. »* Il leva son verre de grappa, et en prit une gorgée.

« Excellente. Remerciez le propriétaire de notre part. »

Le jeune homme acquiesça, prit l'argent et se tourna pour partir.

43

«Vous êtes de Pellestrina? lui demanda Brunetti, sans chercher à faire croire qu'il posait la question par pure politesse.

– Oui, monsieur.

– Nous sommes ici à cause de l'accident», dit Brunetti avec un geste vague vers la mer. Puis il ajouta:

«Je suppose que ça ne vous étonne pas tellement.

– Oh, ça n'étonne personne ici.

– Vous les connaissiez?» En posant sa question, Brunetti attira une chaise près de la table et invita du geste le jeune homme à s'asseoir. Le couple âgé était déjà parti depuis un certain temps, et toutes les tables avaient été dressées pour le repas d'anniversaire de mariage du soir; il n'avait donc pas grand-chose à faire. Il s'assit en tournant légèrement son siège pour faire face à Brunetti.

«Marco, en tout cas. Nous étions dans la même école. Il était une ou deux classes derrière moi, mais on se connaissait bien parce que nous prenions le même bus pour revenir du Lido.

– Comment était-il?

– Intelligent, répondit le serveur d'un ton sérieux. Très brillant et très gentil. Pour ça, il ne ressemblait pas à son père, pas du tout. Giulio n'adressait jamais la parole à personne s'il pouvait faire autrement, alors que Marco était amical avec tout le monde. Il m'aidait à faire mes devoirs de maths, alors qu'il était plus jeune que moi.»

Le serveur posa sur la table les billets de banque qu'il tenait encore à la main et empila celui de dix sur celui de trente.

«La seule chose que j'ai jamais su faire ou à peu près a été ce genre d'addition.»

Puis avec un sourire soudain qui révéla des dents crayeuses et grisâtres, il ajouta:

«Et encore, j'arrivais parfois à cinquante, ou à soixante-dix.»

Il glissa les billets dans sa poche et jeta un coup d'œil en direction de la cuisine, d'où venaient de monter le sifflement d'un aliment plongé dans la friture et le tintement d'une casserole, sur la cuisinière.

«Mais je n'ai pas besoin de connaître les maths, ici, à part les additions – et encore, le patron s'en occupe.

– Marco allait-il toujours en classe?

– Non, il avait arrêté l'an dernier.

– Et ensuite?

– Il a commencé à travailler avec son père, répondit le jeune homme, comme si c'était la seule possibilité offerte à Marco, ou la seule qu'on pouvait concevoir quand on était de Pellestrina. Ils ont toujours été pêcheurs, les Bottin.

– Et Marco, il avait envie de pêcher?»

L'expression de surprise, sur le visage du serveur, était réelle.

«Qu'est-ce qu'il pouvait faire d'autre? Son père avait un bateau, et Marco savait très bien pêcher.

– Oui, bien sûr, dit Brunetti. Tu dis que Bottin ne parlait jamais à personne. Il devait bien y avoir une raison, non?» Et, sans laisser le temps au serveur de jouer les innocents, il ajouta: «Est-ce qu'il avait beaucoup d'ennemis, ici?»

Le jeune homme haussa les épaules, visiblement peu désireux de s'exprimer là-dessus, mais avant qu'il ait pu dire quoi que ce soit, Vianello intervint, s'adressant à son supérieur avec cette audace calculée dont il était coutumier.

«Voyons, monsieur, il ne peut pas répondre à une question pareille.»

Le sergent eut un regard protecteur pour le serveur.

«C'est un village, ici; tout le monde va savoir qu'il nous a parlé.»

Prompt à donner la réplique, le commissaire objecta:

«Mais tu m'as dit toi-même que tu avais déjà relevé le nom de quelques personnes.»

Il sentit l'intérêt du serveur grandir, tout d'un coup, à la manière dont celui-ci recula les pieds sous sa chaise et dut se retenir pour ne pas se pencher en avant.

« Il ne fera que confirmer ce que tout le monde t'a déjà dit. »

Vianello fit exprès de ne pas regarder le serveur, gardant les yeux sur Brunetti.

« S'il ne veut pas parler, il ne veut pas parler, monsieur. Nous avons déjà des noms.

— Lesquels ? » ne put s'empêcher de demander le jeune homme.

Vianello se tourna et eut un imperceptible mouvement de tête pour le serveur, geste qu'il essaya de cacher à Brunetti.

« Quels noms ? dit le serveur un ton plus fort. Comme aucun des deux policiers ne répondait, il ajouta : Pas le mien, si ?

— Vous ne nous l'avez jamais dit, observa Brunetti.

— Lorenzo Scarpa. »

Les yeux de Vianello s'ouvrirent et il se tourna vers le serveur, l'air d'avoir du mal à déguiser sa surprise.

Devant cette réaction, Lorenzo reprit, la voix étranglée :

« C'était rien. Giulio est venu au bar, un soir, et il avait déjà bu. Mon frère ne lui a rien dit. Bottin cherchait juste la bagarre, alors il a inventé un prétexte. Il a prétendu que Sandro lui avait fait renverser son verre. »

Il regarda tour à tour les deux policiers, qui affichaient une expression entendue.

« Je vous promets qu'il ne s'est rien passé et qu'il n'y a eu aucune plainte. Les gens les ont arrêtés avant même que ça commence. Moi j'étais derrière, en cuisine. Quand je suis arrivé, tout était fini, mais personne n'avait été blessé ni rien.

— Je n'en doute pas, dit Vianello avec un sourire qu'il essaya de rendre aussi aimable que possible. Mais ce n'est pas ce que j'ai cru comprendre.

46

– Quoi ? Qu'est-ce qu'on vous a raconté ? Qui était-ce ? »

Vianello secoua la tête, apparemment à contrecœur, comme pour laisser entendre à Lorenzo qu'il aurait volontiers répondu à la question, mais que avec son supérieur assis juste devant lui à la même table, il n'avait aucun moyen d'aider son jeune ami, en dépit de l'envie qu'il en avait.

« Je parie que c'est ce salopard de Giacomini ! Dites-moi au moins ça. C'est lui ? »

Avec de nouveau l'air d'avoir du mal à dissimuler son étonnement, Vianello adressa un coup d'œil rapide au serveur, comme s'il voulait lui dire de ne pas aller plus loin. Mais pour le jeune homme, la prudence n'était plus de mise.

« Il n'était même pas là ! Tout ce qu'il voulait, ce salaud, c'était causer des ennuis à Sandro. Tout ça, c'est à cause de ce qui s'est passé entre eux, l'histoire de Chioggia. Mais il ment ! Giacomini a toujours été un menteur ! »

Le serveur se remit debout, comme pour s'empêcher d'en dire davantage. Retrouvant soudain son sang-froid et oubliant son frère, il demanda :

« Voulez-vous une autre grappa ? »

Brunetti secoua la tête, se leva, rapidement imité par le sergent.

« Merci », dit-il sans qu'il soit bien clair si c'était pour la proposition ou pour les informations. Il attendit un instant, faisant comprendre de manière indiscutable qu'il attendait que Vianello sorte le premier de la salle.

Une fois dehors, Brunetti et Vianello marchèrent pendant quelques minutes, jusqu'à ce qu'ils se retrouvent au bord de l'eau, suffisamment loin des maisons et du restaurant. Tourné dans la direction de Venise, Brunetti posa un pied sur le muret du quai et se pencha pour chasser un petit caillou coincé dans sa semelle.

« Eh bien ? demanda-t-il.

– Tout ça est inédit pour moi, répondit Vianello avec un petit sourire. Personne n'a voulu me parler.

– C'est ce que j'avais cru comprendre. Tu as parfaitement bien joué ton rôle, Lorenzo, ajouta-t-il, sachant qu'il allait faire plaisir au sergent.

– Ce n'était pas bien dur, n'est-ce pas ? demanda Vianello en guise de réponse.

– J'aimerais bien savoir si la bagarre n'aurait pas mal tourné. Il essayait un peu trop de nous convaincre qu'il ne s'était rien passé. » Brunetti était toujours tourné vers la ville invisible, mais ses remarques n'en étaient pas moins destinées à Vianello.

« C'est vrai. Il insistait lourdement. »

Ce qu'avait aussi pensé Brunetti, sur le moment ; mais il en venait maintenant à se demander si le serveur n'avait pas été plus malin qu'il ne l'avait cru et ne lui avait pas jeté en pâture le nom de Giacomini et l'histoire de la bagarre avec Bottin pour détourner son attention d'une affaire peut-être plus grave.

« Tu ne crois pas qu'il aurait essayé de nous cacher quelque chose ?

– Non. Je pense qu'il était réellement inquiet », répondit Vianello comme s'il avait lui-même envisagé cette hypothèse pour finir par la rejeter. Puis, avec le mépris typique de ceux qui sont nés sur les principales îles vénitiennes, il ajouta :

« Les gens de Pellestrina ne sont pas assez intelligents pour faire ce genre de calcul, de toute façon.

– Ce n'est plus politiquement correct de dire ce genre de choses, Lorenzo, observa doucement Brunetti.

– Même si elles sont vraies ?

– Précisément parce qu'elles le sont. »

Vianello réfléchit quelques instants avant de demander ce qu'ils allaient faire, maintenant.

« Je crois que nous allons voir ce que nous pouvons

48

apprendre sur cette bagarre entre Sandro Scarpa et Giulio Bottin», répondit Brunetti en tournant le dos à la lagune pour faire face à la rangée de maisons basses.

Vianello lui emboîta le pas et prit la parole.

«Il y a une petite épicerie qui vend un peu de tout, derrière le restaurant. D'après le panneau, elle ouvre à trois heures et on m'a dit que la signora Follini était toujours à l'heure.»

Le sergent précéda son chef par le côté du restaurant; ils se retrouvèrent dans une cour sablonneuse ouverte, qui offrait une vue dégagée en direction de la digue et de l'Adriatique; des portails encadrant la cour restaient ouverts à cet effet. Du fait de la hauteur de la digue, on ne pouvait cependant pas voir la mer de ce côté-ci de l'île, mais la forte odeur iodée qui imprégnait l'atmosphère et l'humidité de l'air trahissaient sa proximité.

Cela faisait des années que Brunetti n'avait pas mis les pieds sur cette île; plus de dix ans, peut-être. C'était à l'époque où les enfants étaient petits et où lui, Paola et toute la famille s'entassaient dans le bateau de son frère Sergio, le dimanche après-midi, se promettant d'explorer les îles mais sachant très bien que ce n'était qu'un prétexte pour trouver de bons restaurants de poisson. Il se souvenait des enfants qui, après avoir ronchonné, dormaient au fond du bateau comme des chiots, ivres de soleil et fatigués de la conversation des adultes, d'un insondable ennui; il se souvenait de leurs coups de soleil, de Sergio jaillissant de l'eau et se précipitant par-dessus le plat-bord, les deux jambes striées d'écarlate par une énorme méduse qu'il avait frôlée dans les eaux claires; et il se rappela aussi, avec une bouffée de bonheur, avoir fait l'amour avec Paola au fond du bateau pendant que Sergio amenait les enfants cueillir des mûres, sur l'une des plus petites îles.

Une clochette tinta lorsque Vianello ouvrit la porte du petit magasin. Ils entrèrent, le policier en uniforme passant le premier pour annoncer tout de suite la couleur.

Une voix de femme monta d'une autre pièce : « Un moment ! » suivi du bruit d'une porte qu'on referme et du petit claquement sec d'un objet qu'on pose sur une surface dure. Puis le silence. Brunetti parcourut le magasin des yeux et vit des alignements de boîtes de riz poussiéreuses, des rangées de paquets de papier tue-mouches, et un objet qui avait l'allure d'un porte-parapluies rempli de balais et de fauberts. Quatre exemplaires du *Gazzettino* de la veille traînaient sur une étagère basse. Il régnait dans la boutique une légère odeur de vieux papier et de légumes secs.

Le moment promis écoulé, une femme émergea d'une porte que fermait un simple rideau de coton blanc. Elle portait une robe verte décolletée qui n'arrivait pas à ses genoux, et des talons inconfortablement hauts pour une femme qui devait passer toute sa journée derrière un comptoir. « Bonjour », dit-elle, s'arrêtant sur le seuil de la porte. Elle y resta quelques instants, gardant le silence, et Brunetti se rendit compte qu'elle était dans la fleur de l'âge – à ceci près que cette floraison avait déjà eu lieu à de nombreuses reprises et sans doute à des intervalles de plus en plus courts.

Ses cheveux jaune pissenlit paraissaient d'autant plus éclatants qu'elle avait un teint très bronzé. Brunetti avait suivi une fois un séminaire de trois jours sur les méthodes les plus modernes d'identification des suspects, dont deux heures avaient été consacrées aux moyens utilisés par les criminels pour transformer leur apparence. Pour tout dire, il avait été fasciné – peut-être parce qu'il passait beaucoup de temps à observer les femmes, dans sa vie – par la diversité qu'offrait la chirurgie plastique du visage, pour quelqu'un voulant changer d'aspect et d'identité. C'étaient certaines de ces techniques dont il avait une démonstration sous les yeux, et il se dit que la police aurait pu utiliser le visage de cette femme comme cas d'école, tant les traces du travail effectué restaient évidentes.

Elle avait les yeux légèrement fendus, à l'orientale, et elle était condamnée à garder jusqu'à la fin des temps un petit sourire qui lui entrouvrait les lèvres et lui donnait l'air d'anticiper quelque chose d'agréable. On aurait pu aiguiser un couteau sur sa mâchoire, tant la ligne de son maxillaire était affûtée. Son nez, mutin et retroussé, aurait fait merveille sur la figure d'une femme ayant trente ans de moins. Sur elle, il créait une note visuelle discordante, au-dessus de sa grande bouche aux lèvres épaisses. Brunetti l'estima plus âgée que lui de quelques années.

« Puis-je vous aider ? demanda-t-elle en s'avançant derrière le comptoir bas.

– Oui, signora Follini, répondit-il, avançant lui aussi d'un pas. Je suis le commissaire Guido Brunetti, et voici le sergent Vianello. Nous sommes ici pour enquêter sur l'accident qui a eu lieu ce matin. » Il commença à prendre son portefeuille pour lui montrer sa carte, mais elle agita une main impatiente, regarda Vianello et revint à lui.

« Un accident ? » demanda-t-elle d'un ton neutre.

Brunetti haussa les épaules.

« Tant que nous n'aurons pas de raison de croire qu'il s'agit d'autre chose, c'est ainsi que nous traiterons l'affaire. »

Elle acquiesça mais ne fit pas de commentaires.

« Les connaissiez-vous, signora ?

– Les Bottin ? demanda-t-elle, bien inutilement.

– Oui.

– Ils venaient ici, répondit-elle, comme si cela suffisait.

– En tant que clients, vous voulez dire ? »

Mais évidemment, dans un petit patelin comme Pellestrina, tout le monde était un jour ou l'autre son client.

51

« Oui.

– Et en dehors de ça ? Étiez-vous amis ? »

Elle prit le temps de réfléchir quelques instants.

« On peut sans doute dire que Marco était un ami, dit-elle enfin en mettant l'accent sur le mot *ami*, comme pour laisser entendre qu'il avait peut-être été davantage que cela, puis elle ajouta : Mais certainement pas son père.

– Et pourquoi ? »

Ce fut à son tour de hausser les épaules.

« On ne s'entendait pas tellement.

– À propos de quelque chose en particulier ?

– À propos de tout en particulier », répliqua-t-elle, souriant de la rapidité avec laquelle elle avait réagi. Ce sourire, qui mettait en valeur des dents parfaites et ne permettait l'apparition que d'une seule fossette au coin de chacune de ses lèvres, suggérait à Brunetti de quoi elle aurait eu l'air si elle n'avait pas passé son temps à courir après sa jeunesse qui s'éloignait.

« Et pourquoi donc ?

– Nos pères se sont battus quand ils étaient jeunes gens, il y a une cinquantaine d'années », dit-elle d'un ton tellement impassible que Brunetti n'aurait su dire si elle était sérieuse ou si au contraire elle se moquait du comportement supposé des gens dans les petits villages.

« Je doute beaucoup que Giulio, et encore moins vous, ayez pu en être beaucoup affectés. Vous ne deviez même pas être née, à cette époque. »

Il avait parlé avec l'excessive sincérité de la flatterie. Son sourire, cette fois, provoqua l'apparition d'une deuxième paire de fossettes, mais très petites. Paola avait donné un cours sur le sonnet, l'année passée, et Brunetti se souvenait de l'un d'eux – anglais, lui semblait-il – qui parlait de ceux qui nient le passage du temps, forme d'illusion qui lui paraissait particulièrement pathétique.

«Mais vous n'aviez jamais affaire au père, pour une raison ou une autre? Après tout, c'est un petit village, ici; les gens doivent se voir tous les jours.»

Elle porta ostensiblement le dos de sa main à son front lorsqu'elle lui répondit.

«Ne m'en parlez pas – je ne suis que trop au courant. Croyez-en ma longue expérience, je sais comment sont les gens dans des patelins comme ici. Au moindre prétexte, ils inventent des mensonges sur tout le monde.»

Ce théâtral numéro de déploration étudiée souleva la curiosité de Brunetti, qui se posa la question du signor Follini, si tant est qu'il existât. Elle jeta un coup d'œil à Vianello et ouvrit la bouche pour continuer.

«Et le signor Bottin? la devança Brunetti. Est-ce qu'on invente aussi des mensonges sur lui?»

Nullement froissée par l'interruption de Brunetti, en apparence, elle mit cependant une pointe d'aigreur dans le ton de sa réponse:

«Avec lui, la vérité aurait suffi.

– La vérité? La vérité sur quoi?»

À l'expression de la femme, il comprit qu'elle n'aurait pas mieux demandé que de l'éclairer; mais il vit l'instant précis où elle retrouva l'esprit de discrétion que l'on apprend à pratiquer dans les petites communautés.

«Oh, les choses habituelles», dit-elle avec un geste vague de la main.

Brunetti comprit qu'il était inutile d'essayer d'en tirer davantage, mais il demanda néanmoins:

«Et quelles choses?»

Après un long silence qu'elle utilisa manifestement pour choisir les exemples les plus inoffensifs possible, elle répondit qu'il n'était pas très gentil avec sa femme et dur avec son fils.

«On doit pouvoir en dire autant de pas mal d'hommes.

– Je ne crois pas qu'on le dirait de vous, monsieur»,

53

dit-elle en s'appuyant avec coquetterie contre le comptoir.

C'est le moment que choisit Vianello pour intervenir.

« Le pilote a dit que nous devions rentrer, monsieur, rappela-t-il d'une voix douce, mais assez fort pour que la signora Follini entende.

– Ah oui, c'est vrai, sergent. » Brunetti avait pris son ton le plus officiel pour répondre. Il se tourna de nouveau vers la signora Follini et lui adressa un bref sourire.

« Je crains bien que ce ne soit tout pour le moment, signora. Au cas où nous aurions d'autres questions à vous poser, quelqu'un de chez nous reviendra.

– Pas vous ? demanda-t-elle, dans un effort pour paraître déçue.

– Peut-être. Si c'est nécessaire. »

Il la remercia pour le temps qu'elle leur avait accordé et, précédé de Vianello, quitta le magasin. Le sergent tourna à droite, puis à gauche, déjà familiarisé avec les quelques rues qui constituaient le centre de Pellestrina.

« Pile-poil ton intervention, sergent, dit Brunetti en riant.

– J'ai pensé qu'il valait mieux essayer de nous tirer de là en douceur, monsieur.

– Et si ça n'avait pas marché ?

– J'avais mon pistolet », répliqua Vianello en tapotant son étui.

La digue s'élevait devant eux et, pris d'une impulsion soudaine, Brunetti traversa la route étroite qui conduisait à l'extrémité de la péninsule et attaqua les marches taillées dans le flanc du mur de protection. Au sommet, il se déplaça de côté de manière à faire de la place à Vianello, sur l'étroite allée de ciment qui partait dans les deux directions.

Devant eux s'étendaient les eaux de l'Adriatique, agitées de mouvements paisibles. Au large, croisaient quelques

54

tankers et des cargos. Au-delà, c'était la plaie ouverte de l'ancienne Yougoslavie.

« Vous ne trouvez pas que c'est étrange, monsieur, que les femmes comme ça qui se font faire un lifting ont l'air ridicules, et pas celles qui sont riches ou célèbres ? »

Brunetti évoqua deux amies de sa femme qui avaient tendance à disparaître pendant quelques jours à Rome, de temps en temps, et les modifications de leur aspect qui s'ensuivaient. Comme elles avaient de gros moyens, le travail était mieux exécuté que sur le visage de la signora Follini, et les résultats moins voyants et donc plus heureux. Pour lui, cependant, la démarche était identique dans les deux cas, et pas moins pathétique.

Il émit un petit bruit qu'on pouvait interpréter comme on voulait.

« Et qu'est-ce qu'ils t'ont raconté, les gens dont tu as les noms dans ton carnet ? Ils t'ont parlé d'elle ?

– Non, monsieur. Vous savez comment c'est, dans ces villages : il n'y en a pas un pour vous dire quelque chose qui pourrait être répété à la personne dont on vous parle.

– Et l'obligation de confidentialité de la police ? » demanda ironiquement Brunetti.

– Mais vous pouvez tout de même le comprendre, monsieur, non ? Si jamais on va jusqu'au procès, nous serons obligés de dire comment nous avons obtenu tel ou tel nom, ou pourquoi nous avons commencé à enquêter sur telle ou telle personne. Le procès suit son cours et il arrive ce qu'il arrive. Mais eux, il faudra qu'ils continuent à vivre ici, parmi des gens qui les considèrent comme des délateurs. »

Brunetti savait qu'il était inutile de chapitrer le sergent sur les devoirs du citoyen et l'obligation qu'il avait d'aider les autorités dans le cadre de toute enquête criminelle. Le fait qu'il s'agissait d'un meurtre, et même d'un double meurtre, n'aurait strictement rien changé aux yeux d'un habitant de Pellestrina : son plus haut devoir de citoyen était de vivre en paix et de ne pas subir le harcèlement des autorités. Il valait beaucoup mieux faire confiance à sa famille et à ses voisins. Au-delà de ce cercle, c'étaient la bureaucratie, le pouvoir officiel et tous ses dangers et ses guets-apens – et des conséquences inévitables, quand on s'y laissait piéger.

Laissant Vianello à ses propres réflexions, Brunetti resta encore un moment à contempler la mer. Les bateaux étaient un peu plus loin, ayant grignoté une partie de leur voyage vers quelque lointaine destination.

Apparemment, lui sembla-t-il, ils étaient les seuls à avancer.

6

Obligé d'admettre que la remarque de Vianello n'en était pas moins vraie même si elle était désagréable à entendre, Brunetti estima inutile de rester plus longtemps à Pellestrina et déclara que le mieux était de rentrer. Le sergent ne se montra pas surpris. Les deux hommes redescendirent donc de la digue et traversèrent la rue et le petit village pour se retrouver du côté de l'île faisant face à Venise, sur le quai où la vedette les avait patiemment attendus. Pendant la traversée de la lagune, Vianello rapporta à Brunetti la liste des noms des gens qu'il avait interrogés et résuma en quelques mots les banalités qu'on lui avait débitées. Il avait appris que le frère de Bottin père vivait à Murano, où il travaillait dans une verrerie ; ses seuls autres parents, à savoir la famille de sa femme défunte, vivaient aussi sur cette île, mais personne n'avait été capable de lui dire ce qu'ils y faisaient.

Les personnes avec lesquelles Vianello s'était entretenu avaient parlé sans réticences particulières, et répondu à toutes les questions qu'il leur posait. Mais aucune n'avait donné d'informations au-delà de ces réponses, formulées de manière aussi simple et laconique que possible. Pas le moindre détail n'y avait été ajouté, aucun de ces ragots dont est faite toute vie sociale. Ils s'étaient montrés assez malins pour ne pas s'en tenir à de simples « oui » ou « non », et s'arranger pour donner l'impression qu'ils faisaient leur possible afin de se rappeler tout ce qui pourrait aider la police. Pas un instant, Vianello n'avait été dupe de leur manège, et il était probable qu'ils le savaient.

La vedette s'engageait dans le chenal principal conduisant à San Marco, lorsque Vianello eut fini son compte-rendu, et ils se retrouvèrent devant le panorama qui avait accueilli la plupart des visiteurs de la Sérénissime depuis les grands siècles de sa gloire. Clochers, dômes, coupoles – chacun des monuments de la ville faisait sa coquette pour attirer l'œil des passagers des bateaux, tous donnaient l'impression de se bousculer à la manière des petits enfants qui essaient d'attirer l'attention du visiteur. La seule différence avec ce que voyaient les deux policiers, différence qu'auraient tout de suite perçue ceux qui avaient emprunté le même chenal un demi-millénaire auparavant, était la troupe anarchique de grues de chantiers qui dominait la ville et, au sommet de chaque bâtiment, les bataillons d'antennes de télévision de toutes les tailles imaginables.

À la vue des formes angulaires et agressives des grues, Brunetti fut frappé par l'idée qu'il les voyait rarement en mouvement. Deux d'entre elles surplombaient toujours la coquille vide de la Fenice, victimes de la même paralysie que toutes les tentatives faites pour reconstruire le célèbre opéra. À l'évocation de la vantardise qui s'était étalée en première page du *Gazzettino* le lendemain de l'incendie – selon quoi le monument historique serait reconstruit à l'identique d'ici deux ans –, Brunetti se demanda s'il devait rire ou pleurer, sachant qu'il avait disposé de largement plus de deux ans pour en décider. D'après la rumeur populaire, elle-même interchangeable avec la vérité, ces grues immobilisées coûtaient cinq mille euros par jour à la ville, et les gens avaient depuis longtemps cessé d'estimer ce que serait le coût final de la reconstruction. Les années passaient, l'argent filait et les grues restaient toujours aussi immobiles, dominant d'un silence hautain les interminables disputes et contestations juridiques pour savoir qui allait assumer les travaux.

En silence, les deux policiers regardèrent la ville qui se rapprochait. Peu de cités s'autocontemplent avec autant de complaisance que Venise : ses représentations bon marché et vulgaires s'alignent le long de nombreuses rues ; il n'est pas un kiosque à journaux sans ses gondoles en plastique aux couleurs criardes ; de soi-disant artistes portant béret vendent d'horribles pastels à chaque coin de rue. Venise prostitue partout son image à coups d'œillades salaces. Et s'ajoutant à tout cela, il y avait les conséquences de plusieurs semaines de sécheresse : des ruelles étroites empestant l'urine, humaine ou canine ; une fine couche de poussière qu'on amenait partout sous ses semelles, en dépit du travail des balayeuses. Sa beauté, pourtant, restait sans tache, sa suprématie incontestable.

Le pilote coupa à droite et alla se ranger devant la questure. Brunetti le remercia d'un geste de la main et sauta sur le quai, suivi de Vianello.

« Et maintenant, monsieur ? demanda le sergent lorsqu'ils franchirent la double porte de verre.

– Tu appelles l'hôpital et tu demandes quand ils pensent procéder aux autopsies. Pendant ce temps, je vais mettre la signorina Elettra sur les Bottin... et aussi sur Sandro Scarpa et, tant qu'à faire, sur la signora Follini », ajouta-t-il, avant que le sergent le lui suggère.

En haut de la première volée de marches, Brunetti tourna vers le bureau de Patta pendant que Vianello se dirigeait vers la salle commune des policiers en tenue.

« Toujours aux prises avec Veblen ? » demanda Brunetti en entrant dans la petite antichambre de la signorina Elettra.

Elle prit une enveloppe pour marquer la page et posa le livre de côté.

« Ce n'est pas facile à lire. Mais je n'ai pas pu trouver de traduction.

– J'aurais pu vous prêter la mienne.

– Merci, monsieur. Si j'avais su que vous l'aviez... » Mais elle n'alla pas plus loin. C'était tout de même un peu gênant que d'emprunter un livre à son supérieur pour le lire au travail.

« Le vice-questeur est-il arrivé ?

– Il est resté ici une demi-heure après le déjeuner, puis il a dit qu'il devait se rendre à une réunion. »

Une des choses que Brunetti appréciait, chez la signorina Elettra, était l'impitoyable précision de son discours. Elle n'avait pas déclaré : « Patta est allé à une réunion », mais : « a dit qu'il devait se rendre à une réunion ».

« Alors vous êtes libre ?

– Aussi libre que l'air, monsieur », répondit-elle. Elle croisa les mains devant elle et se tint bien droite sur son siège, telle une élève diligente.

« Les deux hommes assassinés sont Giulio Bottin et son fils, Marco. Tous les deux de Pellestrina et tous les deux pêcheurs. Tout ce que vous pourrez trouver sur eux m'intéresse.

– Dans tous les domaines, monsieur ? »

Supposant qu'elle faisait allusion à ceux auxquels elle avait accès *via* ses liens électroniques avec tout un réseau d'amis et de relations, il acquiesça.

« Et aussi ce que vous pourrez dénicher sur Sandro Scarpa, également de Pellestrina et probablement pêcheur. Voyez si le prénom Giacomini apparaît quelque part ; je n'ai pas le nom de famille. Et sur une certaine signora Follini, qui tient l'épicerie de l'île. »

À ce nom, la signorina Elettra souleva un sourcil et ne chercha pas à dissimuler son intérêt.

60

« Vous la connaissez ? demanda Brunetti.

– Non, pas vraiment, pas plus que bonjour-bonsoir. »

Brunetti attendit qu'elle ajoute quelque chose, mais comme rien ne venait c'est lui qui reprit la parole.

« J'ignore si c'est son nom ou celui d'un mari. »

La signorina Elettra secoua la tête pour dire qu'elle ne le savait pas non plus.

« Elle doit avoir une cinquantaine d'années... même s'il faudrait sans doute lui enfoncer des pointes de bambous sous les doigts pour le lui faire avouer », ne put-il s'empêcher d'ajouter.

Elle le regarda, surprise.

« C'est très méchant, de dire une chose pareille.

– Est-ce que ça l'est moins si c'est vrai ? »

Elle réfléchit quelques instants avant de répondre.

« Non, encore plus, à mon avis. »

Pour se défendre, Brunetti dit alors :

« Elle a essayé de flirter avec *moi* », mettant l'accent sur le « moi » pour suggérer l'absurdité de la conduite de la femme.

La signorina Elettra lui adressa un coup d'œil et se contenta d'un simple « Ah... » comme commentaire, enchaînant aussitôt pour lui demander si elle devait faire des recherches sur d'autres noms.

« Non, mais voyez en particulier s'ils possédaient le bateau en toute propriété. Il réfléchit quelques instants, explorant diverses possibilités. Et si les assurances ont eu un dossier de remboursement pour lui. »

Elle acquiesçait à chacune de ses demandes, mais sans prendre de notes.

« Vous connaissez quelqu'un, là-bas ?

– Une de mes cousines possède une maison dans le village », répondit-elle avec une modestie qui dissimulait tout le plaisir que lui avait procuré cette question posée par son supérieur.

« À Pellestrina ? demanda-t-il avec intérêt.

– En réalité, c'est une cousine de mon père. Elle a scandalisé toute la famille, il y a bien longtemps de cela, lorsqu'elle a épousé un pêcheur et est allée s'installer là-bas. Sa fille aînée a aussi épousé un pêcheur.

– Et vous leur rendez parfois visite ?

– J'y vais tous les étés. En général, j'y passe une semaine, parfois deux.

– Et depuis combien de temps y passez-vous des vacances ? » voulut-il savoir, son esprit courant déjà bien au-delà de la question.

Elle s'autorisa un sourire.

« Depuis que je suis toute petite. Je suis même allée à la pêche sur le bateau de son gendre.

– Vous ? À la pêche ? Le policier n'aurait pas été plus étonné si elle lui avait dit qu'elle prenait des cours de sumo.

– J'étais plus jeune, alors, monsieur, dit-elle, plongeant dans les eaux profondes de sa mémoire. Je crois que c'est l'année où Armani a essayé le bleu marine dans ses collections. »

Il imagina alors la jeune femme en pantalons évasés – un mélange soie-cachemire, sans aucun doute – taille basse, comme ceux des marins. Pas le bonnet blanc cependant, certainement pas, mais une casquette d'officier, avec un galon tressé doré sur la visière. Abandonnant cette image, il revint dans la réalité et demanda :

« Et vous y allez toujours ?

– Je n'avais pas prévu d'y passer mes vacances cet été, mais si vous me le demandez comme ça, je suppose que je peux y aller. »

Brunetti n'avait nullement eu l'intention de le lui demander et n'avait posé la question que par simple curiosité, se demandant si elle connaîtrait quelqu'un qui accepterait de parler.

« Non, signorina, pas du tout, j'étais simplement surpris par la coïncidence.» Tout en parlant, il ne put s'empêcher de s'étonner de ce qu'elle venait de lui révéler : qu'elle avait une cousine à Pellestrina, une cousine mariée à un pêcheur.

Elle le tira de ses réflexions.

« En fait, je n'avais fait aucun projet de vacances, pour tout vous dire, et j'adore vraiment aller là-bas.

– Voyons, signorina, se récria-t-il, avec l'espoir de paraître convaincu comme d'être convaincant, il n'est pas question que nous vous demandions une chose pareille.

– Mais personne ne me demande rien, monsieur. J'étais simplement en train de m'interroger sur l'endroit où j'allais passer la première partie de mes vacances.

– Ah, je croyais que vous reveniez justement de... » Mais elle l'arrêta d'un regard.

« J'arrive à prendre si peu de jours », dit-elle modestement. Brunetti chassa de son souvenir les cartes postales d'Égypte, de Crète, du Pérou et de Nouvelle-Zélande arrivées à la questure.

Avant qu'elle puisse avancer quoi que ce soit, il dit :

« Je ne pense pas que cela convienne, pas du tout, signorina. »

Elle lui adressa un regard choqué et blessé à la fois.

« Je ne suis pas sûre que le choix de mon lieu de vacances regarde quelqu'un d'autre que moi, monsieur.

– Voyons, signorina... »

Mais elle lui coupa la parole en prenant un ton plus véhément.

« Nous pourrons en discuter une autre fois, monsieur, mais laissez-moi tout d'abord voir ce que je peux trouver sur ces gens. »

Elle tourna la tête de côté, comme si elle entendait un bruit que Brunetti ne percevait pas.

« Je crois me souvenir de quelque chose à propos des

63

Bottin, quelque chose qui date de plusieurs années. Mais il faut que j'y réfléchisse (elle afficha un grand sourire). Ou je peux demander à ma cousine.

– Bien sûr, répondit Brunetti, pas du tout content de la manière dont il s'était laissé manœuvrer. Ses habitudes de prudence lui firent demander : Est-ce qu'elle sait que vous travaillez ici ?

– J'en doute. La plupart des gens ne s'intéressent pas aux autres et encore moins à ce qu'ils font, sauf si c'est un problème pour eux ou si cela les affecte d'une manière ou d'une autre. »

Brunetti, après des années d'expérience, était arrivé à peu près aux mêmes conclusions. Il se demanda si son savoir était théorique ou pratique ; elle paraissait tellement jeune et si peu malléable...

Elle leva les yeux vers lui.

« Mon père n'a jamais approuvé que je quitte la banque, et je doute donc qu'il ait dit à quiconque où je travaillais. J'imagine qu'à peu près toute ma famille pense que j'y suis encore. Si seulement ils prennent la peine de se poser la question. »

Conscient que son enthousiasme était ce qui avait conduit la jeune femme à envisager cette initiative, il protesta à nouveau.

« Ce n'est pas une bonne idée, signorina. Ces deux hommes ont été assassinés (elle lui jeta un regard froid, indifférent). Et vous ne faites pas partie des forces de police. Pas officiellement, en tout cas. »

Il avait vu la scène dans d'innombrables films : la jeune femme qui se met à contempler ses ongles comme si c'était la chose la plus intéressante au monde.

Avec celui du pouce, elle donna une pichenette à une poussière invisible sur un autre ongle, puis releva la tête pour voir s'il avait terminé.

« Comme je vous le disais, monsieur, je crois que je vais être en vacances la semaine prochaine. Le vice-questeur sera parti, si bien qu'il ne devrait pas tellement souffrir de mon absence.

– Signorina, dit Brunetti d'un ton calme mais officiel, cette affaire pourrait se révéler dangereuse (elle ne répondit pas). Vous n'avez pas les aptitudes pour cela.

– Vous préféreriez envoyer Alvise ou Riverre ? » demanda-t-elle d'un petit ton provocateur, nommant les deux plus piètres policiers de la questure. Puis elle répéta :

« Les aptitudes ? »

Il ouvrit la bouche, mais elle l'interrompit une nouvelle fois.

« De quelles aptitudes vais-je avoir besoin, commissaire ? Savoir tirer au pistolet ? Immobiliser un suspect ? Sauter par la fenêtre du troisième ? »

Brunetti préféra ne pas répondre pour ne pas la provoquer davantage, d'autant qu'il lui répugnait d'admettre qu'il était peu ou prou responsable de lui avoir mis cette idée stupide dans la tête.

« Et à quelles aptitudes croyez-vous que j'ai fait appel, depuis que j'ai été engagée ici ? Ce n'est pas moi qui vais sur le terrain arrêter les gens, d'accord, mais c'est moi qui vous dis quels sont les gens qu'il faut arrêter, qui vous fournis les preuves qui vous aideront à les faire inculper. Et ça, je le fais en posant des questions à des gens, en réfléchissant à ce qu'ils m'ont dit et en allant poser d'autres questions à d'autres gens. »

Elle se tut mais il ne réagit pas, se contentant de hocher la tête pour montrer qu'il l'écoutait.

« Que j'utilise ce truc-là, reprit-elle en agitant une main aux ongles rouges au-dessus de son ordinateur, ou que j'aille passer quelques jours à Pellestrina chez des gens que je connais depuis des années, voilà qui ne fait pas beaucoup de différence.

– C'est pour votre sécurité que je m'inquiète, signorina, dit-il quand il vit qu'elle s'arrêtait.

– Très galant de votre part, dit-elle d'un ton qui le laissa interloqué.

– Sans compter que je n'ai pas l'autorité pour vous envoyer là-bas. Ce serait tout à fait irrégulier. »

Puis il se rendit compte – avec une certaine stupéfaction – que, s'il n'avait pas l'autorité pour l'envoyer à Pellestrina, il avait encore moins celle de l'empêcher de s'y rendre.

« Mais moi j'ai celle de m'octroyer une semaine de vacances, monsieur. C'est tout à fait régulier.

– Vous ne pouvez faire une chose pareille !

– Notre première dispute, rétorqua-t-elle en prenant un air faussement tragique qui lui arracha un sourire.

– Non, sincèrement, je ne veux pas que vous le fassiez, Elettra.

– Et la première fois que vous m'appelez par mon prénom.

– Je ne veux pas que ce soit la dernière.

– Me menacez-vous de me mettre à la porte, ou craignez-vous que quelqu'un ne m'assassine ? »

Il réfléchit un bon moment avant de répondre.

« Si vous me promettez de ne pas y aller, je vous promets de ne jamais vous mettre à la porte.

– Commissaire, dit-elle en reprenant son ton habituel plus formel, si tentante que soit cette proposition, vous devez comprendre que, de toute façon, même s'il s'avérait que j'étais la meurtrière dans cette affaire, le vice-questeur Patta ne vous laisserait jamais me mettre à la porte. Je lui facilite beaucoup trop l'existence. »

Brunetti fut bien forcé de reconnaître, au moins en son for intérieur, qu'elle n'avait pas tort.

« Même si je vous accuse officiellement d'insubordination ? » demanda-t-il. Mais il savait bien – et la signorina Elettra aussi – qu'il avait dit ça sans y croire.

Comme si la prise de bec n'avait même pas eu lieu, elle reprit :

«Je vais avoir besoin d'un moyen de rester en contact avec vous.

– On pourra vous attribuer un portable.»

Ça y était, il cédait.

«Ce sera plus simple que je me serve du mien. Mais j'aimerais qu'il y ait quelqu'un là-bas, juste au cas où vous auriez raison et qu'il y ait un danger pour moi.

– On enverra une équipe de nos hommes pour enquêter. On pourra leur dire que vous êtes là-bas.»

Sa réaction fut immédiate.

«Non. Ils seraient capables de m'adresser la parole en me voyant, ou bien, si vous leur dites de m'ignorer, de se lancer dans un tel numéro qu'ils ne feront qu'attirer l'attention sur moi. Personne de la police ne doit savoir ce que je fais à Pellestrina. Sauf vous et le sergent Vianello.»

Ces réserves, se demanda-t-il, tenaient-elles à des informations qu'elle détenait (et pas lui) sur des personnes travaillant à la questure, ou bien à un scepticisme sur la nature humaine encore plus profond que le sien ?

«Si je m'attribue la direction de l'enquête, c'est moi et le sergent Vianello qui iront parler aux gens.

– Ce serait le mieux.

– Combien de temps pensez-vous rester là-bas ?

– Sans doute autant que d'habitude, je suppose, c'est-à-dire une semaine, peut-être un peu plus. Ce n'est pas comme s'il suffisait que je descende du bus orange pour que tout le monde vienne me donner le nom de l'auteur du crime, n'est-ce pas, monsieur ? J'irai loger chez ma cousine et m'intéresserai à ce que les gens racontent de neuf. Ce qui aura l'air parfaitement naturel.»

Il ne restait que peu de détails à régler.

«Est-ce que ça ne fera pas un peu trop mélo, si je vous demande de prendre une arme de poing avec vous ? demanda-t-il.

– Ce qui serait encore plus mélo, ce serait que j'accepte, monsieur, dit-elle en se détournant, aussi contente que lui que toute l'affaire soit réglée. Je vais commencer tout de suite à regarder ce que je peux trouver sur les Bottin, d'accord ?»

Sur quoi, elle tourna l'écran plat de son ordinateur vers elle.

7

« Tu vas la laisser faire *quoi* ? » s'étrangla Paola ce soir-là, après le dîner, lorsqu'il eut fini de lui raconter son petit voyage à Pellestrina et la conversation qui avait suivi (il aurait bien aimé parler de confrontation, mais ç'aurait été exagérer) avec la signorina Elettra, au bureau.

« Tu vas la laisser aller jouer toute seule au petit détective futé ? À Pellestrina ? Sans arme ? Avec un tueur rôdant dans les parages ? Serais-tu devenu fou, Guido ? »

Ils étaient toujours assis à table, et les enfants s'étaient esquivés pour aller faire ce que font de bons petits obéissants après le repas, s'ils veulent éviter la corvée de vaisselle. Elle reposa son verre, dans lequel restait un fond de calvados, et le regarda, courroucée.

« Je répète, serais-tu devenu fou ?

– Je n'ai rien pu faire pour l'en empêcher », insista Brunetti, bien conscient de la faiblesse de sa réponse. Lorsqu'il avait raconté l'incident, il avait omis de mentionner que l'idée originale était de lui, donnant à sa femme une version expurgée dans laquelle la signorina Elettra avait insisté, d'elle-même, pour prendre une part plus active dans l'investigation. Avec pour résultat qu'il se retrouvait dans le rôle du patron impuissant, tourné en bourrique par sa secrétaire et trop indulgent pour risquer de mettre en danger la carrière de la jeune femme en lui imposant une mesure disciplinaire.

Sa longue expérience des actes de prévarication des hommes exerçant quelque pouvoir fit soupçonner à Paola que ce qu'elle entendait n'était peut-être pas tout à fait la vérité. Mais elle ne voyait pas ce qu'elle gagnerait à remettre le compte rendu de Guido en question, alors que seul le résultat l'intéressait.

« Alors tu vas la laisser y aller ? répéta-t-elle.

– Je te l'ai déjà expliqué, Paola, répondit-il en se disant qu'il était plus prudent d'attendre avant de se servir un deuxième calva, la question n'est pas de savoir si je dois ou non la laisser faire ; c'est simplement que d'un point de vue légal, rien ne m'autorise à l'empêcher d'aller là-bas. Si j'avais refusé, elle aurait simplement pris une semaine de vacances, serait partie à Pellestrina et aurait commencé à poser des questions à droite et à gauche.

– C'est donc elle qui est devenue complètement folle ? »

Ce n'étaient pas les questions sur la signorina Elettra qui manquaient, mais celle-ci n'en faisait pas partie. Plutôt que de répondre oui, il céda aux aspects les moins nobles de sa nature et se versa quelques gouttes de calvados.

« Et qu'est-ce qu'elle s'imagine pouvoir faire ? » demanda Paola, quand elle vit que Guido ne répondrait pas à sa question précédente.

Il reposa son verre sans y avoir touché.

« Si j'ai bien compris ses explications, elle espère employer les mêmes techniques qu'avec son ordinateur : poser des questions, écouter les réponses, puis poser d'autres questions.

– Et si jamais quelqu'un, pendant qu'elle pose ses petites questions, décide de lui enfoncer un poignard dans le ventre comme on l'a fait à ce malheureux pêcheur ? voulut savoir Paola.

– C'est exactement ce que je lui ai demandé », ce qui

70

était certainement ce qu'il avait voulu faire, mais sans passer à l'action.

«Et alors?

– Alors, elle est convaincue que le fait qu'elle aille là-bas tous les étés ou presque depuis des années est suffisant.

– Suffisant pour quoi? Pour la rendre invisible?» Paola roula des yeux et secoua la tête de stupéfaction.

«Elle n'est pas idiote, Paola, dit Brunetti pour défendre la signorina Elettra.

– Je sais bien, mais elle n'est qu'une femme.»

Il venait de reprendre son verre lorsqu'elle avait fait cette remarque, et il s'arrêta en plein geste.

«Quoi, c'est la reine des féministes qui me sort ça? Qu'elle *n'est qu'une femme*?

– Oh, Guido, pas de coups bas, s'il te plaît, dit Paola, vraiment en colère cette fois. Tu sais très bien ce que je veux dire. Elle va se retrouver là-bas toute seule avec son petit portable et ses talents de secrétaire, alors qu'il y a un type qui traîne dans le secteur avec un couteau, et ce type a déjà tué deux personnes. Je ne voudrais jamais lancer quelqu'un que j'aime bien dans une affaire pareille avec un tel handicap.»

Il enregistra cette dernière remarque, la laissant passer pour le moment. «Il aurait peut-être mieux valu que ce soit toi plutôt que moi qui lui parle.

– Non, dit Paola, ignorant le sarcasme. Je doute que ça aurait changé quoi que ce soit.» Paola n'avait rencontré la signorina Elettra qu'à deux reprises, lors de repas officiels donnés par Patta pour le personnel de la questure. À chaque fois, même si elles avaient été présentées et avaient pu se parler pendant quelques instants, elles s'étaient retrouvées à des tables différentes, ce que Brunetti avait toujours interprété comme une décision de Patta, le vice-questeur préférant sans doute que les deux femmes ne puissent pas parler de lui.

Son esprit pratique reprenant le dessus, Paola laissa tomber la théorie et les récriminations pour revenir à la réalité.

«Est-ce qu'il n'y a pas moyen d'envoyer quelqu'un là-bas pour la surveiller de loin ?

– Je ne suis pas sûr que ce soit nécessaire, à ce stade.

– Sauf que si jamais ça le devient, ce sera peut-être trop tard pour y faire quelque chose.»

Brunetti ne le lui dit pas, mais il était bien obligé de reconnaître qu'elle avait raison.

«Eh bien ? insista-t-elle.

– J'en ai parlé avec Vianello. Je me demandais si par hasard quelqu'un de chez nous ne serait pas originaire de là-bas.

– Et alors ?»

Il secoua la tête pour indiquer que la réponse était non.

«Sans compter qu'elle a beaucoup insisté pour que personne à la questure ne soit au courant de ce qu'elle faisait et où elle était, sauf moi et Vianello.»

Connaissant la curiosité de Paola, il continua ses explications.

«Elle m'a certifié que personne dans sa famille ne savait ce qu'elle fait, mais j'ai du mal à y croire. Je veux bien reconnaître que la plupart de ses proches ne s'intéressent pas à ses activités, étant donné qu'elle ne les voit qu'une fois par an. Mais quelques-uns sont sûrement plus indiscrets.

– Et si quelqu'un est effectivement au courant ? Ou si on lui pose la question ? Ou si quelqu'un découvre qu'elle travaille à la questure ? demanda Paola.

– Oh, répondit-il sans hésiter, je suis certain qu'elle est capable d'inventer quelque chose. C'est une fabuleuse menteuse ; je la vois à l'œuvre depuis des années.

– Je veux bien, mais si elle est en danger ? insista-t-elle, revenant aux considérations pratiques.

– J'espère bien qu'elle ne le sera pas.

– Ce n'est pas une réponse, Guido. Ça ne suffit pas.

– Nous ne pouvons rien faire. Elle a décidé d'y aller et je ne pense pas que nous pourrons l'arrêter.

– Je trouve que tu traites la chose de manière bien cavalière, je dois dire.»

Brunetti ne savait pas très bien comment Paola réagirait s'il lui révélait ses sentiments pour une autre femme et il ne fit donc aucune tentative pour se défendre.

«Ce serait terrible, s'il lui arrivait quelque chose», dit-elle.

Refoulant l'envie qu'il avait de répondre que cela lui briserait le cœur, Brunetti se contenta de reprendre son calvados.

Le lendemain, il n'arriva qu'à neuf heures à la questure, ayant été retardé par des coups de téléphone donnés à trois informateurs différents, chose qu'il faisait toujours depuis des cabines téléphoniques publiques et en n'appelant que sur leur portable. Tous étaient au courant de l'affaire par les journaux, mais aucun ne put lui donner la moindre information sur les Bottin ou leur meurtrier. Tous lui promirent de le rappeler, au cas où ils apprendraient quelque chose, mais ils étaient pessimistes: le crime avait eu lieu trop loin. D'après ses contacts vénitiens, il aurait pu tout aussi bien s'être produit à Milan.

Le sujet de sa discussion de la veille avec Paola ne se trouvait pas à son bureau quand il y arriva, si bien qu'il se rendit dans le sien et feuilleta rapidement les journaux du matin. Les éditions nationales ne s'étaient évidemment pas intéressées aux Bottin père et fils, mais *Il Gazzettino* leur consacrait la moitié de la première page, dans sa deuxième section. Dans le style hyperbolique que réservait la feuille de chou locale aux crimes violents, l'article commençait en demandant si les deux hommes n'avaient pas eu la prémonition du sort qui les attendait, en se levant le matin précédent, s'ils n'avaient pas soupçonné que ce serait « le dernier jour de leur vie ». Étant donné que cette question rhétorique était devenue l'entrée en matière du canard pour tous les crimes sordides, Brunetti ne put s'empêcher de murmurer : « probablement pas ».

L'article reprenait tous les faits que le policier connaissait déjà : le père était mort d'un coup violent porté à la tête, le fils d'une blessure faite au couteau. Tous les deux étaient déjà décédés lorsque le bateau avait été incendié et avait coulé.

Rien de neuf là-dedans, mis à part deux petites photos des deux victimes. Bottin père avait les traits burinés de ceux qui passent le plus clair de leur temps dehors. Il affichait l'expression d'hostilité boudeuse que l'on voit la plupart du temps dans les documents officiels. Marco, en revanche, souriait, et deux fossettes profondes marquaient les coins de sa bouche. Si le père avait quelque chose de sombre avec son cou trapu et épais, Marco semblait d'une constitution plus fine et légère. Une finesse des traits qui aurait sans doute fini par disparaître, se dit Brunetti, après vingt ans passés sur la mer, mais le jeune homme avait un port de tête gracieux qui lui fit se demander comment avait pu être sa mère, et quelles forces l'avaient conduite à partager la brutalité du sort de son père.

8

La signorina Elettra ne se présenta dans le bureau de Brunetti que plus de deux heures après l'arrivée de celui-ci à la questure. Dès qu'il la vit, il ne put résister à l'envie de s'approcher d'elle et commença à se lever de son fauteuil. Le sens des convenances, cependant, le retint d'aller plus loin. «Bonjour», dit-il de son ton habituel, avec l'espoir que la banalité de son accueil les ramènerait à un temps où les choses étaient plus simples, c'est-à-dire avant qu'elle eût l'idée – non, il devait être honnête sur ce point – avant qu'il lui soufflât l'idée d'aller à Pellestrina.

«Bonjour, monsieur», répondit-elle d'un ton tout à fait normal. Elle tenait quelques feuilles de papier à la main.

«Les Bottin?» demanda-t-il.

Elle brandit les documents.

«Oui. Mais il n'y a que très peu de choses, en vérité, répondit-elle sur un ton d'excuse. Je travaille encore sur les autres.

– Faites-moi voir ça.»

Il se rassit, prenant soin de parler d'un ton égal.

Elle déposa les feuilles devant lui, puis fit demi-tour. Brunetti la regarda faire sa sortie. La délicatesse de son dos était soulignée par un chandail léger, bleu pâle avec de fines raies verticales blanches. Il se rappela alors lui avoir demandé, quelques années auparavant, quels étaient

75

ses plans et ses espoirs pour le nouveau millénaire. Son premier souci, lui avait-elle répondu, était de voir si le bleu ciel, couleur annoncée de la nouvelle décennie, lui irait bien ; elle espérait que oui. Brunetti ayant insisté, elle avait reconnu qu'il y avait bien une ou deux autres petites choses qu'elle espérait, mais elles ne valaient même pas la peine d'être mentionnées, à son avis, et ils en étaient restés là. Eh bien oui, le bleu ciel lui allait bien et Brunetti se prit à souhaiter que les autres espoirs qu'elle avait pu nourrir avaient été comblés.

Dans les documents qu'il parcourut, les Bottin apparaissaient comme des gens tout à fait ordinaires : ils étaient conjointement propriétaires de leur maison de Pellestrina et du *Squallus*, ayant simplement des comptes bancaires séparés. Ils possédaient tous les deux une voiture, et Marco était le seul propriétaire d'une maison, à Murano, léguée par sa mère.

C'était ailleurs que dans le domaine financier que Giulio se faisait remarquer : il était connu des carabiniers du Lido et avait fait l'objet de nombreuses plaintes, dont trois à la suite de bagarres dans des bars et une dans le cadre d'un incident avec d'autres pêcheurs, sur la lagune ; l'autre bateau n'était pas celui de Scarpa. Mais dans l'ensemble, Bottin père semblait avoir mené une vie charmante, en ce qui concernait la police, car s'il était bien connu de ses services, ces plaintes, simplement inscrites sur la main courante, n'avaient jamais été suivies de poursuites en bonne et due forme ; soit on manquait de preuves, soit de témoins. La police n'avait par ailleurs rien sur Marco.

Brunetti chercha un rapport sur l'incident de la lagune, mais aucun détail n'était fourni. Il se retint d'appeler la signorina Elettra pour lui demander où on pourrait trouver cette information, espérant qu'elle avait oublié son projet.

Au lieu de cela, il passa un coup de fil au rez-de-chaussée et demanda qu'on lui envoie Bonsuan.

Le pilote frappa à la porte de Brunetti quelques minutes plus tard et entra sans prendre la peine de saluer ou de donner quelque signe de déférence, avant de s'asseoir sur le siège que le commissaire lui indiquait. Il se tenait les pieds posés à plat sur le sol, étreignant les accoudoirs de ses deux mains, comme si, parce qu'il passait presque tout son temps sur l'eau, il était constamment en garde contre quelque saute de vent ou de courant. Brunetti voyait le chicot de petit doigt qui restait à sa main droite ; il avait perdu les deux premières phalanges lors d'un accident de bateau oublié depuis longtemps.

«Dis-moi, Bonsuan, est-ce qu'il y a des pêcheurs parmi tes amis ?»

Le pilote ne manifesta pas de curiosité.

«Des pêcheurs ? Oui. Des *vongolari*, non.»

La chaleur de cette réponse surprit Brunetti, de même que la distinction que l'homme établissait.

«Et qu'est-ce qui cloche, avec les *vongolari* ?

– Ce sont des fils de pute, tous.»

Brunetti avait entendu Vianello, entre autres, exprimer une opinion semblable sur les pêcheurs de palourdes, mais jamais avec autant de dégoût.

«Pourquoi ?

– Ce sont des hyènes, ces types. Ou des vautours. Ils sucent tout ce que leur maudit aspirateur peut attraper, retournent les lits de naissain, détruisent des colonies complètes.»

Bonsuan s'interrompit et se pencha en avant pour continuer.

«Ils ne pensent pas à l'avenir. Les vasières à palourdes ont produit pendant des siècles et pourraient produire éternellement. Mais eux, ils fouillent là-dedans comme des animaux sauvages, ils détruisent tout.»

Brunetti se souvint de son déjeuner à Pellestrina.

«Vianello n'en mange plus – des palourdes.

– Ah, Vianello, dit Bonsuan d'un ton légèrement méprisant. C'est pour des raisons de santé.» Dans la bouche de Bonsuan, on aurait dit une obscénité.

Ne sachant pas trop comment il aurait dû réagir, Brunetti demanda :

«Ce n'est donc pas malsain d'en manger?»

Le pilote haussa les épaules.

«À mon âge, rien n'est plus malsain à manger... Non, je suppose que des fois, ce n'est pas ce qu'on fait de mieux. Ces salopards vont les chercher juste devant Porto Marghera, et Dieu seul sait ce qui est rejeté dans l'eau, là-bas. J'ai vu ces cochons y jeter l'ancre la nuit, tous feux éteints, et qui écopaient à tout-va, à moins de cinquante mètres du panneau qui disait que les eaux étaient polluées et que la pêche était interdite.

– Mais qui les consomme? voulut savoir Brunetti, ne pouvant s'empêcher de penser aux palourdes qu'il avait dégustées à Pellestrina.

– Des gens qui ne sont pas au courant, pardi. Mais qui est au courant, en fin de compte? Qui sait d'où vient ce qu'on trouve sur le marché, aujourd'hui? Un tas de palourdes est un tas de palourdes.»

Bonsuan leva les yeux sur Brunetti, sourit et ajouta :

«Pas de passeport. Pas de carte de santé.

– Mais il y a bien un contrôle sanitaire, non? Personne ne vérifie?»

Bonsuan sourit devant tant d'innocence de la part de quelqu'un qui n'était pourtant plus un gamin, et ne daigna pas répondre.

«Non, dis-moi, Bonsuan, insista Brunetti. Il y a bien des inspecteurs de santé, tout de même?»

Le fait de poser la question lui fit mesurer l'étendue de son ignorance en la matière. Il avait pêché dans la lagune depuis son enfance, mais il ignorait tout de l'industrie de la pêche dans ce même lieu.

«Il y a toutes sortes d'inspecteurs, dottore, répondit

Bonsuan. Il leva la main droite pour compter sur ses doigts : Les inspecteurs qui sont en principe chargés de faire des contrôles au hasard sur le marché, pour vérifier si le poisson vendu soi-disant frais est véritablement frais. Il y a des inspecteurs qui sont en principe chargés de vérifier s'il n'y a pas de substances dangereuses dans les poissons : métaux lourds, poisons, produits chimiques – toutes ces saletés que les usines rejettent dans la lagune. Ensuite, il y a les inspecteurs du Magistrato alle Acque, chargés de vérifier si les pêcheurs pêchent bien dans les zones autorisées.»

Il referma ses doigts en poing et ajouta :

«Ceux-là, ce sont ceux dont j'ai entendu parler, mais je suis sûr, en cherchant bien, qu'on pourrait trouver encore d'autres sortes d'inspecteurs. Ce qui ne signifie pas que quoi que ce soit soit inspecté ou que, s'il y a une inspection, elle soit suivie d'un rapport s'ils trouvent quelque chose.

– Et pourquoi ?» demanda Brunetti.

Le sourire de Bonsuan était l'image même de la compassion. Sans répondre, il fit le geste classique du pouce qui frotte contre le côté de l'index.

«Mais qui paie ?

– D'après vous, dottore ? Ceux qui font quelque chose de pas très régulier et qui préféreraient que personne ne le sache, quelque chose qui porterait tort à leurs petites affaires si les gens le découvraient : un type qui a un bateau, un type qui vend du poisson au Rialto, une entreprise qui expédie des carrelets contaminés au Japon ou à un autre pays où la demande en poisson est forte...

– Tu es bien sûr de tout ceci, Bonsuan ?

– Est-ce que je suis sûr que ces pratiques existent, ou est-ce que je connais le nom des gens qui soudoient ?

– Les deux.»

Le pilote adressa un long regard songeur à son supérieur avant de répondre. «Je suppose que si j'y réfléchissais bien, je pourrais vous sortir quelques noms, des amis à moi qui travaillent sur la lagune et qui ont sans doute donné de l'argent pour que quelqu'un regarde ailleurs. Et je suppose aussi que si j'allais poser quelques questions à droite et à gauche, je pourrais trouver le nom des gens à qui cet argent a été donné.» Il s'interrompit.

«Mais?

– Mais deux de mes neveux sont pêcheurs et possèdent leur bateau. Et je prends ma retraite dans deux ans.»

Lorsque Brunetti comprit que Bonsuan ne lui en dirait pas davantage, il demanda:

«Qu'est-ce que tu veux dire?

– Je veux dire que ma vie est sur la lagune, pas ici, à la questure; en tout cas, elle n'y sera plus d'ici deux ans.»

Point de vue que Brunetti ne put trouver que raisonnable. Néanmoins, il tenta sa chance.

«Mais si ces poissons ont été contaminés d'une manière ou d'une autre, est-ce que ce n'est pas dangereux pour ceux qui les consomment?

– Est-ce que ça veut dire ce que je pense, monsieur? demanda doucement Bonsuan.

– Pardon?

– Que vous faites appel à mon sens du devoir en tant que citoyen pour lutter contre un danger public? J'ai comme l'impression que vous me demandez de jouer à Greenpeace et de vous dire qui sont ces individus, afin de leur interdire de faire quelque chose de dangereux pour les gens et l'environnement.»

Il n'y avait pas la moindre trace de sarcasme dans le ton du pilote, ce qui n'empêcha pas Brunetti de trouver que la question le faisait passer pour un idiot.

«Oui, je suppose que c'est quelque chose comme ça», reconnut-il de mauvais gré.

Bonsuan changea de position dans son fauteuil, se redressa et posa les mains à plat sur ses genoux, mais il garda les pieds bien carrés sur le sol, toujours dans l'attente d'une vague inopinée.

« Je n'ai pas fait d'études, monsieur, et je ne sais pas si je comprends tout ça bien clairement. Mais je ne vois pas quelle différence ça fait. »

Brunetti préféra s'abstenir de faire un commentaire, et le pilote reprit :

« Vous vous rappelez ? La fois où il a été question de fermer les usines chimiques à cause de la pollution qu'elles provoquaient ? » Il regarda Brunetti, attendant une réponse.

« Oui. »

Certes, le commissaire s'en souvenait. Des enquêteurs avaient découvert, il y a quelques années, que les industries chimiques et pétrochimiques du continent déversaient ou rejetaient, d'une manière ou d'une autre, toutes sortes de produits toxiques dans la lagune. La liste des ouvriers morts du cancer au cours des dix dernières années, liste sur laquelle ils étaient tellement nombreux qu'ils faisaient exploser les statistiques, avait même été publiée dans les journaux. Un juge avait ordonné la fermeture de ces usines, les déclarant un danger pour la santé de leurs employés, sans faire allusion aux personnes qui habitaient dans les parages. Il n'avait pas fallu vingt-quatre heures pour que s'organisât une protestation de masse et que fussent proférées des menaces de violence de la part des ouvriers eux-mêmes, c'est-à-dire des hommes qui manipulaient chaque jour les toxines mortelles, les respiraient ou en étaient imprégnés. Ils exigeaient que les usines continuent de tourner afin de pouvoir travailler ; ils prétendaient que l'éventualité à long terme d'une maladie était moins dangereuse que la menace immédiate du chômage. Et les usines avaient donc continué à produire, les hommes à travailler et on avait dit et écrit très peu de choses sur cette autre marée qui avait envahi la lagune.

Bonsuan gardant le silence, Brunetti le relança.

« Oui, ces usines ?

– Clara soigne un homme. » Bonsuan parlait de sa fille médecin, qui avait son cabinet à Castello.

« Il a une forme rare de cancer du poumon. Il n'a jamais fumé une cigarette de sa vie. Sa femme ne fume pas, elle non plus. »

Il eut un geste de la main dans la direction générale du continent.

« Mais il a travaillé là-bas pendant vingt ans. »

Bonsuan s'arrêta.

« Et alors ? demanda Brunetti.

– Et alors, bien que d'après les statistiques de Clara cette forme de cancer ne se retrouve que chez les personnes qui ont été longtemps en contact avec l'un des produits chimiques qu'ils utilisent là-bas, il refuse toujours de croire que sa maladie a un rapport avec l'endroit où il travaille. Sa femme dit que c'est la volonté de Dieu, et lui que c'est la faute à pas de chance. Clara a arrêté de lui en parler quand elle a vu que, pour eux, ça ne faisait aucune différence de savoir pour quelle raison il allait mourir. Elle dit qu'elle n'a aucun moyen de lui faire croire qu'il y a un rapport avec son boulot. »

Cette fois-ci, Bonsuan n'attendit pas que son patron lui demande de s'expliquer davantage.

« Si bien que je pense que cela n'y changera rien, si on avertit les gens que les palourdes sont dangereuses, ou les poissons, ou les crevettes. Ils vous répondront que leurs parents en ont toujours mangé et ont vécu jusqu'à plus de quatre-vingt-dix ans, ou qu'on ne peut pas s'inquiéter de tout. Ou que ça va les mettre en colère, parce que vous essayez de priver les gens de leur emploi. Mais il y a une chose que vous ne pourrez jamais faire, c'est empêcher les gens de faire ce qu'ils veulent, que ce soit manger des poissons qui brillent dans le noir, ou donner un pot-de-vin pour pouvoir les pêcher et les vendre.»

Brunetti prit conscience que ce discours était le plus long que Bonsuan eût jamais tenu devant lui, depuis toutes ces années qu'il le connaissait. Comme il avait lui-même mentionné ses neveux et parlé de sa prochaine retraite, le commissaire refusait cependant de prendre ses explications pour argent comptant.

«Quand tu vas prendre ta retraite, est-ce que tu comptes travailler avec tes neveux?

– J'ai ma licence de pilote, répondit Bonsuan. Mais je ne peux pas me payer un taxi. De toute façon, je crois que c'est un travail que je n'aimerais pas. Encore une belle bande de salopards, ceux-là.

– Et tu connais bien la lagune.

– Et je connais bien la lagune.»

Résigné, Brunetti lui demanda:

«Y a-t-il au moins quelque chose que tu peux me dire?»

Comme le savait le commissaire, Bonsuan n'était pas aussi ours qu'il en avait l'air. Au cours des années, Brunetti avait eu parfois l'occasion de le voir quitter sa carapace, abandonner pour un moment ses allures de vieux loup de mer impassible qu'aucun crime ne peut surprendre.

«Ça pourrait m'aider, tu sais», ajouta-t-il, faisant de son mieux pour avoir l'air de suggérer plutôt que de prier.

Le pilote se leva. Avant de se tourner vers la porte, il prit une dernière fois la parole.

«La question n'est pas de savoir quels sont les pêcheurs qui le font, monsieur, mais ceux qui ne le font pas.»

Il leva la main vers son front, dans ce qui parut être une esquisse de salut, et ajouta avant de prendre congé de Brunetti:

« C'est trop gros pour vous, et c'est trop gros pour nous. »

Lorsque l'homme eut quitté le bureau, Brunetti ne se trouva guère plus avancé. Il se rendit compte qu'il avait été bien insensé en espérant qu'un appel à la loyauté envers la police ou au bien public pourrait avoir un effet, à partir du moment où cette loyauté se heurtait à celle qu'on doit à sa tribu, ou pis encore, à sa famille. Sans doute, se dit-il, était-ce un pas dans la direction de la civilisation, de penser à la tribu ou à la famille plutôt qu'à soi-même, mais c'était un pas bien minuscule. Comme toujours lorsqu'il se surprenait à faire ces généralisations abusives sur la nature humaine, la plupart du temps parce qu'il avait besoin de justifier les critiques qu'il faisait du comportement de quelqu'un qu'il connaissait, il finissait par se demander si, dans les mêmes circonstances, il aurait agi de même. La conclusion (comme dans presque tous les cas) à laquelle il arriva, à savoir que oui, mit un terme à ses réflexions et lui laissa une impression de malaise, devant ce besoin de toujours se juger. Après tout, il n'y avait guère de preuves que les institutions publiques ou l'État s'intéressaient en quoi que ce soit au bien public.

Il se mit à réfléchir à la conversation qu'il venait d'avoir avec Bonsuan. Aucun doute : il avait lu, au cours des années, de nombreux comptes rendus de faits divers qui s'étaient déroulés dans la lagune ; bateaux échoués ou s'éperonnant ; hommes poussés ou tombant par-dessus bord, noyés ou repêchés ; coups de feu tirés de bateaux restés invisibles, par des hommes dont l'identité n'avait jamais été découverte. Pour l'essentiel, cependant, la lagune était en général perçue comme une présence bienveillante par les gens qui habitaient ses rives et dont beaucoup gagnaient leur vie et leur bien-être grâce à elle.

Sa curiosité était devenue trop grande et il abandonna

l'idée, relevant de la superstition, qu'il pourrait d'une manière ou d'une autre influencer la signorina Elettra dans sa décision d'aller à Pellestrina ; au lieu de cela, il l'appela et lui demanda si elle voulait bien vérifier les dossiers d'*Il Gazzettino* des trois dernières années pour voir ce qu'elle pourrait trouver sur la lagune, les pêcheurs et les *vongolari*, et en particulier tout ce qui avait trait à des actes de violence entre pêcheurs ou entre pêcheurs et forces de l'ordre. Il savait qu'il la condamnait à lire plus d'un article, mais comme les rapports d'actes de violence sur les eaux étaient le plus souvent faits par la police du port ou par les carabiniers, il n'y avait pas prêté attention.

Enfant de la lagune, Brunetti l'idéalisait, la voyait comme un lieu de paix. Les Indiens, se demanda-t-il, ne voyaient-ils pas le Gange de cette manière, comme le père nourricier source de toute vie, synonyme de paix et d'abondance ? Il avait récemment lu un article dans l'une des revues anglaises de Paola sur la pollution du Gange, irréversible dans certains endroits et source de maladies, sinon de mort, pour ceux qui s'y baignaient ou buvaient ses eaux, tandis qu'un gouvernement léthargique se contentait de belles phrases creuses. Il avait alors éprouvé un sentiment de supériorité bien européen – mais il se rappelait maintenant Vianello refusant de manger des mollusques et Bonsuan lui expliquant pour quelle raison les pêcheurs étaient forcés de les extraire du fond de la lagune.

Ouvrant le tiroir du bas de son bureau, il en sortit un annuaire (en se sentant passablement idiot), l'ouvrit à la lettre P et arriva à «Police». La liste, qui commençait par San Polo et continuait avec Rail et Frontière, ne lui parut guère prometteuse. Il ne voyait pas non plus ce qu'aurait à lui offrir la police postale ou la police de la route. Il referma l'annuaire, composa le numéro du standard et demanda à l'opérateur de service vers qui on dirigeait les appels quand il y avait un problème sur la lagune. L'homme lui expliqua que ça dépendait du genre de problème. On signalait les accidents à la capitainerie du port ; quant aux crimes, c'étaient les carabiniers qui s'en occupaient, ou (le ton de l'opérateur devint un peu gêné) eux-mêmes.

« Je comprends. Mais qui se charge de l'enquête ?

– Ça dépend, monsieur, répondit l'homme d'un ton mesuré qui était un modèle de discrétion. Si nous ne disposons pas de bateau, nous appelons les carabiniers et c'est eux qui y vont. »

Brunetti ne savait que trop bien pour quelle raison les plongeurs des carabiniers n'avaient pas été disponibles pour aller examiner l'épave du *Squallus* et prit donc une note mentale, croyant plus sage de ne pas faire de commentaires.

« Et au cours des quelques dernières années... », commença Brunetti, qui s'interrompit pour dire :

« Non, laissez tomber. J'attendrai la signorina Elettra. »

Au moment où il raccrochait, il crut entendre la voix de l'opérateur, désincarnée par la distance, qui murmurait : « Nous l'attendons tous... » Mais il n'en était pas sûr.

Comme tous les Italiens, le commissaire avait entendu, depuis son enfance, toutes sortes de blagues sur les carabiniers. Pourquoi les carabiniers vont-ils toujours par paire pour enquêter ? Parce qu'il en faut un pour écrire et un pour lire... Il savait que les Américains faisaient des plaisanteries semblables aux dépens des Polonais, les Anglais aux dépens des Irlandais, les Français aux dépens des Belges. Pourtant, si tout au long de sa carrière Brunetti avait eu souvent l'occasion de vérifier que les adages populaires concernant les carabiniers n'étaient que trop vrais, une autre de ses convictions n'avait été confirmée que depuis peu : si stupides et abrutis qu'ils puissent être, les carabiniers étaient d'une honnêteté irréprochable.

Calmé, mais incapable de s'inventer une occupation, il se résigna à tirer à lui une pile de documents et de rapports en souffrance et commença à les parcourir, ne faisant que les lire en diagonale et n'y prêtant qu'une attention superficielle – veillant simplement à trouver l'endroit où apposer ses initiales avant de transmettre le tout au lecteur suivant. Quand les enfants étaient plus jeunes, on lui avait dit que tous leurs devoirs étaient recueillis par l'école et consignés dans des archives où ils devaient rester dix ans. Il n'arrivait pas à se rappeler qui lui avait raconté cela, mais se souvenait en revanche très bien de s'être représenté, à l'époque, de gigantesques archives, aussi vastes que la ville elle-même, où seraient rangés tous les documents officiels. Les historiens romains qu'il aimait tant lire décrivaient une péninsule italienne si densément boisée que certains endroits en étaient impénétrables : chênes, hêtres, châtaigniers la recouvraient partout. Tous ces arbres avaient disparu aujourd'hui, bien entendu, abattus pour ouvrir des terres à la culture, ou pour construire des bateaux. Ou, pensa-t-il avec tristesse, pour fabriquer du papier qui irait s'ajouter aux documents déjà classés qui, si on n'y prenait garde, finiraient un jour par recouvrir de nouveau toute la péninsule. Il aurait apporté sa petite contribution personnelle à ces archives, à la fin de sa carrière, pensa-t-il en paraphant une feuille de plus et en la mettant de côté. Il consulta sa montre et, ne voulant pas avoir l'air de harceler la signorina Elettra en lui réclamant les informations qu'il attendait, il décida de rentrer déjeuner chez lui.

9

Il trouva Paola installée à la table de la cuisine, penchée sur *Panorama* ou *Espresso*, l'un des deux hebdomadaires auxquels elle était abonnée. Elle avait l'habitude de les laisser s'accumuler pendant plus de six mois avant de les lire, soutenant qu'il fallait au moins ce temps-là pour mettre les choses en perspective : cela permettait à la dernière pop-star à la mode de mourir d'une overdose ou de sombrer dans un oubli tout à fait mérité, ou encore à Gina Lollobrigida de se lancer dans une nouvelle carrière et de l'abandonner. Cela permettait aussi de se débarrasser des plans mirifiques de la dernière plate-forme politique de réforme pour les remplacer par d'autres, entièrement différents.

Jetant un coup d'œil sur les pages ouvertes, il vit, sur une photo, deux hommes en blouse blanche de chefs de cuisine portant une toque rouge à bande blanche de Père Noël. Sur la page en regard, on voyait une table croulant sous les plats ; les branches de sapin et les bougies lui firent comprendre sans peine que Paola était arrivée à la fin de l'année dernière.

« Oh, parfait, dit-il, se penchant pour l'embrasser sur le sommet du crâne. Cela signifie-t-il que nous avons de l'oie rôtie au déjeuner ? »

Comme elle ne répondait pas, il ajouta :

« Un peu lourd pour la saison, non ? En tout cas, quoi que ce soit, ça sent bon. »

Elle leva la tête et sourit.

«Si encore c'était de l'oie qu'ils suggéraient pour le repas de Noël, dit-elle en tapotant l'une des pages d'un index désapprobateur. Je n'arrive pas à croire qu'on puisse raconter des trucs pareils.»

Comme c'était l'une de ses réactions les plus fréquentes lorsqu'elle lisait ces magazines, Brunetti préféra s'intéresser à la bouteille de pinot gris qui était dans le réfrigérateur. Prenant deux verres dans le placard, il les remplit à moitié et émit un petit son interrogatif en poussant l'un d'eux vers Paola.

Elle choisit d'interpréter cela comme un signe d'intérêt.

«D'après eux, nous devrions abandonner toutes les idées nouvelles sur la cuisine et retourner à la façon de se nourrir de nos parents et de nos grands-parents.»

Brunetti qui, à l'entendre, en avait «largement soupé» de la nouvelle cuisine, n'aurait pas pu être davantage d'accord; mais sachant que Paola, gastronome plus aventureuse qu'il ne l'était, avait une conception différente des choses, il garda son opinion pour lui.

«Écoute un peu ce qu'ils suggèrent pour commencer un dîner de Noël dans le style de nos grands-parents.»

Elle prit la revue et la secoua avec colère, comme pour lui faire rendre gorge.

«Foie d'oie avec des tartelettes à la poire *al Taurasi* – ne me demande pas ce que c'est ou qui c'est – accompagné d'ananas parfumé au *limoncello*.»

Elle leva les yeux sur Brunetti, qui eut la présence d'esprit de secouer la tête comme s'il n'en revenait pas.

Encouragée, elle continua.

«Et ça! Un *sartù* de riz – ça non plus, ne me demande pas ce que c'est – avec des tranches d'aubergine, des œufs et des petites boulettes de viande d'agneau, dans une sauce aux tomates de San Marsano.»

Submergée de dégoût à l'idée de ce dernier excès, elle jeta le magazine sur la table, où il se referma, ce qui valut à Brunetti la vision d'une paire de seins prospères – thème qui servait d'enseigne obligatoire, d'ailleurs, à l'une comme à l'autre revue.

« Où s'imaginent-ils que nos parents vivaient ? À la cour de Louis XIV ? »

Brunetti, qui n'ignorait pas que l'un des arrière-grands-parents de Paola avait servi à la cour du premier roi d'Italie, choisit de nouveau le silence.

Repoussant le magazine un peu plus loin, elle enchaîna :

« Pourquoi ont-ils tant de mal à se rappeler à quel point l'Italie était un pays pauvre, il n'y a pas si longtemps encore ? »

Comme la question ne paraissait pas simplement rhétorique, cette fois, Brunetti y répondit.

« Je crois que les gens préfèrent se rappeler les périodes heureuses, ou au moins plus heureuses, et que s'ils ne le peuvent pas, ils transforment leurs souvenirs en souvenirs heureux.

– C'est le thème favori des personnes âgées, dit Paola. Si tu écoutes toutes ces vieilles femmes, au Rialto, c'est toujours le même refrain : tout était mieux, autrefois, on vivait beaucoup mieux, même avec moins.

– Ou c'est peut-être parce que les journalistes sont tellement jeunes qu'ils ne peuvent pas se souvenir, en quelque sorte par définition, de comment étaient les choses. »

Elle acquiesça.

« Et il est sûr que nous n'avons aucun sens de la mémoire historique, pas en tant que société. J'ai jeté un coup d'œil dans le livre d'histoire de Chiara, l'autre jour, et ça m'a fait peur. Dans les chapitres sur le XXe siècle, on parle de la Seconde Guerre mondiale comme en passant, en quelques lignes. Mussolini vient faire un petit tour dans les années 20, puis il est détourné du bon chemin par les méchants Allemands – et c'est terminé : Rome est de nouveau libre. Mais pas avant que nos vaillants soldats ne se soient battus comme des lions et ne soient morts en héros.

– Nous, on ne nous a jamais rien appris de tout ça à l'école, pour autant que je m'en souvienne, dit Brunetti en se servant un autre demi-verre de vin.

– Quand nous allions en classe, observa Paola après avoir pris une gorgée dans son propre verre, la droite était au pouvoir et ne tenait pas à avoir une vraie discussion sur le fascisme. Et une fois conclue l'alliance avec la gauche, il devenait gênant de parler du communisme (nouvelle gorgée). Et enfin, étant donné que nous avons changé d'alliance pendant la guerre, je suppose qu'il est délicat pour eux d'expliquer qui sont les bons et qui sont les méchants.

– Qui ça, "eux" ?

– Les gens qui rédigent les manuels d'histoire. Ou plutôt, les politiciens qui décident quels seront les auteurs des livres d'histoire, ceux, du moins, qui sont destinés aux écoles.

– Et l'idée de dire la simple vérité historique ? demanda Brunetti.

– Tu passes ton temps à lire des ouvrages d'histoire, Guido : tu devrais savoir depuis longtemps que c'est quelque chose qui n'existe pas. »

Il suffisait à Brunetti d'évoquer l'histoire de la papauté, selon qu'elle était racontée par les catholiques ou les protestants, pour voir à quel point Paola avait raison. Mais c'était la religion, domaine où l'on s'attend à ce que tout le monde mente, alors que là ils parlaient de souvenirs vivants : des personnes qui vivaient encore avaient pris part aux événements qu'ils relataient ; les pères de la plupart de ses amis, comme le sien, s'étaient battus pendant la guerre.

« Il est peut-être plus difficile de distinguer la vérité quand elle touche à sa propre expérience, dit-il. Mais voyant qu'elle n'avait pas l'air de comprendre, il ajouta :

S'il s'agit simplement des témoignages de personnes que tu n'as jamais connues, des témoignages datant de plusieurs siècles, on peut être honnête, ou du moins, on a plus de chance de l'être.

– Comme l'histoire de l'Inquisition vue par l'Église, par exemple ? »

Il sourit, s'avouant vaincu.

« Si ce n'est pas de l'oie, qu'est-ce que nous allons manger ? »

Magnanime dans la victoire, elle répondit qu'ils allaient déguster la cuisine de leurs grands-parents.

« C'est-à-dire ?

– Ces *involtini* que tu aimes tant, avec du jambon et des cœurs d'artichaut au milieu.

– Je doute fort qu'aucun de mes ancêtres ait jamais consommé un plat pareil, lui fit-il observer.

– Il est accompagné de polenta. Pour préserver la vérité historique. »

Les deux enfants étaient présents au repas, mais ils se tenaient curieusement tranquilles, sans doute soucieux à cause de leurs dernières journées de classe et des examens qui se rapprochaient. Raffi, qui espérait entrer à l'université à l'automne, était devenu une sorte de zombie au cours des derniers mois, ne sortant de sa chambre que pour les repas ou demander l'aide de sa mère pour traduire un passage de grec particulièrement ardu. Ses amourettes avec Sara Paganuzzi ne se poursuivaient, semblait-il, que par le biais de coups de téléphone nocturnes et de rares rencontres au campo San Bartolo, avant le dîner. Chiara qui, de manière de plus en plus évidente au fil des mois, avait hérité de la beauté de sa mère, était tellement prise par les mystères des mathématiques et de la navigation céleste qu'elle restait dans l'ignorance du pouvoir que son physique n'allait pas manquer de lui conférer.

Le repas terminé, Paola passa sur la terrasse en

emportant le café, entraînant du même coup son mari dans son sillage. Le soleil de ce début d'après-midi était tellement chaud que Brunetti défit aussitôt sa cravate – signe évident que l'été arrivait.

Ils restèrent un moment dans un agréable silence. Des voix montaient vers eux, d'une terrasse située à leur gauche ; de temps en temps, un des draps qui séchaient aux fenêtres de l'appartement du dessous claquait sous l'effet de la brise, qui, hélas, ne contenait aucune promesse de pluie.

« Je vais devoir probablement passer pas mal de temps à Pellestrina, dit-il au bout d'un moment.

– Quand ?

– Dès cette semaine, et même dès demain.

– Pour la surveiller ? demanda Paola, sans renouveler ses objections sur la décision de la signorina Elettra d'aller dans l'île.

– En partie, mais je ne sais pas exactement quand elle a l'intention de s'y rendre.

– Sinon, pourquoi ?

– Pour parler avec les gens et voir ce qu'ils ont à dire.

– Et tu crois qu'ils vont te parler, sachant que tu es policier ?

– Tout d'abord, ils ne peuvent pas refuser, pas vraiment. Ils peuvent en revanche refuser de me dire la vérité, ou prétendre qu'ils ne se souviennent de rien sur les Bottin. C'est la technique habituelle.

– Pourquoi leur parler, dans ce cas ?

– À cause de ce qu'ils ne me diront pas ou des mensonges qu'ils feront. » Il ferma les yeux, s'enfonça dans son fauteuil et laissa le soleil lui brûler la figure pour la première fois de l'année. Au bout d'un long moment, il ajouta :

« Je crois que c'est ce qui me fait aimer ces historiens, ou me force à me comporter comme eux. »

Il attendit que Paola lui demande de s'expliquer plus

93

clairement, mais comme elle ne disait rien, il lui jeta un coup d'œil, craignant qu'elle ne se soit endormie. Mais non ; elle était assise à côté de lui, attentive, attendant la suite.

« Je dois écouter toutes les versions différentes, évaluer les preuves et les indices, ajuster ma réaction en fonction de qui profite de chacune de ces versions.

– Et garder toujours présent à l'esprit qu'ils mentent tous ?

– Qu'il est probable, en effet, qu'ils me mentent.

– Et alors ?

– Alors je m'intéresserai à ce qu'ils ont raconté à la signorina Elettra.

– Et alors ? répéta-t-elle.

– Aucune idée.

– Et tu rentreras le soir ?

– Oui, sans doute. Pourquoi ? »

Elle lui adressa un long regard, surprise par sa question.

« Au cas où j'aurais finalement décidé de filer avec le facteur. J'aimerais autant savoir que tu es toujours là pour t'occuper des enfants. »

Tard dans l'après-midi, la signorina Elettra appela Brunetti pour lui dire que le vice-questeur Patta désirait le voir dans son bureau. Brunetti n'accueillait que rarement ces convocations avec plaisir, mais il en avait tellement assez de lire et parapher des rapports qu'il fut malgré tout soulagé de cette occasion d'y échapper. Il descendit rapidement au premier et entra dans l'antichambre de la signorina Elettra.

Elle l'accueillit avec un sourire.

« Il veut vous dire qui sera le patron pendant qu'il sera parti.

– Pas moi, j'espère, dit Brunetti. Voilà qui aurait ris-

94

qué de compromettre ses projets de passer un certain temps à Pellestrina.

– Non, il a déjà parlé à Marotta, dit-elle, faisant allusion au commissaire de Turin nommé à la vice-questure de Venise un peu plus tôt dans l'année.

– Dois-je me sentir offensé?» demanda Brunetti. Marotta était beaucoup plus jeune que lui, sans compter qu'il n'était pas vénitien; si bien que cette nomination ne pouvait être qu'une insulte calculée de la part de Patta.

«Probablement. C'est du moins ce qui lui ferait plaisir, je crois.

– Alors je ferai de mon mieux pour avoir l'air offensé. Je ne voudrais pas le décevoir juste la veille de son départ en vacances.

– Ce ne sont pas des vacances, monsieur, dit-elle d'un ton de réprimande. Le vice-questeur se rend à une conférence sur les nouvelles méthodes de prévention des crimes, lui rappela-t-elle sans faire mention des détails de l'invitation.

– Oui, à Londres.

– À Londres, en effet.

– Conférence qui aura lieu en anglais, observa Brunetti.

– *Yes*.

– Langue que le vice-questeur parle aussi couramment que le finnois.

– Probablement mieux que le finnois. Il est capable de dire *Bond Street, Oxford Street, ze Dorchester*...

– Et *ze Ritz*, ajouta Brunetti, n'oubliez pas *ze Ritz*.

– Vous en avez parlé avec lui?

– De quoi? De la conférence ou de son niveau en anglais?

– De la conférence et de qui devait y aller.

– Je ne tiens pas à gaspiller mon temps. Il m'a dit il y a quelques semaines qu'il s'y rendrait, et avant même que j'aie pu soulever la question de la langue, il a précisé que sa femme avait accepté de l'accompagner pour lui servir d'interprète.

– Il ne m'en a pas parlé, dit la signorina Elettra, ayant du mal à cacher sa surprise et, pensa-t-il, son irritation. Est-ce qu'elle parle anglais ?

– Aussi bien que lui », répondit Brunetti en se retournant pour frapper à la porte de Patta.

Le vice-questeur, comme toujours quand il maltraitait Brunetti (à qui l'invitation pour la conférence de Londres avait été adressée), s'attribua le rôle de la personne insultée. Afin de créer le cadre visuel qui convenait, sa mise en scène consista à rester assis derrière son bureau, ce qui le plaçait ainsi plus bas que Brunetti.

« Où étiez-vous passé, ces derniers jours ? » lui demanda-t-il dès qu'il le vit. La technique de l'attaque préventive. Patta lui-même, qui portait un costume gris que Brunetti ne lui connaissait pas, avait l'air d'avoir consacré les deux journées précédentes à préparer son voyage à Londres. Ses cheveux grisonnants avaient été récemment coupés et son visage présentait cet éclat du début de l'été que l'on doit avant tout aux bons soins des lampes à bronzer. Comme toujours, Brunetti fut frappé par l'idée que, en tant que chef de la police, Patta avait tout à fait le physique de l'emploi ; ou chef de n'importe quoi, d'ailleurs.

« Nous avons eu un appel de Pellestrina, monsieur. Deux hommes ont été assassinés dans leur bateau. »

Brunetti fit de son mieux pour ne pas paraître particulièrement intéressé.

« L'appel nous a été adressé, je n'avais donc pas le choix et j'ai dû me rendre sur place.

– Ce n'est pas dans notre juridiction, observa Patta, alors que l'un comme l'autre savaient que c'était faux.

– On a aussi appelé les carabiniers, dit Brunetti avec un petit sourire qui avait pour but de manifester son soulagement et son approbation à l'objection de Patta. Si bien qu'il est tout à fait vraisemblable qu'on leur donnera l'affaire.»

Quelque chose, dans le ton du commissaire, rendit Patta méfiant – comme un chien qui entend une intonation nouvelle dans une voix qui lui est familière. «Est-ce que l'affaire vous paraît simple?

– Je n'en ai aucune idée, monsieur. Il y a presque tout le temps, derrière ce genre de chose, une histoire de jalousie ou d'argent.

– Dans ce cas, ce sera sans doute facile à résoudre. Nous devrions peut-être la garder.

– Oh, je ne doute pas que l'affaire soit simple, monsieur. En fait, certaines personnes de Pellestrina nous ont déjà donné le nom de quelqu'un qui a eu maille à partir avec l'une des victimes.

– Et?» voulut savoir Patta, enthousiaste maintenant que ça paraissait évident. La résolution rapide d'une affaire de meurtre serait un bon coup pour la vice-questure de Venise. C'est tout juste si Brunetti ne le voyait pas déjà écrire la manchette: L'INTERVENTION RAPIDE DU VICE-QUESTEUR PERMET DE RÉSOUDRE LE DOUBLE MEURTRE DE PELLESTRINA.

«C'est-à-dire, comme vous allez être absent la semaine prochaine, monsieur, il vaudrait peut-être mieux que ce soient les carabiniers qui s'en occupent.»

Brunetti se tut, attendant de voir si Patta allait profiter de ce commentaire pour aborder la question de la hiérarchie pendant son absence.

«Pour qu'ils en tirent tout le crédit? fulmina Patta sans chercher à cacher son indignation ni évoquer ce qu'il devait faire la semaine suivante. Si l'affaire est aussi simple que vous le dites, reprit-il en levant la main pour arrêter toute éventuelle protestation de la part de Brunetti, alors il faut absolument que nous menions l'enquête. Les carabiniers vont tout bousiller.

– Mais, monsieur, objecta faiblement Brunetti, je ne suis pas sûr qu'on puisse envoyer quelqu'un là-bas.»

Iago était l'un des personnages de théâtre favori de Brunetti ; il admirait son talent depuis toujours, et avait souvent cherché à l'imiter. Avec l'image du traître bien présente à l'esprit, Brunetti poursuivit :

«Peut-être que Marotta pourrait s'en occuper. Il ne peut avoir aucun lien avec les gens du cru. Il est de Turin, n'est-ce pas, monsieur ?»

Patta acquiesça et Brunetti ajouta :

«Bien. Il n'y a donc aucune chance qu'il soit parent avec quelqu'un de Pellestrina.»

Patta en avait assez.

«Oh, pour l'amour du ciel, servez-vous de votre tête, Brunetti ! Si nous envoyons un Turinois là-bas, ils ne lui diront rien, pas un mot. Il faut que ce soit quelqu'un d'ici. Sans compter, ajouta Patta comme s'il n'y pensait que maintenant, que Marotta prendra ma place en mon absence et qu'il ne pourra pas courir jusqu'à l'autre bout de la lagune, tout ça pour interroger des individus qui ne connaissent que le dialecte.»

Si les individus en question avaient aussi cru que la Terre était plate et située au centre de l'Univers, le mépris qu'il avait pour eux n'aurait pas pu être plus évident.

Ignorant la remarque de Patta et ne sachant pas s'il devait ou non risquer la question, Brunetti demanda :

«Mais qui, alors ?

– Vous êtes d'une incroyable cécité, par moments, commissaire.»

Il y avait tellement de condescendance dans le ton du vice-questeur que Brunetti ne put qu'admirer la modération contrôlée dont il avait fait preuve en n'employant pas le terme *stupide*.

«Vous êtes vénitien. Et vous êtes déjà allé sur place.»

Faisant preuve d'un même effort de modération, Brunetti ne leva pas les mains pour marquer le choc et l'étonnement qu'il ressentait. C'était un geste qu'il avait souvent vu faire dans les films du temps du muet, un geste qu'il aurait aimé employer. Au lieu de cela il se contenta de dire, du ton le plus sérieux :

« Je ne suis pas certain, monsieur. » Un léger coup d'aiguillon, avait-il déjà souvent remarqué, avait plus d'effet sur Patta que de grandes manifestations.

« Eh bien moi, si. C'est une affaire simple, et la bonne publicité qu'elle nous vaudra ne nous fera pas de mal, en particulier après que ces cinglés de magistrats ont laissé sortir tous ces mafiosi de prison. »

Les journaux ne parlaient que de ça depuis quelques jours. Quinze parrains de la Mafia, tous condamnés à perpétuité, avaient été libérés à cause d'un vice de procédure mineur découvert pendant la procédure d'appel. L'un d'eux, ne cessaient de rappeler les journaux, avait avoué le meurtre de cinquante-neuf personnes. Et tout ce beau monde était libre, à présent. Brunetti se souvint de l'expression qu'avait employée la signorina Elettra : *Libre comme l'air.*

« Il ne me semble pas que les deux affaires aient un rapport, monsieur, objecta Brunetti.

– Bien sûr que si, répliqua Patta d'un ton coléreux. La mauvaise publicité nous retombe toujours dessus. »

Est-ce que c'était tout ce que l'affaire représentait pour Patta, se demanda Brunetti, de la mauvaise publicité ? On donnait à ces monstres hilares la liberté d'aller festoyer sur le corps de leurs ennemis, et tout ce qu'y voyait le vice questeur, c'était de la mauvaise publicité ?

Avant que le commissaire ait pu protester au nom de ses principes, Patta enchaîna :

« C'est vous qui vous rendrez là-bas et qui vous occuperez de cette affaire. Si vous avez déjà le nom d'un suspect, voyez ce que vous pouvez trouver sur lui. Réglezmoi ça rapidement.» Patta prit un dossier sur son bureau, l'ouvrit, décapuchonna son Montblanc et commença à lire.

Le simple bon sens empêcha Brunetti de soulever une objection à l'ordre péremptoire de Patta et de s'indigner de la manière grossière dont il était congédié. Il avait obtenu ce qu'il était venu chercher : la responsabilité de l'enquête. Mais – et ce n'était pas la première fois – il sortit de cette entrevue en se sentant peu fier d'avoir aussi facilement manipulé son supérieur, peu fier d'avoir endossé une fois de plus le bonnet à clochettes du fou afin d'obtenir ce à quoi il estimait avoir droit. Il n'avait pas été question de la nomination de Marotta à titre temporaire, ce qui signifiait que Patta avait été privé d'une occasion de savourer ce qu'il considérait sans doute comme une victoire. Mais au moins Brunetti n'avait pas eu besoin de faire semblant d'être offensé par cette décision. Si commander était la dernière chose qu'il recherchait, il se gardait bien de faire quoi que ce fût, en acte ou en parole, pour que son supérieur en eût vent. Incapable, par nature comme par inclination, d'aller prier devant l'autel de la déesse putassière du Succès, Brunetti avait des ambitions plus modestes. Homme sans vision à long terme, il ne s'intéressait qu'au moment présent, aux choses concrètes. Il laissait aux autres les grands desseins et les vastes désirs, se contentant d'objectifs plus modestes : une famille heureuse, une vie honnête, faire de son mieux son travail. Voilà qui lui semblait demander assez de la vie, et il s'en tenait à ces espoirs-là.

10

Le lendemain matin, Brunetti et Vianello partirent
pour Pellestrina un peu après neuf heures. S'ils n'ou-
bliaient pas qu'ils étaient engagés dans une enquête
concernant un double et sauvage assassinat, les splen-
deurs du jour, une fois de plus, conspirèrent pour leur
alléger le cœur et leur donner l'impression, comme à des
écoliers, d'être lancés dans une aventure et de s'amuser.
Pas de bureau dans lequel on se sentait confiné, pas de
Patta pour exiger des résultats immédiats, pas d'horaire
fixe ; même Bonsuan, qui grommelait à la barre contre
les courants contraires qui les ralentissaient, n'arriva pas
à atténuer leur bonne humeur. Une telle matinée ne pouvait décevoir. Les arbres du Giardini étaient couverts de
feuilles verdoyantes que des bouffées de brise faisaient
ondoyer et scintiller, en dessous, dans la lumière réflé-
chie par l'eau.

Lorsqu'ils arrivèrent en vue de l'île de San Servolo,
Bonsuan lança la vedette dans une grande courbe à
droite qui les fit passer devant Santa Maria della Grazie
et San Clemente. Même l'idée que ces îles avaient servi
pendant des siècles à isoler les fous et les malades du
reste de la population de Venise n'arriva pas à assom-
brir l'humeur de Brunetti.

Vianello le surprit en lui disant que, bientôt, il ne
serait plus possible d'aller cueillir les mûres.

Tiré de sa rêverie et un peu confus, le commissaire

crut n'avoir pas bien compris à cause du vent et se pencha vers le sergent.

«Comment?

– Là-bas, dit Vianello en lui indiquant une île un peu plus grande, à quelque distance. Sacca Sèssola. On allait y cueillir des mûres, quand on était gosse. Elle était déjà abandonnée, à l'époque, et les ronces poussaient là-dedans comme elles voulaient. On en cueillait des kilos dans la journée et on en mangeait jusqu'à se rendre malade.»

Le sergent leva la main pour s'abriter les yeux du soleil.

«Je ne sais plus qui m'a dit qu'elle avait été vendue à une université ou une société, et qu'ils vont en faire un centre de conférences ou un truc comme ça.» Brunetti l'entendit soupirer.

«Plus de mûres...

– Mais davantage de touristes, j'imagine, lui fit remarquer Brunetti, désignant par là la divinité qui faisait actuellement l'objet du culte de ceux qui dirigeaient la ville.

– Moi, je préférais les mûres.»

Ils gardèrent tous les deux le silence jusqu'à ce qu'apparût le campanile unique de Poveglia, sur leur droite.

«Comment allons-nous nous y prendre, monsieur? demanda alors Vianello.

– Je crois que nous devrions essayer de creuser un peu l'histoire que le serveur nous a racontée à propos de son frère, et tout ce qui se rapporte à cet incident. Vois si tu peux trouver le frère en question et ce qu'il a à dire. Moi, je retournerai chez la signora Follini.

– Vous êtes un homme courageux, commissaire, dit Vianello sans rire.

– Ma femme m'a promis d'appeler la police si je n'étais pas à la maison à l'heure du dîner.

– Je crains que même cette stratégie ne soit d'aucune utilité contre la signora Follini.

– Et moi je crains que tu n'aies raison, Lorenzo, mais néanmoins, un homme doit faire son devoir.

– Oui, comme John Wayne.

– Exactement. Et quand je lui aurai parlé, j'irai rendre visite à l'autre bar. Il m'a semblé qu'il y en avait un dans la même rue que le restaurant, un peu plus haut et de l'autre côté.»

Vianello acquiesça. Il l'avait vu, lui aussi, mais l'établissement était fermé le jour où ils étaient venus.

«Et pour le déjeuner?

– Même endroit que la dernière fois. Si ça ne t'embête pas de faire l'impasse sur les palourdes et le poisson.

– Croyez-moi, monsieur, ça ne m'embête pas du tout.

– Pourtant, c'est la nourriture avec laquelle nous avons grandi, non? objecta Brunetti, surpris par sa propre insistance. Elle doit te manquer.

– Je vous l'ai dit, monsieur, répondit le sergent qui se tourna vers son supérieur en retenant sa casquette d'une main contre une soudaine rafale de vent. Plus je lis sur la question, moins j'ai envie d'en manger.

– Ce qui n'empêche pas qu'elles doivent te manquer, que tu aies encore envie d'en manger, s'entêta Brunetti.

– C'est vrai qu'elles me manquent. Je ne serais pas humain, sinon. Les gens qui arrêtent de fumer continuent d'avoir envie d'une cigarette. Mais je pense que ce sont des aliments qui me tueront. Vraiment.» Et avant que Brunetti puisse remettre en question cette idée ou la traiter de ridicule, il poursuivit :

«Évidemment, pas une seule assiette, ou même cinquante. Mais ces aliments sont pleins de métaux lourds et de produits chimiques. Dieu seul sait comment les palourdes arrivent à vivre avec. Je refuse tout simplement d'en manger. Rien que cette idée me rend presque malade.

– Dans ce cas, comment se fait-il qu'elles te manquent?

– Elles me manquent parce que je suis vénitien et que j'ai grandi avec, comme vous disiez. Mais à l'époque, elles n'étaient pas empoisonnées. Je les aimais, j'adorais en manger, j'adorais les spaghettis aux palourdes de ma mère ou sa soupe de poissons. Mais maintenant que je sais ce qu'il y a dedans, je ne peux plus en manger.»

Conscient de ne toujours pas avoir satisfait la curiosité de Brunetti, il ajouta:

«C'était peut-être ce que ressentaient les Indiens à l'idée de manger de la vache.»

Il resta songeur quelques instants, puis se corrigea:

«Non, ils n'en avaient jamais mangé; ils ne pouvaient donc pas s'arrêter, n'est-ce pas?»

Après un nouvel instant de réflexion, il y renonça.

«Je n'arrive pas à m'expliquer, monsieur. Je suppose que je pourrais en manger, si je voulais; mais justement, je ne veux pas.»

Brunetti était sur le point de dire quelque chose, mais le sergent le devança d'une question:

«Pourquoi cela vous dérange-t-il autant? Vous ne réagiriez pas comme ça devant quelqu'un qui a arrêté de fumer.»

À son tour, Brunetti réfléchit.

«Sans doute pas, répondit-il avec un petit rire. C'est probablement parce qu'il s'agit de nourriture, et j'ai du mal à croire qu'on puisse renoncer à quelque chose d'aussi bon que les palourdes, quelles que soient les conséquences.»

Cette dernière remarque parut mettre un terme à la question, du moins pour le moment. Bonsuan mit les gaz à fond et le vacarme du moteur empêcha la poursuite de cette conversation. Ils passaient de temps en temps près d'un bateau à l'ancre; à bord, des hommes plongeaient paresseusement leur ligne dans l'eau, davantage perdus dans leurs pensées que désireux d'attraper du poisson. La plupart levaient les yeux en entendant la vedette qui arrivait à toute vitesse, pour les abaisser à nouveau sur l'eau dès qu'ils se rendaient compte que c'était la police.

Trop tôt – au goût de Brunetti –, ils virent apparaître le long appontement de Pellestrina. Dans l'étroit emplacement du *Squallus*, on voyait toujours les mâts qui pointaient de travers hors de l'eau. Bonsuan les conduisit jusqu'au bout du quai, débraya le moteur et laissa la vedette glisser jusqu'à ce qu'elle soit à un mètre du bord ; là, il fit marche arrière pendant quelques secondes et coupa tout. Le bateau aborda le quai en silence. Vianello lança une amarre autour d'un poteau et finit sans peine de tirer le bateau. Il amarra le cordage en quelques tours rapides et le laissa retomber sur le pont.

Bonsuan se pencha par la cabine pour lancer :

« Je vous attends !

– Ce n'est pas la peine, Bonsuan, lui répondit Brunetti. Je n'ai aucune idée de l'heure à laquelle nous finirons ; nous pouvons prendre le bus jusqu'au Lido, et de là, la navette.

– Je vous attends », répéta le pilote, comme s'il n'avait pas entendu ce que son supérieur venait de lui dire.

Étant donné que les seules responsabilités de Bonsuan étaient celles de piloter, Brunetti ne pouvait pas lui demander de se promener au milieu de la population de Pellestrina et de poser des questions sur l'assassinat des deux pêcheurs. Il ne voulait pas non plus lui ordonner de retourner à la questure, où on aurait peut-être eu besoin de la vedette. En guise de compromis, il demanda :

« Et qu'est-ce que tu vas faire, toute la journée ? »

Bonsuan se tourna et souleva le couvercle du rangement qui se trouvait sur sa gauche. Il se pencha et en retira trois cannes à pêche et un petit seau recouvert de plastique

« Je serai par là », dit-il avec un geste vers le large. Il regarda alors Brunetti directement dans les yeux et ajouta :

« Si vous voulez, je pourrai aller prendre un café au bar, quand j'aurai fini de pêcher.

– Ça pourrait être une bonne idée », lui répondit Brunetti avant de sauter sur le quai.

Les deux policiers partirent en direction du groupe de maisons qui constituait le petit village. Brunetti consulta sa montre ; il était onze heures passées.

« On se retrouve au restaurant, d'accord ? »

Une fois arrivés à ce qui pouvait passer pour le centre de Pellestrina, Brunetti tourna à gauche, en direction du magasin de la signora Follini, tandis que Vianello poursuivait son chemin, avec l'intention de s'arrêter au restaurant pour voir si le garçon ne pourrait pas lui dire où trouver son frère.

La signora Follini se tenait derrière son comptoir et parlait avec une vieille femme. Elle leva les yeux et commença à sourire ; mais elle se rappela soudain la présence de sa cliente et Brunetti vit son sourire se muer en une expression de courtoisie réservée, celle que l'on adopte vis-à-vis de tout étranger ne pouvant prétendre à autre chose en matière de civilité.

« *Buon giorno* », dit Brunetti.

La signora Follini portait aujourd'hui une robe orange avec de larges bandes de dentelle couleur ivoire autour du cou et de la taille. Elle lui rendit son salut, mais reporta aussitôt son attention sur la vieille femme, laquelle étudiait le policier. Elle avait les yeux embrumés de grisaille par l'âge, mais son regard n'en était pas moins perçant. Elle n'avait manifestement pas pris la peine de mettre son dentier ce matin – si elle en possédait un. Elle était petite, faisant une bonne tête de moins que la signora Follini, et entièrement vêtue de noir. En la regardant, Brunetti se dit que « enrobée de noir » aurait été une expression plus juste, car il était difficile de distinguer les différentes épaisseurs de sa robe. Elle descendait pratiquement jusqu'à ses chevilles et elle portait par-dessus une sorte de manteau en lainage étroitement boutonné. Sur sa tête et ses épaules, il y avait un châle en laine tricoté au crochet dont les pans lui retombaient presque jusqu'à la taille.

Sa tenue proclamait son veuvage aussi bien, sinon mieux, que si elle avait tenu un panneau à la main, ou eu un V géant agrafé sur la poitrine. Le Sud était plein de femmes comme elle, toutes de noir vêtues et destinées à passer ainsi le reste de leur existence, tels de sombres nuages, aussi limitées dans ce qu'elles étaient autorisées à faire que les paysannes du Bengale ou du Pérou. Mais c'était le Sud, et on était ici à Venise, où les veuves s'affichaient en couleurs voyantes, allaient danser quand elles voulaient et avec qui leur plaisait, et se remariaient si bon leur semblait.

Il sentit les yeux de la vieille femme peser sur lui et la salua.

« *Buon giorno, signora.* »

La vieille ne répondit pas et se tourna vers la signora Follini. « Et un paquet de bougies, et une livre de farine », crut l'entendre dire Brunetti. Mais elle parlait le dialecte avec un tel accent qu'il n'en était pas certain. Il se trouvait à peine à vingt kilomètres de chez lui, et il avait du mal à comprendre les indigènes...

Il se dirigea vers le fond du magasin et entreprit d'examiner les rayonnages. Il s'empara d'une boîte de tomates Ciro et, par curiosité, la retourna pour voir la date de péremption. Expirée depuis deux ans. Il reposa soigneusement la boîte dans le rond de poussière qu'elle avait laissé et alla s'intéresser aux lessives.

Il jeta un coup d'œil vers le comptoir ; la veuve n'en avait pas bougé. Elle parlait à la signora Follini, mais il ne distinguait pas ses paroles d'où il était, se disant qu'il ne l'aurait peut-être même pas comprise en face-à-face. Un fin dépôt de poussière recouvrait les paquets, disposés irrégulièrement. L'un deux avait été écorné, et un minuscule tas de poudre blanche à points bleus avait coulé sur l'étagère. D'après sa montre, cela faisait plus de cinq minutes qu'il était dans le magasin. La signora Follini n'avait rien ajouté aux bougies et à la farine posées entre elles sur le comptoir, tandis que les deux femmes poursuivaient leur conversation.

Il battit en retraite encore plus loin dans la boutique, et fit alors mine de se passionner pour une rangée de pots de cornichons et d'olives, entre autres, placés à hauteur de sa poitrine. L'un des pots, qui devait contenir des champignons, attira plus particulièrement son attention à cause d'un petit débordement de moisissure blanche qui sortait par-dessous le couvercle et descendait lentement le long du verre. À côté, il y avait une petite boîte de conserve sans étiquette. Comme perdue et inutile, là au milieu, elle avait néanmoins quelque chose de vaguement menaçant.

Brunetti entendit la clochette et se retourna. La vieille femme était partie, et les bougies et la farine avaient disparu. Le commissaire revint vers le devant du magasin et répéta son *« Buon giorno »*.

La signora Follini réagit par un sourire, mais un sourire sans chaleur ; peut-être la vieille femme en avait-elle emporté une partie, ou bien avait-elle laissé une mise en garde qui avait refroidi l'épicière – par exemple sur la manière dont les femmes apparemment sans époux devaient se comporter en présence d'un homme étranger.

« Comment allez-vous aujourd'hui, signora ?

– Très bien, merci, répondit-elle, sur la réserve. Puis-je vous aider ? »

Lors de sa visite précédente, elle aurait posé cette question en laissant clairement entendre que ce qu'elle

108

était prête à lui consentir contenait au moins une promesse de sensualité. Cette fois-ci, en revanche, la liste suggérée par son ton ne contenait que des pois cassés, du sel et des anchois.

Brunetti lui adressa son sourire le plus chaleureux.

«Je suis revenu pour vous parler, signora», dit-il en manière de préambule, espérant la faire réagir. Comme rien ne venait, il reprit:

«Je voulais vous demander si vous ne vous seriez pas souvenue d'autre chose concernant les Bottin. D'un détail qui pourrait nous être utile.»

Le visage de la femme resta vide d'expression.

«Vous avez laissé entendre, la dernière fois, que vous connaissiez au moins très bien le fils, et je me demandais si vous n'auriez pas pensé à quelque chose qui aurait pu être important.»

Elle secoua la tête mais resta bouche cousue.

«J'imagine qu'à l'heure actuelle, tout le monde sait qu'ils ont été assassinés, la relança-t-il.

– Oui, je suis au courant, répondit-elle finalement.

– Mais ce que ne savent pas les gens, c'est qu'il s'agit d'un double crime particulièrement odieux, notamment en ce qui concerne Marco.»

Elle acquiesça, soit pour lui faire savoir qu'elle avait compris, soit parce que ce détail était déjà connu des gens de Pellestrina.

«Et donc, nous avons besoin d'en apprendre le plus possible pour nous faire une idée de la personne qui a pu vouloir faire cela... Comprenez-vous, signora?» ajouta-t-il, quand il vit qu'elle ne réagissait pas.

Elle releva la tête et croisa le regard de Brunetti. Sa bouche arborait toujours le sourire pétrifié que lui avaient manufacturé les chirurgiens, mais on ne pouvait se méprendre sur la tristesse qu'il y avait dans ses yeux.

«Personne n'aurait voulu faire du mal à Marco. C'était un bon garçon.»

Elle n'en dit pas davantage et détourna le regard, se mettant à contempler le fond du magasin.

« Et son père ? demanda Brunetti.

– Je ne peux rien vous dire, répondit-elle d'une voix tendue. Rien. »

Quelque chose, en Brunetti, fit qu'il réagit à sa nervosité.

« Rien de ce que vous me direz ne sera répété, signora. »

L'immobilité de ses traits permettait difficilement de déchiffrer son expression, mais il eut l'impression qu'elle se détendait.

« Ils n'ont pas pu vouloir tuer Marco.

– Ils ? »

Sa nervosité revint.

« Ceux qui ont fait ça.

– Et Giulio ? Quel genre d'homme était-ce ? »

Son menton rectifié allait et venait – il n'était pas question de donner davantage d'informations.

« Mais, signora... »

Le tintement de la clochette l'interrompit. Il vit les yeux de l'épicière se tourner vivement vers la porte. Elle recula d'un pas du comptoir et dit :

« Comme je vous l'ai dit, monsieur, vous pourrez trouver des allumettes au bureau de tabac. Je n'en vends pas ici.

– Désolé, signora. Quand j'ai vu la vieille dame sortir avec ses bougies, j'ai pensé que vous en aviez. »

Il lui avait donné la réplique sans un instant d'hésitation et sans prêter attention aux bruits de pas, dans son dos.

Il fit demi-tour et se dirigea vers la sortie. Comme il est de coutume dans les villages, il salua de la tête les deux hommes qui attendaient et, tout en ayant l'air de ne pas faire attention à eux, enregistra tous les détails de leur aspect. Ils s'écartèrent à son approche pour le laisser passer entre eux, mouvement qui donna à Brunetti une vague impression de menace latente, même si les deux nouveaux venus parurent s'intéresser à lui aussi peu que lui à eux.

La clochette tinta une fois de plus quand il ouvrit la porte et, lorsqu'il s'avança dans le soleil, il ne put réprimer un frisson en entendant le battant se refermer doucement dans son dos.

Il tourna à droite, essayant d'imprégner son esprit du visage et de la silhouette des deux hommes. Ils ne les connaissaient pas, mais il savait à quelle catégorie d'individus ils appartenaient. Ils auraient même pu être parents, tant se ressemblaient leur teint rougeaud, leur peau rude, leur corps épais et endurci. Tout cela pouvait être simplement causé par des années de durs travaux à l'extérieur. Le plus jeune avait un visage étroit et des cheveux noirs peignés en arrière, plaqués sur le crâne par une pommade huileuse. Le plus âgé se coiffait de la même manière, mais comme sa chevelure était beaucoup plus clairsemée, il donnait du coup l'impression qu'elle était peinte sur la peau de son crâne, même si quelques boucles graisseuses parvenaient à retomber mollement sur le col de sa chemise. Ils étaient l'un et l'autre habillés de jeans très usés et de ces lourdes bottes que portent en général les travailleurs de force.

Ils avaient étudié Brunetti de leurs yeux encadrés par une multitude de petites rides, celles que l'on se fait en passant des années au soleil, et lui avaient porté l'attention que l'on réserve d'ordinaire à une proie : immobiles, sur leurs gardes, on les sentait prêts à bondir. C'était cette impression d'agressivité latente qui avait déclenché les signaux d'alarme dans le corps de Brunetti ; la présence de la signora comme témoin et le fait que les deux hommes savaient probablement qu'il était policier n'y changeait rien.

Il descendit la ruelle jusqu'au bureau de tabac. Ce dernier était aussi sombre et grisâtre que l'épicerie de la signora Follini, et comme elle, dégageait un sentiment d'échec et d'abandon.

Derrière le comptoir, un homme lisait une revue. Il leva les yeux et regarda le nouveau venu à travers des verres épais.

«Oui?

– Je voudrais des allumettes, demanda Brunetti, restant dans le scénario imaginé par la signora Follini.

– Une boîte ou une pochette? demanda l'homme en ouvrant un tiroir, sous le comptoir.

– Une boîte, s'il vous plaît», répondit Brunetti en fouillant ses poches à la recherche de monnaie.

L'homme posa une petite boîte d'allumettes devant Brunetti et annonça: «Dix centimes.» Lorsque Brunetti posa la pièce sur le comptoir, le buraliste ajouta:

«Pas de cigarettes?

– Non. J'essaie d'arrêter. Mais j'aime bien avoir des allumettes sur moi au cas où l'envie serait trop forte et où je taperais quelqu'un d'une cigarette.»

L'homme eut un sourire amusé.

«Beaucoup de gens essaient d'arrêter. En fait, ils n'ont pas envie, pas vraiment, pour la plupart. Mais ils pensent que c'est mieux pour eux, alors ils essaient.

– Et ça marche?

– Bof! s'exclama l'homme d'un ton dégoûté, ils tiennent pendant une ou deux semaines, ou même un mois, mais tôt ou tard, ils reviennent m'acheter un paquet.

– Voilà qui en dit long sur le pouvoir de la volonté, non?»

L'homme laissa tomber la pièce dans le casier en bois de sa caisse.

«Les gens finissent toujours par faire ce qu'ils ont envie de faire; vous pouvez bien leur dire tout ce que vous voulez. Même s'ils savent que c'est mauvais pour eux. Rien ne pourra les arrêter: ni la peur, ni les promesses.»

112

Voyant l'expression de Brunetti, il ajouta :

« C'est ce qu'on apprend quand on a passé sa vie à vendre des cigarettes. Rien ne les arrêtera, s'ils en ont trop envie. »

11

Les paroles du buraliste s'attardaient dans l'esprit de Brunetti pendant qu'il se dirigeait vers le restaurant, et il se demandait si elles s'appliqueraient un jour à Vianello et aux palourdes, ou si le sergent se révélerait comme l'un de ces hommes, rares, qui ont assez de force de caractère pour ne plus jamais céder à leur désir. Quant à lui, Brunetti, il ne se croyait pas de cette trempe-là, sachant bien qu'il lui arrivait de manipuler des situations afin de ne pas avoir à prendre la décision de faire ce dont il n'avait pas envie.

Deux ans auparavant, quand Paola avait réussi à ce qu'il consentît, de guerre lasse, à passer un examen médical complet, il avait dit au médecin de ne pas perdre son temps avec les tests pour le cholestérol et le diabète, lui laissant sous-entendre, de la manière la plus vague, qu'il avait passé ces examens récemment. En réalité, il avait préféré ignorer les résultats pour ne pas avoir à se plier à une prescription quelconque, au cas où ils auraient été mauvais. À chaque fois qu'il pensait à cette tromperie et aux conséquences qu'elle pourrait avoir sur sa famille, il se disait qu'il ne s'était jamais senti en aussi bonne santé et qu'il devait arrêter de s'inquiéter pour ça.

Un autre souvenir lui vint aussi à l'esprit.

Trois ans auparavant, un Albanais avait été arrêté parce qu'il avait battu les deux petites prostituées – elles avaient onze ans – qui le faisaient vivre ; Bru-

114

netti n'avait fait aucune démarche pour éviter que l'interrogatoire du suspect fût conduit par deux inspecteurs dont le premier avait une fille du même âge, et le second une de quinze ans qui avait été agressée par un autre Albanais. Et il n'avait pas cherché à savoir ce qui s'était passé pendant l'interrogatoire, alors que celui-ci s'était terminé rapidement, sur des aveux complets.

Il arriva au restaurant avant d'avoir pu pousser plus loin cet examen de conscience. Le propriétaire, qui préparait des cafés pour un petit groupe d'hommes debout devant le comptoir, le vit entrer et le salua.

«Votre collègue est dans le fond», lui lança-t-il. Les clients se retournèrent comme un seul homme, et Brunetti eut l'impression d'être regardé avec la même et intense fixité que celle des deux individus qui avaient écourté sa visite à l'épicerie. Ignorant l'intérêt dont il était l'objet, il se dirigea vers l'entrée du restaurant et repoussa les bandes de plastique multicolores.

Vianello était assis à la même table, avec devant lui une bouteille d'eau minérale et une carafe de vin blanc de cinquante centilitres. Pendant que Brunetti s'installait en face de lui, le sergent lui servit de l'eau et du vin.

Le commissaire vida le verre d'eau, surpris d'être aussi assoiffé, se demandant si ce ne serait pas un effet rétrospectif de la peur – car il devait admettre que c'était de la peur – qu'il avait ressentie quand il avait tourné le dos aux deux hommes, dans l'épicerie.

«Eh bien? demanda-t-il à Vianello.

– Le serveur, Lorenzo Scarpa, n'a pas repris son travail depuis que nous sommes venus. D'après le patron, il a appelé pour dire qu'il devait aller s'occuper d'un ami, mais il n'a pas dit où habitait cet ami, et n'a pas précisé pendant combien de temps il serait absent.»

Comme Brunetti ne faisait aucun commentaire, le sergent continua.

115

«Je suis allé chez lui – le patron m'a donné son adresse –, mais ses voisins avaient l'impression de ne pas l'avoir vu depuis quelques jours et n'ont aucune idée de l'endroit où il pourrait se trouver.

– Et le frère, Sandro?

– C'est étonnant, mais il est ici. En tout cas, il y était. Il est parti sur son bateau ce matin, à l'aube, mais il n'est toujours pas rentré.

– Qu'est-ce que ça peut vouloir dire?

– N'importe quoi, en fait. Qu'il y a du poisson et qu'il a décidé de continuer à pêcher, ou qu'il a des ennuis de moteur. Le patron semble penser que c'est plutôt parce qu'il y a du poisson et qu'il veut profiter de sa chance.»

Vianello prit quelques gorgées de vin avant de poursuivre.

«La signora Bottin est morte d'un cancer, il y a quelques années. Ses parents ont rompu tout contact avec Giulio et Marco depuis.

– Pourquoi?

– La maison de Murano. Ils ont voulu contester le testament, mais comme c'étaient eux qui avaient légué la maison à leur fille et que Bottin père était d'accord pour qu'elle revienne entièrement à leur fils, ils n'avaient aucune chance de gagner.

– Et depuis?

– Aucun contact entre eux, semble-t-il.

– Et où as-tu appris tout ça?

– Le patron du bar. Cela lui paraissait assez inoffensif pour être rapporté, sans doute.»

Brunetti se demanda quelles disputes allaient maintenant naître autour de la propriété de cette maison de Murano, mais garda sa réflexion pour lui.

«Et ce Giacomini dont nous a parlé le serveur?»

Vianello tira son petit carnet et se mit à le feuilleter.

«Paolo Giacomini, encore un pêcheur. D'après le patron, il habiterait à Malamocco, mais il vient mouiller son bateau ici. Il passe pour un faiseur d'histoires, du genre à faire battre les montagnes.

– Et la bagarre entre Scarpa et Bottin ?

– Personne n'a voulu m'en parler, sauf pour me dire qu'ils ont eu un problème sur l'eau, il y a environ un an. Je ne sais pas au juste s'ils sont entrés en collision ou s'ils se sont trop rapprochés et ont emmêlé leurs filets. Toujours est-il qu'il y avait une forte animosité entre eux depuis cette affaire.

– On pourrait vérifier ce que sait la police de Chioggia, proposa Brunetti.

– C'est probablement ce qu'il y a de mieux à faire, si l'incident s'est produit là-bas. Si la plainte a été déposée chez eux, ils pourront peut-être nous dire quelque chose. J'ai comme l'impression que ces gens ont tendance à s'occuper de leurs affaires à leur manière, et qu'en ce qui concerne Bottin, ils ont tous fait vœu de silence. Pas un pour se souvenir de quoi que ce soit sur lui ; pas un pour dire du mal de lui.

– Cependant, d'après la signora Follini, quelles que soient les raisons de ce qui est arrivé, c'est à cause du père et non du fils.

– Bon, dit Vianello. Et qu'est-ce qu'on fait, à présent ?

– On commence par déjeuner, puis nous allons voir si nous pouvons mettre la main sur ce Giacomini. »

Le repas se passa d'autant plus agréablement que Brunetti évita de commenter les plats choisis par Vianello et qu'il s'abstint de commander des palourdes ; il se satisfit d'une portion des plus copieuses de *coda di rospo* ; à en croire le propriétaire, le poisson aurait été pêché le matin même. L'homme n'avait pas pu trouver de remplaçant à Lorenzo Scarpa et devait donc faire le service lui-même, si bien que le repas traîna en longueur, situation qui ne fit qu'empirer à l'arrivée d'un groupe de touristes japonais juste au moment où Brunetti et Vianello commandaient.

117

Le guide fit asseoir ses Japonais à deux longues tables placées le long du mur ; ils avaient l'air ravis de devoir patienter pour leur repas et ne cessaient de sourire et de s'adresser par de petites courbettes à leur guide, au patron et aux deux policiers. Ils avaient un comportement d'une discrétion et d'une politesse tellement exquises que Brunetti était stupéfait à l'idée qu'on puisse dire du mal d'eux.

Lorsqu'ils eurent fini leur repas, les deux policiers payèrent (de nouveau en liquide et sans reçu) et se levèrent. Automatiquement, Brunetti adressa une petite courbette aux Japonais, attendit que Vianello fasse de même et que les Japonais la leur rendent, puis ils passèrent dans le bar où ils prirent un café mais refusèrent la grappa.

Il faisait plus chaud qu'à leur arrivée quand ils sortirent, et ils prirent plaisir à ce beau temps, qui renouvela ce sentiment de liberté enfantine qu'ils avaient ressenti le matin, sur la lagune. De retour à la vedette, ils ne trouvèrent pas trace de Bonsuan, mais virent une brochette de poissons attachés à une ficelle pendant dans l'eau depuis un taquet, de l'autre côté du bateau.

Ni l'un ni l'autre ne voyaient beaucoup d'inconvénient à attendre le pilote ; il n'y avait rien de désagréable à rester assis sur le banc de bois et à regarder dans la direction générale de Venise, même s'ils ne voyaient que les eaux de la lagune, les quelques bateaux qui y croisaient et un ciel d'une immensité infinie.

« Où croyez-vous qu'il soit passé ? demanda Brunetti.

— Qui ça, Scarpa, ou Bonsuan ?

— Bonsuan.

— Dans un bar, en train d'en apprendre plus en cinq minutes que nous en deux jours.

— Ça ne me surprendrait pas du tout », dit Brunetti, qui enleva sa veste et tourna le visage vers le soleil. Vianello aurait bien fait la même chose, mais il était en uniforme et ne pouvait pas.

Au bout d'une dizaine de minutes, Brunetti fut tiré d'un demi-assoupissement par la voix de Vianello.

«Il arrive.»

Il ouvrit les yeux, se tourna et vit en effet le pilote ; il portait son pantalon noir d'uniforme mais sans veston, et sa chemise blanche avait une grande tache noire à l'une des épaules. Brunetti se déplaça un peu sur la gauche, de manière à lui faire une place entre eux sur le banc.

«Alors ? demanda Brunetti dès que l'homme fut assis.

— Alors, j'ai décidé que j'allais avoir des ennuis de moteur.

— Décidé ?

— Comme ça, j'étais obligé de demander l'aide de quelqu'un.

— Et comment tu t'y es pris ?

— J'ai scié un des fils du distributeur avec une lime, et j'ai essayé de démarrer. Impossible. Alors j'ai rouvert le moteur, regardé ce qui n'allait pas, et je suis allé voir dans le village si quelqu'un ne pouvait pas me dépanner.

— Et alors ?

— Et alors je suis tombé sur un type que j'avais connu pendant mon service militaire. Son fils a un bateau par ici et c'est lui qui s'occupe du moteur. Il est venu avec moi, il a jeté un coup d'œil au fil, il est retourné à son atelier, il a trouvé ce qu'il fallait et il est revenu m'aider à le changer. Voilà.

— Est-ce qu'il n'a pas deviné que c'était toi qui l'avais coupé ?

— Sans doute. J'avais espéré tomber sur quelqu'un qui ne s'y connaîtrait pas trop en moteurs, en tout cas pas autant que moi. Mais Fidele a dû comprendre que c'était moi qui avais coupé le fil. Ça fait rien. J'ai été lui payer un verre au bar pour le remercier, et il a accepté de m'en parler.

119

« – De qui, des Bottin ? demanda Brunetti.

– Oui.

– Et qu'est-ce qu'il a dit ? »

Brunetti trouvait intéressant la façon qu'avait Bonsuan de prendre ses distances avec les informations qu'il avait réussi à recueillir. Façon qui convenait tout autant à Brunetti qu'à Vianello. Ce n'était sans doute rien de plus que la manière qu'avait trouvée le pilote de rester loyal vis-à-vis du clan des pêcheurs qu'il n'allait pas tarder à rejoindre.

« Quoi que ce soit, c'est du côté du père qu'il faut chercher, répondit Bonsuan.

– Qui te l'a dit ? demanda Vianello.

– Qu'est-ce qu'il a fait ? » demanda en même temps Brunetti.

Bonsuan répondit aux deux questions d'un haussement d'épaules.

« Oh, on ne m'a rien dit de précis, mais il est évident que personne ne l'aimait. En général ils font semblant, au moins quand ils parlent à des gens comme moi, qui ne sont pas du coin. Mais pas dans le cas de Bottin. Sans doute à cause de quelque chose qu'il a fait, mais c'est juste une impression. Ce qu'il a fait, je n'en ai aucune idée, mais on aurait dit qu'ils ne le considéraient plus comme faisant partie des leurs.

– À cause de la manière dont il traitait sa femme ? demanda Brunetti.

– Non, répondit Bonsuan avec un brusque mouvement de tête. Elle était de Murano, alors elle ne comptait pas. »

En deux mots, non seulement elle était passée par pertes et profits, mais elle avait été rayée de l'humanité.

Il y eut un silence prolongé. Trois cormorans passèrent dans un bruit d'ailes et allèrent se poser un peu plus loin sur l'eau, à bonne distance de la côte. Ils nagèrent de-ci de-là pendant quelques instants, ayant l'air de

120

conférer pour savoir où devait se trouver le poisson ; puis, si délicatement que la surface de l'eau en fut à peine troublée, ils disparurent sans laisser de trace. Sa curiosité éveillée, Brunetti retint sa respiration à ce moment-là ; mais il fut obligé de souffler et de prendre trois autres longues respirations avant que le premier oiseau ne jaillisse de l'eau et ne vienne flotter comme un bouchon, rapidement suivi par les deux autres.

« Bon. Allons à Malamocco », dit-il en se levant.

Le moteur démarra sur-le-champ. Vianello s'occupa des amarres et Bonsuan se dégagea du quai en décrivant un grand arc de cercle identique à celui qu'il avait suivi en arrivant. Serrant de près la rive de l'étroite péninsule, sur sa droite, il prit la direction de Malamocco. Au moment où ils approchaient du canal conduisant à l'Adriatique, Brunetti se pencha vers Bonsuan et lui tapa sur l'épaule. Le pilote se tourna, et le commissaire lui montra des tourbillons de fumée qui montaient au loin.

« Qu'est-ce que c'est ? » demanda-t-il.

Se couvrant les yeux de la main gauche, Bonsuan suivit la main de Brunetti et répondit d'un mot : « Marghera. »

Puis, ne voyant là rien de particulièrement intéressant, il se tourna de nouveau vers l'avant – sur quoi il passa aussitôt au point mort, puis tout aussi rapidement en marche arrière, obligeant la vedette à s'arrêter. Brunetti, qui continuait à chercher l'origine de la fumée, se tourna pour voir les raisons de cette manœuvre inopinée.

« *Maria Virgine !* laissa-t-il échapper lorsqu'il vit l'énorme navire qui les dominait de toute sa gigantesque masse, sur leur droite. Qu'est-ce que c'est que ce truc ? » demanda-t-il à Bonsuan. Ils avaient beau se trouver à plusieurs centaines de mètres du monstre, il était obligé de lever la tête et tout ce qu'il pouvait voir était l'un des flancs de la coque, la ligne de flottaison et le côté gauche de la passerelle de commandement, toute en vitres, qui paraissait aussi haute et lointaine qu'un clocher d'église.

«Un superpétrolier», cracha Bonsuan, du ton violent dont il aurait répondu «un violeur» ou «un incendiaire».

Leur propre moteur tournant au ralenti, ils n'entendaient plus que le grondement qui montait du tanker. L'univers se résuma à ce bruit, dont les battements les bombardaient comme l'onde de choc d'une explosion. Involontairement, les trois hommes portèrent les mains à leurs oreilles et les gardèrent ainsi jusqu'à ce que le léviathan se soit éloigné, par le Canale dei Petroli, en direction des raffineries établies sur la terre ferme. Les vagues de son sillage les frappèrent à ce moment-là, et ils furent forcés de s'accrocher au bastingage pour garder l'équilibre, tant la vedette dansait et oscillait et qu'eux-mêmes valsaient comme des fous sur le pont.

Agrippé des deux mains au garde-fou, Brunetti se pencha et inspira longuement. En dessous, sur l'eau, il vit alors flotter de petites choses noires pas plus grosses que des boutons. Il n'y en avait que quelques-unes, et il n'aurait su dire si elles étaient déjà là avant le passage du bâtiment.

Bonsuan remit les gaz. Sans rien dire, ils firent route vers Malamocco.

12

Le déplacement fut en fin de compte inutile : il n'existait aucun Giacomini à l'adresse donnée par le propriétaire du restaurant. La journée était trop avancée pour qu'ils puissent continuer jusqu'à Chioggia, et Brunetti décida qu'il contacterait la police locale par téléphone ; il dit donc à Bonsuan de repartir pour la questure.

Était-ce l'apparition du superpétrolier ou la vue des petites boulettes de pollution dans l'eau, leur humeur s'était assombrie et ils n'échangèrent que peu de paroles pendant le voyage de retour. La lumière oblique de la fin de l'après-midi rehaussait l'éclat des innombrables monuments de la ville, encore plus quand on arrivait ainsi, par la mer, comme on devrait toujours le faire quand on vient à Venise. Vianello marmonna qu'il avait oublié de prendre de la crème solaire. Brunetti ne réagit pas.

Lorsqu'ils accostèrent à la questure, Pucetti était de garde et sa vue donna une idée à Brunetti. Le jeune policier le salua à sa descente de bateau. Brunetti dit à Vianello de se charger du coup de fil à Chioggia, et de leur demander tout ce qu'ils pourraient savoir sur l'incident qui avait opposé Scarpa et Bottin ; il l'attendrait dans son bureau, ajouta-t-il, mais il avait deux mots à dire à Pucetti auparavant.

« Pucetti ? Dis-moi, tu es de garde pour combien de temps ?

– Pour toute la semaine, monsieur. Et la semaine prochaine, je suis de nuit.

– Est-ce que ça te dirait, une mission spéciale ?»

Le visage du jeune homme s'éclaira.

«Oh, oui, monsieur.»

Brunetti apprécia l'absence de toute récrimination sur le fait qu'il était de garde – travail qui consistait à rester planté toute la journée devant l'entrée et, éventuellement, à intervenir en cas d'altercation dans les files d'attente des divers services.

«Bien. Donne-moi une minute, que j'aille vérifier les tours de garde.»

Mais à peine avait-il fait deux pas qu'il se tournait de nouveau vers Pucetti.

«Est-ce que tu as jamais travaillé comme serveur, des fois ?

– Oui, monsieur. Mon beau-frère tient une pizzeria à Castello, et je lui donne un coup de main de temps en temps le week-end, répondit le jeune policier sans poser de questions, ce qui fit plaisir à Brunetti.

– Parfait. Je reviens.»

Il se rendit directement dans le petit bureau de la signorina Elettra, où il trouva la jeune femme en train de disposer des forsythias dans un vase bleu de Venini.

«Il est à vous ? demanda Brunetti, en montrant le vase.

– Non, monsieur. Il appartient à la questure. Celui que j'utilise d'habitude a été volé la semaine dernière, et j'ai donc dû le remplacer.

– Volé ? On a volé un vase dans la questure ?

– Oui. Un gardien l'a nettoyé puis l'a laissé, et il a disparu.

– De la questure ?

– Je vais faire plus attention avec celui-ci», répondit-elle, en mettant en place une branche incurvée. Brunetti avait une amie qui travaillait chez Venini et donc une idée du prix de ce vase : dans les quinze cents euros.

124

«Et comment se fait-il que la questure ait acheté celui-ci? demanda-t-il, formulant sa question avec soin.

– Matériel de bureau.»

Elle mit la dernière branche en place et fit un pas de côté pour que le commissaire puisse soulever le vase pour elle. D'une main languide, elle lui indiqua un emplacement sur le rebord de la fenêtre et Brunetti le posa délicatement à l'endroit exact.

«Est-ce que Pucetti vous paraît un garçon intelligent?

– Ce charmant jeune homme avec la petite moustache? demanda-t-elle comme si elle ignorait que Pucetti devait tout au plus avoir cinq ans de moins qu'elle. Celui qui a une petite amie russe?

– Oui, est-il assez intelligent, à votre goût?

– Pour faire quoi?

– Pour aller à Pellestrina.

– Y faire quoi?

– Travailler dans un restaurant tout en gardant un œil sur vous.

– Puis-je savoir comment vous aller goupiller tout ça?

– Le serveur qui nous a donné la première information sur les Bottin a disparu du restaurant. Il a appelé le propriétaire et lui a raconté une histoire selon laquelle il devait aller s'occuper d'un ami malade, et il n'a pas donné signe de vie depuis. Le restaurant a donc besoin d'un serveur.

– Et Pucetti, qu'est-ce qu'il en pense? demanda-t-elle en allant se rasseoir derrière son bureau.

– Je ne le lui ai pas encore demandé. Je voulais tout d'abord vous consulter.

– C'est très aimable de votre part, monsieur.

– Comme il sera là pour vous protéger, je tenais à m'assurer que vous le considériez comme capable de le faire.»

Elle réfléchit quelques instants.

125

«Oui, je pense que c'est un bon choix.»

Elle jeta un coup d'œil aux forsythias et revint sur Brunetti.

«Dois-je m'occuper de revoir son emploi du temps?

— Oui, répondit Brunetti sans pouvoir s'empêcher de demander: Et comment allez-vous vous y prendre?

— Je le ferai passer dans une rubrique que j'appellerai *tâches ancillaires*.

— Ce qui veut dire?

— Ce que je veux.

— Je vois... et Marotta? Ce n'est pas lui le patron, la semaine prochaine? Ce n'est pas à lui de prendre la décision?

— Ah, Marotta, dit-elle avec un mépris à peine dissimulé. Il ne porte jamais de cravate quand il vient travailler.»

Les chances d'une promotion permanente à la questure de Venise, pour Marotta, étaient sérieusement compromises, songea Brunetti.

«Pendant que vous êtes ici, monsieur, reprit-elle en ouvrant un tiroir dans lequel elle prit quelques feuilles de papier, autant que je vous donne ça. C'est tout ce que j'ai trouvé sur ces gens. Et les rapports d'autopsie.»

Il prit le mince dossier et retourna dans son bureau. D'après l'autopsie, faite à l'hôpital par un médecin légiste dont il ne connaissait pas le nom, Giulio Bottin était mort de l'un des trois coups qu'on lui avait portés à la tête avec un instrument contondant; les traces sur son front et son crâne correspondaient à un objet cylindrique, tuyau métallique ou gros bâton. Quand à son fils, il avait succombé à une hémorragie; la lame, en s'enfonçant profondément, avait sectionné une artère abdominale. L'absence d'eau dans leurs poumons et le fait que Giulio Bottin n'avait pas pu mourir sur le coup laissaient penser qu'ils avaient été tués un certain temps avant que le bateau ne fût coulé.

À peine Brunetti venait-il d'achever la lecture du rapport d'autopsie que Vianello frappait à sa porte et entrait.

«J'ai appelé Chioggia, monsieur, dit-il sans même prendre le temps de s'asseoir. Ils ne savent strictement rien sur l'affaire.»

Brunetti repoussa les papiers de côté.

«Comme tu l'as toi-même fait remarquer, ils ne sont pas du genre à attendre que la police résolve leurs problèmes à leur place, ces gens-là.»

Il s'attendait presque à ce que Vianello lui demandât s'il existait des gens d'un autre genre, mais le sergent ne reprit pas la balle au bond, et Brunetti en profita pour lui parler de son projet d'envoyer Pucetti à Pellestrina.

«Et avec quelles recommandations?

– Pucetti m'a dit qu'il travaillait de temps en temps dans la pizzeria de son beau-frère. Celui-ci peut appeler le restaurant de Pellestrina, raconter qu'il a entendu dire qu'il leur fallait un serveur, et recommander Pucetti. Ça reste dans la famille.

– Et si quelqu'un le reconnaît? objecta Vianello, se faisant l'écho des propres craintes de son supérieur.

– Il y a peu de chance que cela arrive, non?» demanda Brunetti, conscient de faire une réponse à la signorina Elettra.

Devinant les réserves du commissaire, Vianello s'abstint de renouveler son objection et, s'excusant sans demander s'il avait d'autres ordres à recevoir, repartit au rez-de-chaussée.

Brunetti revint aux documents que lui avait donnés la signorina Elettra. Si l'Alessandro Scarpa auquel il s'intéressait était un homme dans la trentaine – ce qui le distinguait d'un homonyme habitant à Pellestrina, mais âgé de quatre-vingt-sept ans –, alors il s'agissait de celui qui avait été arrêté trois ans auparavant pour avoir menacé un autre homme avec un couteau. Mais la victime s'était rétractée le lendemain et avait retiré sa plainte, si bien qu'il n'y avait rien sur Scarpa dans les dossiers de la police ; le maréchal des logis, patron des carabiniers du Lido, avait cependant déclaré que Scarpa était bien connu pour faire des histoires quand il avait bu.

La signorina Elettra n'avait trouvé aucune information sur quelqu'un dont le nom serait Giacomini.

Avec la signora Follini, c'était une autre paire de manches. Follini était son nom de famille, car même si elle goûtait beaucoup la compagnie des hommes, elle n'était encore jamais passée devant un curé pour régulariser. Elle avait pour prénom Luisa et était née à Pellestrina cinquante-deux ans auparavant.

Si elle connaissait bien la police – ou plutôt, si la police la connaissait bien –, c'est qu'elle avait eu affaire à elle dès l'âge de dix-neuf ans, quand on l'avait arrêtée pour racolage. Comme c'était la première fois, elle avait eu droit à une simple réprimande avant d'être relâchée – mais s'était fait de nouveau arrêter trois fois pour le même délit l'année suivante. Puis il y avait eu un long intervalle pendant lequel on n'avait pas entendu parler d'elle, ce qui laissait penser que Luisa Follini avait trouvé un accord avec la police locale, ou bien était allée exercer ses talents ailleurs. On l'avait vue réapparaître à Pellestrina douze ans plus tôt, où elle avait été arrêtée, alors que les lois étaient encore très dures, pour possession, usage et trafic d'héroïne, ainsi que pour prostitution.

Elle avait eu la chance d'être acceptée dans un centre de réhabilitation des drogués près de Bologne ; elle y avait passé trois ans et était revenue s'installer à Pellestrina, guérie, semblait-il, de son addiction à l'héroïne et ayant apparemment renoncé à son activité. Ses parents étaient morts durant son absence et elle avait repris la petite épicerie qu'ils tenaient au village. Elle n'en avait pas bougé depuis.

En lisant le rapport, Brunetti se souvint que la signora Follini portait une robe à manches longues ; puis il se demanda comment elle avait trouvé l'argent pour ses opérations de chirurgie esthétique et où elles avaient été faites. Qui les avait payées, en réalité ? Ce n'était pas le minuscule magasin qui aurait pu lui fournir de quoi faire modifier ainsi son visage – pas plus que la prostitution ou la vente d'héroïne, dans un petit village comme Pellestrina.

Il repensa aux deux occasions où il avait parlé avec elle. La première, elle avait eu une attitude aguichante et fait tout un cinéma sur la médiocrité d'une existence vécue à Pellestrina. Avec l'histoire qu'elle trimballait, elle devait en effet très bien savoir ce qu'il en coûtait, songea-t-il. Mais elle n'avait manifesté aucun des signes d'énergie survoltée classiques chez les drogués. Et sa nervosité, la deuxième fois, n'avait pas eu l'air d'avoir d'autre raison que la peur, sentiment qui avait paru culminer chez elle avec l'arrivée des deux hommes dans la boutique.

Il ignorait jusqu'à quelle heure elle gardait son magasin ouvert. Il prit son annuaire et chercha Pellestrina. Follini, Luisa, y était inscrite. Il composa le numéro, et on décrocha à la troisième sonnerie. La signora elle-même, qui donna son nom.

« Signora, c'est le commissaire Brunetti. Je vous ai parlé récemment. »

Mais il n'entendit alors que le léger cliquetis d'un combiné qu'on repose.

Il remit l'annuaire dans le tiroir du bas, laissa le petit dossier sur le côté gauche de son bureau et alla au rez-de-chaussée s'entretenir avec Pucetti.

13

Pucetti avait le plus grand mal à cacher à quel point il était ravi d'être chargé de cette mission: il sourit à la mention du nom de la signorina Elettra et il rayonnait littéralement lorsque Brunetti lui expliqua que sa priorité serait de la protéger. Lorsque le jeune policier demanda qui avait eu l'idée de l'envoyer là-bas, Brunetti ignora la question, lui répondant à la place qu'il espérait que sa petite amie n'y verrait pas d'objection – pas d'objection à ce qu'on lui assigne une « tâche ancillaire ».

Ce soir-là, après le repas, il parla de Pucetti à Paola, disant qu'il espérait que sa présence à Pellestrina améliorerait la sécurité de la signorina Elettra, si elle ne pouvait la garantir complètement.

« Quel couple étrange ils forment, tous les deux, dit Paola.

– Qui ça?

– La signorina Elettra et Pucetti.

– Mais voyons, ils ne forment pas un couple, protesta Brunetti.

– Oui, je le sais. Mais ce que je veux dire, c'est en tant que personnes. Il est si bizarre que des gens aussi brillants travaillent pour la police. »

Indigné, Brunetti lui fit remarquer que lui aussi travaillait pour la police.

« J'espère que tu ne l'as pas oublié!

– Oh, ne sois pas aussi chatouilleux, Guido, dit-elle en lui posant la main sur le bras. Tu sais parfaitement ce que j'ai voulu dire. Tu travailles à un autre niveau, tu es diplômé en droit, et tu es entré dans la police quand les choses étaient différentes, à une époque où c'était une carrière honorable.

– Ce qui signifie qu'elle ne le serait plus ?

– Non, je suis sûre qu'elle peut toujours l'être, répondit-elle, se hâtant d'ajouter, lorsqu'elle vit son expression : Ça reste un choix parfaitement respectable, tu sais bien ce que je veux dire. Simplement, ce ne sont plus les gens comme toi, les meilleurs, qui le font. Encore dix ans, et il n'y aura plus que des Patta et des Alvise, c'est-à-dire des gens malades d'ambition ou d'indécrottables abrutis.

– Et lequel est lequel ?»

Paola éclata de rire.

«Bonne question !»

Ils étaient en train de boire une verveine sur la terrasse ; les enfants étaient retournés à leurs bouquins. Quatre nuages rebondis, roses dans la lumière du soir, servaient de toile de fond au campanile de San Polo ; le reste du ciel, limpide, contenait la promesse d'une autre journée radieuse.

Elle revint au sujet initial de leur conversation.

«À ton avis, comment se fait-il que si peu d'éléments réellement bons entrent aujourd'hui dans la police ?»

Mais au lieu de répondre, Brunetti lui posa une question :

«C'est la même chose pour toi, non ? De quel genre sont tes nouveaux collègues à la fac ?

– Seigneur ! On croirait entendre Pline l'Ancien... on est là, assis à ronchonner contre le manque de respect de la jeunesse et tout ce qui part à vau-l'eau.

– Ça a toujours été ainsi. C'est l'une des constantes de mes bouquins d'histoire : chaque génération voit la génération qui l'a précédée comme celle qui a connu l'âge d'or : les hommes étaient vertueux, les femmes pures et les enfants obéissants.

– N'oublie pas *respectueux*, suggéra Paola.

– Les enfants, ou les femmes ?

– Les deux, je suppose. »

Ils restèrent un long moment sans parler, regardant les nuages dériver vers le sud, jusqu'à ce qu'ils viennent encadrer le campanile de San Marco.

C'est Brunetti qui rompit le silence.

« Qui pourrait en avoir envie aujourd'hui ? dit-il en laissant la question en suspens, mais Paola ne réagit pas. C'est quasiment devenu rituel : on se bagarre pour obtenir une arrestation, et quand c'est fait, les avocats s'emparent de l'affaire, ou les juges, et les autres salopards finissent par sortir. J'ai vu ça se produire trop souvent, et je le vois se produire de plus en plus. Tiens, cette femme, par exemple, qui s'est mariée la semaine dernière à Bologne. Il y a deux ans, elle a poignardé son mari à mort. Elle a écopé de neuf ans. Mais elle a fait appel et est sortie au bout de trois mois. Et maintenant, elle se remarie ! »

En temps normal, Paola aurait sans doute fait quelque remarque ironique sur le courage de ce deuxième époux, mais elle attendit de voir si Brunetti avait fini. Ce qu'il déclara, quand il reprit la parole, fut cependant un choc pour elle.

« Je pourrais prendre ma retraite, tu sais. »

Elle continua à garder le silence.

« J'ai le nombre d'années requis. Enfin, presque. Je crois que je devrais pouvoir la prendre dans deux ans.

– En as-tu envie ? »

Il prit une gorgée de sa tisane et se rendit compte qu'elle avait refroidi. Il renversa le contenu de sa tasse dans le gros pot de terre cuite contenant le laurier-rose et se servit une nouvelle tasse à laquelle il ajouta du miel.

« Non. Pas vraiment. Mais il y a des moments où

c'est insupportable de voir ce qui se passe et de ne rien pouvoir faire pour l'empêcher. »

Il se laissa aller dans son fauteuil et tendit les jambes, tenant sa tasse à deux mains.

« Je sais que j'en rajoute un peu, comme avec l'histoire de cette meurtrière qui s'est remariée, mais à chaque fois que j'entends parler d'une affaire pareille, ça me fait bondir.

— Les journaux n'ont-ils pas raconté qu'il la battait ? demanda Paola.

— Je connais le collègue de Bologne qui a procédé au premier interrogatoire. Elle n'a jamais parlé de ça – jusqu'au jour où elle a eu un premier entretien avec son avocat. Elle avait une liaison avec le type qu'elle a épousé ensuite.

— Ça, on ne l'a pas vu dans les journaux. Je suppose donc que personne n'en a parlé au procès.

— Non, parce qu'on n'avait aucune preuve de cette liaison. Mais toujours est-il qu'elle a tué son mari, peut-être au cours d'une dispute, ça n'a rien d'impossible, et qu'aujourd'hui elle est comme par hasard mariée au type qui était son amant. Mais elle ne risque plus rien.

— Et ils seront heureux pour toujours ?

— Ce n'est qu'une affaire insignifiante – non, se corrigea-t-il aussitôt, un assassinat n'est jamais une affaire insignifiante. Ce que je veux dire, c'est qu'il n'y en a eu qu'un, et qu'il est possible qu'elle l'ait tué au cours d'une dispute. Mais on voit ça tout le temps : un homme tue dix ou vingt personnes et un avocat habile ou, plus souvent encore, un juge incompétent, le laisser filer. Et l'assassin, une fois libre, n'hésitera pas longtemps à faire ce qu'il sait faire le mieux, tuer. »

Paola, qui savait d'expérience comment il fallait l'écouter quand il était de cette humeur-là, ne l'avait jamais vu aussi déprimé ou en colère à cause des conditions dans lesquelles il travaillait.

133

«Que ferais-tu pour t'occuper, si tu prenais ta retraite?

– C'est là le problème : je n'en ai aucune idée. Je suis trop vieux pour reprendre mes études là où je les ai laissées. Il faudrait tout recommencer à zéro.

– S'il y a une chose que je te recommande expressément de ne pas faire, c'est de retourner à la fac », l'interrompit-elle. Son frisson d'horreur, bien que volontairement exagéré, n'était néanmoins pas feint.

Ils envisagèrent la question pendant un moment, pour n'arriver finalement à aucune conclusion.

«Est-ce que les nobles romains, demanda alors Paola, ne se retiraient pas à la campagne pour se consacrer à l'amélioration de leurs terres et à la rédaction de lettres à leurs amis, lettres dans lesquelles ils déploraient l'état des mœurs et de l'Empire?»

Brunetti émit un petit grognement.

«Mais j'ai bien peur de ne pas être noble.

– Et, grâce à Dieu, tu n'es pas romain.

– Sans compter que nous ne possédons pas de ferme.

– Je suppose que la conclusion qui s'impose est que tu ne peux pas prendre ta retraite. Donne-moi donc une autre verveine.»

Le week-end se passa calmement. Brunetti ne savait toujours pas quand la signorina Elettra avait décidé de se rendre à Pellestrina. Il envisagea de l'appeler chez elle et alla même chercher son numéro personnel dans l'annuaire, chose qu'il n'avait jamais faite. Il trouva aussi son adresse, un numéro dans Castello qui devait placer son domicile, calcula-t-il, non loin de Santa Maria Formosa. Pendant qu'il avait l'annuaire ouvert, il chercha s'il y avait d'autres Zorzi et en trouva deux qui habitaient à des adresses proches de celle de la jeune femme : sa famille?

La signorina Elettra lui avait laissé son numéro de

portable, mais il l'avait oublié au bureau et, à moins de l'appeler à son domicile, il n'avait aucun moyen de savoir ce qu'elle allait faire avant lundi matin, où il la verrait, ou pas, à la questure.

Pucetti l'appela le samedi soir pour lui dire qu'il était à Pellestrina et déjà au travail, mais qu'il n'avait pas vu trace de la signorina Elettra. Son beau-frère, expliqua le jeune policier, après avoir découvert qu'il avait de nombreuses relations en commun avec le restaurateur de Pellestrina, n'avait pas eu de mal à le faire engager, au moins jusqu'à ce que Scarpa fasse savoir s'il comptait revenir ou non.

Le dimanche après-midi, Brunetti alla dans la pièce qui, au fil des années, s'était peu à peu transformée de chambre d'amis en dépotoir. Sur le haut d'une armoire, dans un coin, il trouva le coffre peint à la main qui lui venait de son oncle Claudio, lequel avait toujours rêvé d'être un artiste. Assez grand pour contenir un berger allemand, le meuble était entièrement recouvert de motifs de fleurs et d'espèces animales multicolores, difficilement reconnaissables et disposées dans une joyeuse promiscuité. Le coffre contenait des cartes, jetées dedans dans la même confusion qui prévalait parmi les animaux peints sur les panneaux extérieurs.

Brunetti commença en les repoussant d'un côté et de l'autre pour retrouver celle qu'il voulait. Finalement, comme il n'arrivait à rien par cette méthode, il se résigna à employer la procédure plus lente consistant à les retirer l'une après l'autre. Toujours pas de carte. Finalement, après avoir passé en revue la plupart des pays et des continents de la planète, il trouva tout au fond celle de la lagune qu'il utilisait à l'époque où, avec ses copains d'école, ils passaient leurs week-ends et leurs vacances à explorer les canaux sinueux entourant la ville.

Il fourra tout ce qu'il avait sorti n'importe comment

dans le coffre et partit pour la terrasse avec la carte de la lagune. Prenant bien soin de ne pas rompre l'adhésif avec lequel il avait recollé les morceaux, il y avait bien longtemps, il l'ouvrit avec des gestes lents et l'étala sur la table. Que les îles paraissaient minuscules, entourées comme elles l'étaient par les vastes palus inondables ! Sur des kilomètres, dans toutes les directions, s'étendaient les veines et les capillaires des chenaux par lesquels l'eau arrivait et repartait deux fois par jour, aussi régulièrement que la lune elle-même. Pendant un millier d'années, ces canaux de Chioggia, Malamocco et San Nicolo avaient servi d'aorte et préservé la limpidité des eaux, même au plus fort de la puissance de la Sérénissime, alors que Venise comptait des centaines de milliers d'habitants et que leurs déchets allaient s'y déverser tous les jours.

Brunetti se reprit avant que ses pensées ne s'engagent à nouveau dans ces voies familières. Il se souvint des propos de Paola, deux jours auparavant, et de son allusion aux nobles romains désabusés qui se gâchaient la vie en maugréant contre le présent et ne cessaient de regretter le passé pourtant perdu à jamais ; quittant l'histoire, il s'intéressa à la géographie.

L'immensité de la zone représentée par la carte lui rappela à quel point il aurait été perdu là au milieu, à quel point il ignorait comment les choses étaient organisées sur ces eaux, y compris dans le domaine qui relevait de ses compétences, les affaires criminelles. Si on attribuait celles-ci au premier arrivé, un peu comme on donne une faveur politique, comment pouvait-on s'attendre à ce qu'on ait des archives raisonnées sur ce qui se passait dans ces eaux protégées ?

Il supposait que les poissons les plus gros étaient capturés dans l'Adriatique ; mais d'où venaient les palourdes et les crevettes ? Il n'avait aucune idée des endroits de la lagune où l'on pouvait légalement pêcher, même s'il supposait que tous les hauts-fonds proches de Marghera devaient être interdits. Cependant, si ce que disait Bonsuan (et que croyait Vianello) était vrai, même ce secteur était encore exploité.

Il allait parfois avec Paola au marché du Rialto pour acheter des produits de la mer, et revoyait l'écriteau souvent fiché dans la peau luisante des poissons : *Nostrani*, y lisait-on, comme si l'affirmation qu'en étant « les nôtres », ils étaient tout à coup parfaitement frais et sains, débarrassés de toute contamination, de toute idée, même, qu'ils pussent être pollués. On trouvait d'ailleurs des panneaux identiques sur les cerises, les pêches, les prunes, et il se rendit compte que la même magie était à l'œuvre : il suffisait que ces fruits fussent italiens pour leur enlever tout ce qui pouvait être produit chimique ou pesticide et les rendre aussi purs que le lait maternel.

Il avait lu, quelques années auparavant, un livre sur les coutumes alimentaires et savait donc que ses ancêtres, loin de bénéficier d'un régime paradisiaque à base de produits sûrs et sains, ingéraient aussi de grandes quantités de poisons et de produits chimiques divers, et qu'ils risquaient la tuberculose et même pire, à chaque fois qu'ils buvaient du lait.

En ayant assez d'être de cette humeur morose, il roula à nouveau la carte et alla la remettre à sa place.

« Paola ! lança-t-il ensuite vers le fond de l'appartement, si on sortait prendre un verre quelque part ? »

La première chose qu'il apprit en arrivant, le lundi matin, fut que, en dépit de ses plans, c'était lui qui avait la responsabilité de la questure pendant l'absence de Patta. On avait en effet rappelé Marotta à Turin, où il devait passer la semaine comme témoin dans une affaire en jugement. Il n'avait pourtant pas été impliqué directement ; à l'époque des faits, il était simplement le responsable hiérarchique de l'escouade d'enquêteurs parmi lesquels se trouvaient les deux qui avaient procédé à l'arrestation de six suspects, dans une affaire de trafic d'armes. En réalité, il était hautement improbable qu'on l'appelât à la barre des témoins et il aurait pu refuser de s'y rendre ; mais comme cela signifiait un voyage chez lui aux frais du gouvernement, en plus d'une compensation financière pour ses frais de séjour, il avait accepté, laissant à Brunetti une note dans laquelle il disait que sa présence était indispensable pour obtenir une condamnation et qu'il était sûr que le vice-questeur Patta approuverait sa décision de le nommer patron à titre temporaire.

Il appela à plusieurs reprises dans le bureau de la signorina Elettra, pendant la matinée, mais comme elle avait pour habitude de ne pas venir encombrer les locaux de la questure quand son supérieur était absent, il ignorait si elle avait décidé de dormir jusqu'à midi ou bien si elle était déjà partie pour Pellestrina. Quand son téléphone sonna, à onze heures, ce fut un soulagement d'entendre la voix de la jeune femme.

« Où êtes-vous, signorina ? demanda-t-il d'un ton courtois, dépourvu de toute autorité.

– Sur la plage de Pellestrina, monsieur, du côté de la mer. Saviez-vous qu'on a retiré le bateau échoué ? »

Comme il restait sans réaction, elle ajouta :

« J'ai été surprise de ne plus le voir. D'après ma cousine, ils ont fait ça l'an dernier. Il me manque.

– Quand êtes-vous arrivée, signorina ?

– Samedi, avant déjeuner. Je voulais disposer d'un maximum de temps sur place.

– Et qu'est-ce que vous avez raconté à votre cousine ? »

Il entendit les cris rouillés d'une mouette.

« Que j'étais désolée d'être restée si longtemps sans venir, mais que j'avais envie de m'échapper de la ville pendant quelques jours », répondit-elle, tandis que la

138

mouette venait ajouter son grain de sel. La signorina Elettra attendit que l'oiseau se soit tu.

«En fait, j'ai dit à Bruna que ça s'était mal terminé avec mon ami et que j'avais besoin d'être loin de tout ce qui pouvait me le rappeler.»

D'une voix plus douce, elle ajouta:

«Ce n'est que trop vrai, d'ailleurs.»

Sur quoi la curiosité de Brunetti fut piquée; il aurait aimé savoir qui était l'homme et pour quelle raison leur liaison s'était terminée.

«Combien de temps lui avez-vous dit que vous comptiez séjourner chez elle, signorina?

– Oh, je suis restée vague; au moins une semaine, peut-être plus, selon mon humeur. Mais je me sens déjà mieux; il fait un temps merveilleux et l'air est complètement différent de celui de la ville. Je pourrais rester ici éternellement.»

C'est le bureaucrate qui parla en lui, avant qu'il puisse y faire quelque chose.

«J'espère que vous ne parlez pas sérieusement.

– Non, simple figure de style, monsieur.

– Comment envisagez-vous de vous occuper?

– Je vais me promener sur la plage et voir qui je rencontre. J'irai aussi prendre un café au bar, et me mettrai à l'affût de tout ce qu'il y a de neuf. Je parlerai aux gens. J'irai à la pêche.

– Rien que des vacances normales à Pellestrina, en somme.

– Exactement.»

La mouette ne fit aucun commentaire.

Promettant de rappeler, la signorina Elettra coupa la communication.

14

En rangeant son portable, Elettra Zorzi se félicita d'avoir choisi une veste en suède et non en laine. Les poches étaient plus profondes et donc plus sûres pour le petit Nokia, guère plus grand qu'un paquet de cigarettes. Sans compter que cette matière allait mieux avec son pantalon bleu marine, même si elle n'était pas entièrement satisfaite de leur accord avec la paire de Topsiders qu'elle avait emportée pour marcher sur la plage. Elle n'avait jamais aimé la combinaison suède-cuir et regrettait de ne pas avoir plutôt acheté les chaussures en suède couleur fauve qu'elle avait vues en solde, chez Fratelli Rossetti.

La mouette lança de nouveau son cri, mais la jeune femme n'y prêta pas attention. Comme l'oiseau insistait, elle se dirigea droit dessus jusqu'à ce qu'il s'envole le long de la plage, en direction de Ca'Roman. Comme la plupart des Vénitiens, Elettra tolérait les mouettes mais ne supportait pas les pigeons, qu'elle considérait comme une source permanente d'ennuis : leurs nids bouchaient les gouttières, leurs déjections transformaient le marbre en meringues friables. Ces réflexions lui firent penser aux touristes de la place Saint-Marc, posant avec des pigeons sur la tête et leurs bras tendus, et elle frissonna d'horreur : des rats volants, oui !

Elle continua le long de la plage, prenant plaisir à sentir le soleil lui chauffer le dos, n'ayant pas d'autre but que d'atteindre San Pietro in Volta et d'y prendre un café avant de retourner à Pellestrina. Elle allongea sa foulée, consciente à chaque pas qu'elle était restée trop longtemps assise derrière un bureau, et sentant à quel point son corps exultait avec cette activité des plus simples, une marche au soleil sur la plage.

Sa cousine Bruna, quand elle l'avait appelée la semaine précédente, n'avait nullement été étonnée de s'entendre demander si elle pourrait la recevoir pendant une ou deux semaines. Lorsqu'elle lui avait demandé comment il se faisait qu'elle était libre, tout d'un coup, Elettra lui avait dit une partie de la vérité : elle et son ami avaient prévu d'aller passer deux semaines en France, mais leur brusque rupture avait fait avorter ce projet et elle n'avait pas pu faire changer ses dates de vacances. Bruna ne s'était pas montrée offensée d'être son deuxième choix et avait insisté pour que sa jeune cousine vienne tout de suite, afin qu'elle laisse tout souvenir de ce garçon derrière elle.

Elle n'était à Pellestrina que depuis deux jours, mais elle avait déjà bien avancé dans son entreprise antidépression. Cela faisait probablement plusieurs mois qu'elle savait que son ex, un médecin qu'elle avait connu par sa sœur, ne lui convenait pas : il était trop sérieux, trop ambitieux et, elle devait même l'admettre, trop rapace. Elle avait redouté de se retrouver à nouveau toute seule ; mais elle se rendait compte que, loin de souffrir, elle se sentait plutôt comme la mouette : elle n'avait pas apprécié la manière dont on l'avait traitée, et avait préféré prendre le large d'un coup d'ailes.

Elle s'approcha du bord de l'eau et se pencha pour retirer ses chaussures et rouler le bas de son pantalon. Elle ne put supporter le contact de l'eau que pendant quelques secondes avant de revenir en se dandinant sur le sable, où elle se laissa tomber pour se masser les pieds. Lorsqu'elle en retrouva la sensation, elle reprit sa marche pieds nus, libre, tenant ses chaussures de deux doigts crochetés dans les talons, soudain consciente de se sentir heureuse.

Mais bientôt la plage se resserra et elle fut obligée de grimper les marches pour gagner le haut de la digue. Les bateaux vaquaient à leurs occupations de bateaux, sur sa droite, et le petit village de San Pietro in Volta ne tarda pas à apparaître sur sa gauche.

Dans le bar, situé au rez-de-chaussée d'une maison à un étage, elle demanda une eau minérale et un café; elle but l'eau avidement, puis se mit à siroter son café. L'homme qui tenait l'établissement avait la soixantaine bien sonnée; il se souvenait des précédentes visites d'Elettra et lui demanda depuis combien de temps elle était arrivée. Ils se mirent alors à bavarder de choses et d'autres et ne tardèrent pas à évoquer les deux meurtres récents, événement auquel elle ne parut pas prendre un intérêt particulier.

«Ouvert en deux, éventré comme un poisson, dit-il. Ça fait pitié. C'était un garçon sympathique. Surprenant, si on pense à son père.»

Il ne s'était pas encore passé assez de temps, comprit-elle soudain, pour que les gens commencent à dire toute la vérité sur Giulio Bottin : il était encore beaucoup trop présent et vivant dans les esprits, et les commentaires, sur l'affaire, restaient prudents et anodins.

«Je ne les connaissais pas», dit-elle en parcourant d'un œil nonchalant la première page d'*Il Gazzettino,* plié en deux sur le comptoir.

«Marco est allé en classe avec ma petite-fille», dit l'homme.

Elettra régla ses consommations, déclara qu'elle trouvait merveilleux d'être de nouveau ici, et repartit. Elle emprunta le chemin de la digue du début à la fin pour retourner à Pellestrina; le temps d'arriver, elle avait de nouveau soif et alla dans le bar du restaurant, où elle commanda un verre de vin blanc sec. Et qui donc fit le service ? Pucetti lui-même, qui ne lui prêta pas plus d'attention qu'à toute autre jolie femme plus âgée que lui de quelques années.

Tout en buvant, elle tendait l'oreille à la conversation des hommes regroupés au bar. Eux-mêmes ne faisaient pas spécialement attention à elle, l'ayant rangée dans la catégorie «cousine de Bruna», la jeune femme qui venait tous les étés – une indigène honoraire, en quelque sorte.

Les assassinats furent mentionnés, mais seulement en passant, en tant qu'exemple supplémentaire de la malchance qui accable tous les pêcheurs. Plus important, ils abordèrent la question des actions à mener contre ces salopards de Chioggia qui venaient la nuit dans leurs eaux et dévastaient les champs de palourdes. L'un d'eux suggéra de faire appel à la police ; personne ne prit la peine de répondre à une proposition aussi manifestement stupide.

Elle alla à la caisse pour payer. Le propriétaire l'avait lui aussi reconnue et lui souhaita la bienvenue. Ils bavardèrent pendant quelques minutes, et lorsque l'homme, à son tour, mentionna le double meurtre, elle lui répondit qu'elle était en vacances et n'avait pas envie d'entendre parler de choses pareilles, laissant supposer, par son ton, que les gens de la ville ne s'intéressaient guère aux histoires des provinciaux, si sanguinaires fussent-elles.

Le reste de la journée et le lendemain se déroulèrent sans histoire. Elle n'eut vent d'aucune nouveauté, mais n'en appela pas moins Brunetti pour le lui dire. Campant fermement sur sa position – son refus de parler des meurtres récents –, elle s'adapta rapidement au rythme particulier de la vie à Pellestrina. Le gros de la population masculine partait en mer avant le lever du jour et ne revenait qu'en fin de matinée ou au début de l'après-midi. Beaucoup de gens se couchaient dès la nuit tombée. Bruna gardait ses petits-enfants tous les jours, pendant que leur mère remplissait sa fonction d'institutrice dans l'école du village. Pour éviter les inconvénients de la présence de deux jeunes enfants dans la maison, Elettra passait le plus clair de son temps dehors, marchant sur la plage ou prenant parfois le bateau jusqu'à Chioggia où elle restait quelques heures. Mais elle s'arrangeait pour toujours venir prendre un café au bar du restaurant vers l'heure où les pêcheurs s'y retrouvaient.

En quelques jours, elle fit partie des meubles (mais un meuble séduisant), tout en étant celle qui réagissait par le silence à toute mention de l'assassinat des Bottin. Elle avait tout de suite compris que personne n'aimait le père, Giulio ; mais il lui fallut un certain temps pour saisir que l'inimitié dont il était l'objet tenait à bien autre chose qu'à son penchant pour la violence. Après tout, ces hommes gagnaient leur vie en tuant, et même si leurs victimes n'étaient que des poissons, leur travail les avait pour la plupart habitués au sang, au massacre, à la tuerie. La sauvagerie avec laquelle Giulio avait été traité ne semblait nullement les troubler ; en fait, s'ils en parlaient, c'était avec une sorte d'admiration rentrée. Ce qu'ils semblaient lui reprocher, au fond, c'était de ne pas avoir mis le bien collectif de la meute – les pêcheurs de Pellestrina – avant toute chose. Une agression ou une trahison, si elles avaient les gens de Chioggia pour cible, étaient complètement justifiées, voire dignes de louanges. Giulio Bottin semblait avoir été capable de se comporter de la même manière vis-à-vis des siens, dès l'instant où il pouvait en tirer profit. C'était une attitude qu'ils ne lui pardonnaient pas, même après sa disparition, même après la mort horrible qu'il avait connue.

Le mercredi après-midi, alors qu'elle était assise à une table du bar, près des fenêtres, lisant consciencieusement *Il Gazzettino* sans prêter la moindre attention aux conversations qui se déroulaient autour d'elle, elle prit conscience de l'arrivée d'un nouveau personnage. Elle ne leva les yeux qu'après avoir tourné la page et vit alors un homme un peu plus âgé qu'elle, dont l'élégance faussement négligée tranchait au milieu des pêcheurs qui se tenaient au bar. Il portait un pantalon gris foncé et un chandail jaune pâle au col en V, pardessus une chemise parfaitement assortie à son pantalon. Elle fut tout de suite intriguée par la couleur du chandail et par le fait que l'homme paraissait parfaitement à l'aise et accepté au milieu de ces hommes – qui tous, elle l'aurait juré, auraient préféré mourir plutôt que de porter du jaune sur autre chose qu'un ciré.

Il avait une chevelure sombre et, d'après ce qu'elle pouvait voir de son profil, des sourcils et des yeux noirs. Sa peau était tannée ou naturellement mate, elle n'aurait su dire. Il était plus grand que la plupart des pêcheurs, impression renforcée par la grâce avec laquelle il se tenait. Toute notion traditionnelle de virilité, en particulier au milieu de ces hommes, aurait été sérieusement compromise, sinon par le chandail, du moins par la manière dont il inclinait la tête pour prêter l'oreille à la conversation. Chez lui, cependant, l'effet qui en résultait était celui d'une virilité tellement sûre d'elle-même qu'elle n'avait nul besoin de s'inquiéter de choses aussi dérisoires que les vêtements ou le comportement.

Elettra reporta les yeux sur son journal, mais toute son attention restait tournée vers le nouveau venu. Elle finit par comprendre qu'il était le parent de l'un des pêcheurs. Ceux-ci commandèrent une nouvelle tournée au moment où Elettra approchait la page des sports, une section que rien, quel que fût son dévouement à la cause, ne pourrait la forcer à lire. Elle referma le journal et se leva. Lorsqu'elle se dirigea vers la caisse, l'un des hommes – un vague parent du mari de Bruna – l'appela pour lui présenter le nouvel arrivant.

« Elettra, c'est Carlo ; il est pêcheur, comme nous. »

De deux doigts épais, l'homme tira sur la laine fine du chandail de Carlo et ajouta :

«On ne dirait pas, hein ?» L'éclat de rire qui salua cette saillie fut bon enfant, et Carlo se joignit de bonne grâce aux rieurs.

L'homme au chandail jaune se tourna alors vers elle et lui tendit la main.

«Une autre étrangère, peut-être ?» demanda-t-il.

Elle sourit à cette idée.

«Quand on n'est pas née ici, j'ai bien peur qu'on ne reste toujours une étrangère», répondit-elle.

Il inclina légèrement la tête, l'étudiant de plus près.

«Nous ne nous connaissons pas ?

– Je ne crois pas.» Elle eut un instant de confusion, se disant que ce n'était pas impossible. Elle était certaine, cependant, qu'elle se serait souvenue de lui.

«Non, reprit-il, avec un sourire encore plus chaleureux que celui qu'il avait eu en lui serrant la main. Je ne vous connais pas. Je ne vous aurais pas oubliée.»

Cette remarque, faisant écho à sa propre réflexion, la déconcerta. Elle lui adressa un signe de tête, en fit autant en direction des pêcheurs et marmonna qu'elle devait retourner chez sa cousine. Puis elle alla payer son café et prit la fuite dans la lumière du soleil.

Son médecin avait été bel homme ; tout en marchant vers la maison de Bruna, Elettra dut s'avouer qu'elle avait un faible pour la beauté masculine. Ce Carlo n'était pas seulement beau, mais aussi sympathique, pour le peu qu'elle en avait vu. Elle se morigéna en se rappelant qu'elle était ici pour une enquête policière. Certes, Carlo n'habitait pas à Pellestrina, mais cela n'excluait pas qu'il eût un rapport quelconque avec l'assassinat des Bottin. Cette idée la fit sourire ; à ce train-là, elle n'allait pas tarder à devenir comme ces policiers qui voient des suspects partout, même quand rien ne prouve qu'un crime a été commis.

Elle chassa l'image du beau Carlo loin de son esprit et, tout en se dirigeant vers la maison de Bruna, appela le commissaire Brunetti à la questure, sur son portable, pour lui dire qu'elle n'avait rien à lui signaler sinon que, de l'avis général des pêcheurs, les anchois n'allaient pas tarder à arriver avec le changement de lune.

15

Brunetti, coincé à la questure pendant que la signorina Elettra prenait du bon temps sur la plage sans rien apprendre sur les assassinats, n'avait pas plus de succès qu'elle. Il avait rappelé la signora Follini, mais cette fois ce fut Brunetti qui raccrocha sans rien dire : il avait eu un homme au bout du fil. C'était par instinct qu'il l'avait appelée, une sorte de réaction atavique devant la menace qui avait émané des deux hommes entrés dans l'épicerie, et c'était ce même instinct qui lui avait dicté d'envoyer Vianello y faire un tour pour parler à la femme, après qu'il aurait fait une nouvelle tentative pour retrouver Giacomini.

Suivant les ordres du commissaire, Vianello se rendit donc une fois de plus à Malamocco, où il réussit sans difficulté à trouver Giacomini. Le pêcheur se souvenait de la bagarre entre Scarpa et Bottin ; d'après lui, elle avait été déclenchée par Scarpa, qui avait traité Bottin de grande gueule. Vianello insista pour savoir à quoi Scarpa avait fait allusion, mais le pêcheur répondit qu'il n'en avait pas idée – de telle manière, cependant, que le sergent, fort bon juge de ce genre de situation en dépit de son flegme apparent, eut le sentiment d'avancer sur un terrain miné, celui de quelque secret concernant Pellestrina. Alors même qu'il n'avait pas fini de poser sa question sur ce que Scarpa avait voulu dire, Vianello fut envahi par un sentiment d'absurdité quant

148

à sa tentative : vouloir arracher à un pêcheur une information sur un autre pêcheur ! Leur conception de la loyauté ne s'étendait pas jusqu'à la police ; en fait, elle ne s'étendait sans doute pas au-delà du petit cercle de ceux qui pêchaient dans cette partie des eaux de la lagune, laissant de côté tout le reste de l'humanité.

Irrité des réactions évasives de Giacomini mais d'autant plus curieux d'apprendre ce qui s'était passé, en réalité, entre Scarpa et Bottin, Vianello demanda à Bonsuan de le conduire à Pellestrina. Laissant le pilote dans le bateau, il se rendit tout d'abord à la boutique de la signora Follini ; mais c'était l'heure du déjeuner, et l'épicerie était fermée. Brunetti lui avait dit de ne pas attirer inutilement l'attention de la signora Follini, et il passa donc devant le magasin sans, en apparence, y prêter attention.

Il tourna à gauche pour se rendre chez Sandro Scarpa, l'homme dont la remarque aurait provoqué la colère de Bottin. Mais Scarpa, nullement content de devoir interrompre son repas pour répondre à la police, déclara que la bagarre avait été déclenchée par le défunt, et que quiconque prétendait le contraire était un menteur. Non, il ne se rappelait pas exactement de ce que Bottin avait dit, non, il ne se rappelait pas pourquoi il était autant en colère contre lui. En outre, ajouta-t-il, on ne pouvait pas dire qu'il y avait vraiment eu bagarre. C'étaient des choses qui arrivaient, laissait-il entendre, lorsqu'il se faisait tard et qu'on avait bu ; des choses qui ne voulaient rien dire et auxquelles on ne repensait plus.

De but en blanc, Vianello lui demanda alors s'il savait où se trouvait son frère ; Scarpa répondit qu'il le croyait à Vicenze, où il avait été voir un ami « pour quelque chose ». Il ne demandait pas à Vianello de s'en aller, mais enfin, son repas refroidissait dans la cuisine et il n'avait rien de plus à ajouter à propos de Bottin. Le sergent, de son côté, ne vit pas de raison de prolonger davantage cette conversation et se rendit au restaurant avec l'idée de prendre un verre de vin au bar.

Il connut un instant de flottement en entrant, se demandant s'il n'était pas de retour à la questure, car c'était Pucetti qui officiait derrière le bar tandis qu'à une table sur sa gauche, lisant *Il Gazzettino* avec une attention qu'elle consacrait naguère à *Vogue*, se trouvait la signorina Elettra. Tous les deux levèrent les yeux sur lui quand il entra, et tous les deux réagirent à la vue de son uniforme. Vianello espéra que les hommes installés au bar avaient vu ces réactions : même les visages de ceux qu'il avait arrêtés à plusieurs reprises avaient rarement affiché autant de suspicion et d'aversion.

Au bout d'un bon moment, Pucetti se dirigea vers lui et s'enquit de ce qu'il voulait boire, puis il prit tout son temps pour lui apporter un verre de *prosecco*. Lequel était acide et tiède. Vianello reposa le verre sèchement sur le comptoir après en avoir pris une gorgée, paya et sortit.

Quelques minutes plus tard, voyant de nouveau se rapprocher la page des sports, la signorina Elettra replia le journal, régla son café, adressa un signe de tête aux hommes près du bar et sortit dans la lumière du soleil. Elle n'avait fait que quelques mètres lorsqu'elle s'entendit interpeller de derrière par une voix qu'elle reconnut sur-le-champ.

« Tu rentres chez ta cousine ? »

Elle se retourna, le vit, hésita un instant, puis lui rendit son sourire.

« Oui, je suppose. »

Voyant que sa réponse le laissait perplexe, elle ajouta :

« Elle est allée au Lido avec les enfants pour leur acheter des chaussures d'été, et ils ne reviendront que dans l'après-midi.

– Si bien que pour une fois, tu vas pouvoir déjeuner tranquille, c'est ça ? demanda-t-il avec un sourire qui s'élargissait.

– Non, ils sont vraiment très mignons. Sans compter qu'ils ont droit plus que moi à la maison de Bruna.

– Autrement dit, tu es libre, observa-t-il, ce qui l'intéressait davantage que ces considérations sur les enfants.

– Je suppose.»

Puis, se rendant compte que sa réponse n'était guère aimable, elle ajouta :

«Oui, libre comme l'air.

– Parfait. J'espérais te convaincre d'aller pique-niquer sur la plage. Il y a un endroit, près de la jetée, où la tempête a déplacé de gros rochers, si bien qu'on y est très bien protégé des vents.

– Un pique-nique?» Il avait les mains vides.

Il passa alors les pouces sur ce qu'elle avait pris, jusque-là, pour des bretelles.

«Oui, là-dedans, » dit-il en se retournant légèrement. Il portait un petit sac à dos noir, juste assez grand pour contenir de quoi pique-niquer pour deux.

Elle ne put se retenir de sourire.

«Et qu'est-ce que tu as préparé ?

– Des surprises», répondit-il. Cette fois, elle remarqua qu'il souriait toujours en commençant par le coin des lèvres avant que l'expression ne gagne les yeux.

«Des surprises? J'espère simplement qu'il y a de la mortadelle.

– De la mortadelle? Comment le sais-tu? J'adore la mortadelle, mais parfois j'ai l'impression d'être le seul et je n'en prends jamais. C'est vraiment de la bouffe de paysan. Je n'arrive pas à t'imaginer mangeant de la mortadelle.

– Oh, mais si, dit-elle avec un réel enthousiasme, ignorant – pour le moment – le compliment. C'est vrai pourtant ; tout le monde se sent gêné d'en manger, aujourd'hui. Les gens veulent, je ne sais pas, moi, du caviar, ou du homard, ou...

– Alors qu'au fond d'eux-mêmes ils n'ont qu'un désir,

dit-il en l'interrompant, se taper un panino à la mortadelle avec tant de mayonnaise qu'elle leur dégouline sur le menton.» D'une manière parfaitement naturelle, comme s'ils avaient l'habitude d'aller pique-niquer ensemble, il passa son bras sous celui d'Elettra et l'entraîna vers la digue et la plage.

Une fois à la jetée, Carlo sauta sur le premier des énormes rochers, puis se tourna pour l'aider à monter. Il la prit par le bras quand elle fut à côté de lui, mais elle observa avec plaisir qu'il ne lui signalait pas les inégalités de la surface et les trous, comme si elle n'avait pas été capable de les voir elle-même. Il s'arrêta après avoir parcouru plus de la moitié du chemin et observa les rochers en dessous. Il lui dit d'attendre puis se laissa tomber sur un rocher qui dépassait selon un angle périlleux ; il lui tendit la main, et elle sauta à côté de lui. Il y avait une cavité énorme, sans doute due au travail de sape d'une tempête, dans le flanc de la jetée : elle formait une petite grotte, juste assez grande pour accueillir deux personnes. On n'y voyait ni mégots de cigarette, ni emballages de nourriture – preuve évidente qu'elle n'avait pas encore été repérée par les gens de Pellestrina.

Le sol de l'abri était en sable fin et les caprices de la marée avaient dégagé un rocher plat dépassant du fond qui formait une table idéale ; Carlo la recouvrit tout de suite de tout ce qu'il sortait de son sac. Ils s'assirent en tailleur sur le sable pour manger, dans un rayon oblique de soleil, tandis que les vagues venaient se briser sur les rochers, en contrebas.

Même sans mortadelle, ce fut un pique-nique parfait, estima Elettra. Pas seulement grâce aux épais sandwichs au jambon dont le pain avait été généreusement tartiné de beurre, de la bouteille de chardonnay bien frais et des fraises au mascarpone – défi ouvert aux règles élémentaires de la diététique – qui couronnaient le repas, mais grâce à son compagnon : Carlo l'écoutait comme s'ils étaient de vieux amis, et lui parlait comme s'ils se connaissaient depuis des années qui n'auraient été que de bonheur.

Il lui demanda ce qu'elle faisait et elle répondit qu'elle était employée de banque ; que c'était un travail très ennuyeux, mais sûr, dans une période comme celle-ci, avec le chômage qui ne cessait d'atteindre tous les jours de nouveaux sommets. Lorsqu'elle lui posa la même question, il lui répondit qu'il était pêcheur et n'en dit pas davantage. Ce n'est qu'en l'interrogeant de manière subtile qu'il finit par avouer qu'il avait arrêté ses études à la mort de son père, deux ans auparavant, et était retourné à Burano vivre avec sa mère. La manière dont il raconta tout cela plut à Elettra : on aurait dit qu'il n'avait pas conscience du naturel avec lequel il avait assumé ses responsabilités auprès de sa mère.

Tandis qu'ils conversaient sur leurs familles respectives et leurs espoirs, Elettra prit lentement conscience qu'elle se sentait gagnée par un sentiment souterrain d'excitation, bien que rien, dans les propos échangés ou dans leurs gestes, eût pu en être à l'origine. Plus elle l'écoutait, plus elle avait l'impression d'avoir déjà entendu cette voix, et plus, se rendit-elle compte, il lui plairait de l'entendre encore.

Les sandwichs dévorés, la bouteille vidée et les dernières traces de mascarpone léchées avec gourmandise sur les doigts, elle remarqua que Carlo récupérait avec soin les papiers gras dans les serviettes en papier qui avaient fait office à la fois de nappe et d'assiette, et les remettait dans son sac à dos. Il vit qu'elle le regardait, sourit et dit :

« J'ai horreur de voir ces cochonneries traîner sur le sable. »

Il eut un haussement d'épaules et l'une des commissures de ses lèvres se releva pour prendre une expression qu'elle lui avait déjà vue et qui lui plaisait.

153

«C'est peut-être stupide de s'en soucier, mais ce n'est pas un bien gros effort.»

Elle se pencha et posa sa serviette sur celle de Carlo dans le sac à dos. Son geste fit qu'un de ses seins l'effleura au bras et c'est avec un choc qu'elle se rendit compte avec quelle force elle réagissait à ce contact; une pulsion qui n'avait rien à voir avec des plaisirs passés mais qui la stupéfia par la promesse de ceux à venir. Il lui adressa un regard presque idiot de surprise; elle fit semblant de n'avoir rien remarqué et il retourna à son sac à dos, dont il tira les cordons pour le fermer.

Après quoi, même si elle fit semblant de se passionner pour un gros bateau qui se profilait à l'horizon et qu'on voyait depuis le fond de leur abri, elle se rendit compte qu'il l'observait. Elle sentit, plutôt qu'elle ne vit, sa petite grimace d'autodérision, puis il demanda:

«Café?»

Elle sourit et acquiesça, mais elle ne sut jamais si la question l'avait soulagée ou déçue.

16

Brunetti, bien loin du farniente au bord de l'eau et des fraises plongées dans le mascarpone, se trouvait enfermé dans la questure, devant un bureau croulant sous les montagnes de papiers engendrées par les divers organes de l'État. Il s'était imaginé que, pendant l'absence de Patta et le retrait de Marotta, il lui reviendrait de prendre des décisions qui affecteraient la manière dont la justice serait rendue à Venise. Même s'il pouvait simplement veiller à affecter les plus incompétents à des affaires mineures, genre plainte d'un voisin à cause d'une télé trop bruyante, et libérer les meilleurs pour les faire travailler sur des délits ou crimes plus graves, au moins travaillerait-il pour le bien général. Mais il n'avait même pas assez de temps pour des tâches aussi élémentaires. En l'absence de ce qui devait être – il ne le comprenait que maintenant – le filtrage quotidien opéré par la signorina Elettra, la paperasse envahissait son bureau et occupait le plus clair de son temps. Le ministère de l'Intérieur, semblait-il, était capable de produire des volumes entiers de règlements à un rythme quotidien, et de traiter de questions allant de la nécessité de trouver un interprète lorsqu'on interrogeait un suspect étranger, à la hauteur des talons convenables pour les femmes policières. Il parcourait tous ces papiers des yeux. Il aurait été inexact de dire qu'il les lisait, ce qui aurait impliqué un minimum de compréhension ;

155

Brunetti passait dessus dans un état semi-comateux constitué d'un défilé sans fin de mots, puis tournait les pages sans avoir la moindre idée du sens de ce qui était écrit.

Il ne pouvait empêcher son imagination de dériver vers Pellestrina. Il trouva le temps de s'entretenir avec Vianello, mais fut déçu du peu d'éléments que le sergent avait à rapporter. Il fut intrigué par une chose, cependant : la très forte impression qu'avait eue son adjoint, en parlant avec les gens de Pellestrina, que tous considéraient Bottin comme n'étant pas des leurs. Cela confirmait un soupçon qu'il avait eu lui-même, sans se souvenir ni quand, ni comment. Et lorsqu'il y resongea, Brunetti trouva la remarque de Vianello encore plus bizarre. Il était inhabituel, avait-il appris par expérience, que les membres d'une communauté aussi étroitement repliée sur elle-même que celle de Pellestrina fissent collectivement état de leur désapprobation vis-à-vis d'un des leurs. Le secret de leur survie avait toujours été le maintien d'un front uni contre les étrangers, et rien ne leur était plus étranger que la police. Il était aussi frappé par la différence entre ce que l'on disait de Giulio et de son fils. Tout le monde déplorait la mort du jeune homme, mais personne, à Pellestrina, ne paraissait verser une larme sur Bottin père. Et le plus bizarre de tout était qu'ils n'avaient rien fait pour cacher ces sentiments.

La marée sans cesse montante des papiers éloigna l'esprit de Brunetti de ces préoccupations pendant les deux jours suivants. Marotta l'appela, le vendredi, pour lui dire qu'il reviendrait lundi de Turin. Brunetti ne lui demanda pas s'il avait dû témoigner au procès ; la seule chose qui l'intéressait était de détourner ce torrent de paperasses vers le bureau de son collègue.

Paola et lui étaient invités à dîner chez des amis le samedi soir, si bien que lorsque le téléphone sonna à huit heures, alors qu'il était en train de nouer sa cravate, il fut tenté de ne pas décrocher.

« Je réponds ? lança Paola depuis le couloir.

– Non, j'y vais. » Il avait dit cela à contrecœur, regrettant que l'un des deux enfants ne soit pas là pour débiter un mensonge quelconque : qu'ils venaient juste de sortir, ou qu'ils avaient décidé de tout laisser tomber pour aller élever des moutons en Patagonie.

« Brunetti.

– C'est Pucetti, monsieur. Je vous appelle d'une cabine téléphonique près du quai. Un bateau vient d'arriver. Ils ont repêché un corps.

– Le corps de qui ?

– Aucune idée, monsieur.

– Un homme, ou une femme ? demanda-t-il, sentant son cœur se glacer à l'idée que la signorina Elettra...

– Je ne sais pas, monsieur. Un pêcheur est arrivé il y a une minute et a raconté aux hommes du bar ce qui était arrivé, alors on est tous sortis pour aller voir. »

Brunetti entendit des bruits lointains, puis le cliquetis du combiné que Pucetti reposait.

Il en fit autant et alla rejoindre Paola dans la chambre. Elle portait une petite robe noire serrée aux hanches et décolletée très bas dans le dos, une robe qu'il ne se souvenait pas lui avoir vue. La main qui s'apprêtait à attacher la deuxième boucle d'oreille retomba quand elle leva les yeux vers lui et vit son expression.

« De toute façon, dit-elle, je n'avais pas très envie d'y aller. »

Elle laissa tinter la boucle d'oreille dans le tiroir de la coiffeuse où elle mettait ses bijoux (en compagnie, pour quelque raison mystérieuse, de ses vitamines), décrocha la première et la joignit à l'autre. Puis, d'un ton aussi banal que si elle lui demandait de lui passer le sel, elle dit :

« Je vais appeler Mariella. »

Il connaissait des hommes qui cachaient des choses à leur femme. Comme cet époux qui avait réussi à garder le secret pendant plus de dix ans sur les deux maîtresses qu'il entretenait. D'autres qui avaient réussi l'exploit de perdre leur entreprise et leur maison sans que leur femme se doute une minute qu'ils jouaient. Un instant, il se dit que Paola avait vendu son âme en échange du pouvoir mystique de lire dans son esprit. Sauf qu'elle était bien trop maligne pour conclure ce genre de marché.

« À moins que tu ne préfères appeler la questure d'abord ? » demanda-t-elle.

Il commença à lui expliquer de quoi il s'agissait puis s'interrompit, comme si le silence était garant de la sécurité de la signorina Elettra.

« Je vais me servir du portable », dit-il en prenant l'appareil qu'il avait rangé dans la commode, en espérant passer une soirée paisible en compagnie d'amis. Paola se rendit dans le séjour pour donner son coup de fil pendant qu'il composait le numéro familier de la questure. Il demanda qu'un bateau vienne le chercher pour le conduire à Pellestrina. Il poussa ensuite le petit bouton bleu, composa le numéro de Vianello, et, suivant à la lettre les instructions que le vendeur lui avait données, appuya de nouveau sur le bouton bleu.

Ce fut la femme du sergent qui répondit. Quand elle sut que c'était Brunetti, elle ne fit aucune tentative pour plaisanter et dit simplement qu'elle allait chercher Lorenzo. Les femmes de policier ont un radar qui leur dit quand une soirée est fichue : certaines le prennent bien, d'autres non.

« Oui, monsieur ?

– Pucetti vient d'appeler. D'une cabine. Ils ont repêché un corps.

– Je vous attendrai à Giardini » dit-il, nommant l'arrêt de vaporetto le plus pratique, avant de raccrocher.

Et il s'y trouvait en effet, un quart d'heure plus tard, mais pas en uniforme ; et il ne fit que lever la main pour saluer Brunetti quand le bateau ralentit, sans s'arrêter, pour lui permettre de sauter à bord. Le sergent supposa que Brunetti lui avait dit tout ce qu'il savait et ne perdit donc pas de temps à poser de questions, pas plus qu'il ne mentionna le nom de la signorina Elettra.

Quand Brunetti avait essayé d'appeler la jeune fille de son portable, sur le bateau, il avait tout de suite été dirigé sur un répondeur.

« Et Nadia ? demanda Brunetti, employant le style laconique de ceux qui se fréquentent depuis longtemps.

– Ses parents nous avaient invités à dîner.

– Pour une raison spéciale ?

– Notre anniversaire de mariage. »

Au lieu de s'excuser, Brunetti demanda :

« Combien ?

– Quinze ans. »

La vedette vira à droite et prit la direction de Malamocco et de Pellestrina.

« J'ai fait demander qu'on envoie une équipe de la police scientifique, reprit Brunetti, mais le pilote devra faire la tournée pour les prendre, et ils ne seront donc pas là avant un bon moment.

– Comment allons-nous expliquer la vitesse à laquelle nous sommes arrivés ?

– Je peux toujours dire que quelqu'un nous a appelés.

– J'espère que personne n'a vu Pucetti téléphoner, dans ce cas. »

Brunetti, qui oubliait régulièrement de prendre son propre portable, demanda à Vianello pourquoi on n'en avait pas donné un à Pucetti.

« Tous les jeunes en ont un, monsieur.

– Lui aussi ?

– Je l'ignore. Mais sans doute pas, puisqu'il vous a appelé d'une cabine.

– C'était idiot de sa part», commenta Brunetti, se rendant compte qu'il transformait ses craintes au sujet de la signorina Elettra en colère contre le jeune policier qui l'avait averti.

Le portable de Brunetti sonna. C'était le central de la questure, et l'opérateur lui dit qu'il venait juste de recevoir un coup de fil lui annonçant qu'un bateau avait pris le corps d'une femme dans son filet et l'avait ramené sur le quai de Pellestrina.

«A-t-il donné son nom?

– Non, monsieur.

– A-t-il précisé que c'était lui qui avait trouvé le corps?

– Non, monsieur. Tout ce qu'il a déclaré, c'est que le bateau était revenu avec ce corps, pas qu'il avait quelque chose à voir avec cette histoire.»

Brunetti le remercia et raccrocha, puis se tourna vers Vianello.

«C'est une femme.»

Le sergent ne fit pas de commentaires, et Brunetti enchaîna:

«Tous ces bateaux ont des radios et des téléphones. Pourquoi ne nous ont-ils pas appelés?

– La plupart des gens préfèrent ne pas avoir affaire à nous.

– Quand on remonte le cadavre d'une femme dans ses filets, je ne vois pas comment on pourrait éviter d'avoir affaire à nous, observa Brunetti, dirigeant une partie de sa colère contre Vianello.

– Les gens ne raisonnent pas aussi loin, j'en ai peur. Peut-être encore plus lorsqu'ils remontent une noyée dans leurs filets.»

Conscient que le sergent avait raison et désolé d'avoir parlé aussi sèchement, Brunetti répondit:

«Oui, bien sûr, bien sûr.»

Ils passèrent devant les lumières de Malamocco, puis

160

devant celles d'Alberoni ; ensuite, il n'y eut plus que la longue plage déserte jusqu'à Pellestrina. Ils aperçurent bientôt les premières lumières du village, dispersées au hasard, puis l'alignement des réverbères du quai le long duquel s'étirait l'agglomération. Assez bizarrement, il n'y avait aucun indice qu'un événement inhabituel venait de s'y passer, car on apercevait seulement quelques personnes sur la rive. Les habitants de Pellestrina ne pouvaient tout de même pas être aussi endurcis, en présence de la mort.

Le pilote, qui n'était pas Bonsuan, n'était jamais venu à Pellestrina dans le cadre de l'enquête et voulut s'engager dans l'espace vide, entre les bateaux de pêche. Brunetti bondit sur les marches et alla lui poser la main sur l'épaule.

« Non, pas ici. Allez vous ranger au bout. »

Le pilote fit aussitôt machine arrière. Le bateau ralentit, puis s'éloigna du quai.

« Par ici à droite », ajouta Brunetti.

Lorsque la vedette arriva en douceur dans l'emplacement, Vianello lança l'aussière à un homme qui s'avançait vers eux et qui attacha celle-ci au bollard le plus proche. Puis il sauta à terre, suivi de Brunetti.

« Où est-elle ? demanda Brunetti, laissant à ce qui était écrit sur le bateau le soin de faire savoir qui ils étaient.

– Par là-bas », répondit l'homme en repartant vers le petit groupe qui se tenait sous la chiche lumière des lampadaires. Ils s'écartèrent à l'approche des policiers, créant un passage vers la forme qui gisait sur le sol.

Les pieds reposaient dans une flaque de lumière, mais la tête était dans la pénombre. Cependant, quand Brunetti vit les cheveux blonds, il sut tout de suite de qui il s'agissait. Devant lutter contre la sensation de soulagement qui l'envahissait, il vint se placer près du corps. Il crut tout d'abord que la femme avait les yeux fermés, qu'une main charitable avait abaissé ses paupières pour toujours, puis il se rendit compte qu'ils avaient disparu. Il se souvint du policier qui lui avait expliqué la décision de remonter les corps des Bottin à cause des crabes. Il avait eu aussi l'occasion de lire, dans des romans, que les gens avaient l'estomac qui se retournait dans des situations comme celle-ci ; mais ce fut son cœur qui se manifesta, se mettant à cogner sauvagement dans sa poitrine pendant quelques secondes et ne retrouvant un rythme normal que lorsqu'il détourna les yeux de ce visage pour les reporter sur les eaux paisibles de la lagune.

Vianello eut la présence d'esprit de demander qui l'avait trouvée.

Un homme de petite taille, trapu, sortit de l'ombre.

«Moi, dit-il, prenant bien soin de ne regarder que Vianello pour ne pas voir la femme silencieuse dont il était question.

– Où l'avez-vous repêchée ? Et quand ?» lui demanda Vianello.

Le pêcheur indiqua la direction du continent, vers le nord.

«Par là-bas, à environ deux cents mètres de la côte, tout à l'entrée du Canale di Ca'Roman.»

Comme il ne répondait pas à la deuxième question de Vianello, Brunetti la répéta :

«Quand ?»

L'homme jeta un coup d'œil à sa montre.

«Il y a une heure, environ. Elle s'est prise dans mon filet, mais il m'a fallu un bon moment pour la placer le long de mon bateau.»

Ses yeux allaient de Brunetti à Vianello, comme s'ils cherchaient quel était celui des deux qui était le plus enclin à le croire.

«J'étais seul dans mon *sandalo*, et j'avais peur de me retourner si j'essayais de l'embarquer.

– Et qu'est-ce que vous avez fait?

– Je l'ai remorquée, dit-il, manifestement troublé d'avoir à faire cet aveu. C'était le seul moyen de la ramener.

– L'avez-vous reconnue?» demanda Brunetti.

Le pêcheur acquiesça.

Soulagé de ne pas avoir à regarder la signora Follini, le commissaire laissa ses yeux errer sur les visages des gens qui l'entouraient, mais celui de la signorina Elettra n'était pas parmi eux. À cause de l'éclairage, ils avaient la figure plongée dans l'ombre s'ils baissaient la tête, mais la plupart préféraient s'abstenir de regarder vers la morte.

«Quelqu'un peut-il me dire quand il l'a vue pour la dernière fois?» demanda-t-il.

Personne ne répondit.

Il croisa le regard d'une femme qui se tenait au milieu du groupe.

«Vous, signora, dit-il d'une voix douce, sans trace d'autorité dans le ton. Vous souvenez-vous quand vous avez vu la signora Follini pour la dernière fois?»

La femme le regarda avec une expression effrayée, puis jeta des coups d'œil autour d'elle avant de répondre précipitamment:

«Il y a une semaine. Peut-être cinq jours. J'étais allée au magasin pour acheter du papier-toilette.»

Soudain consciente de ce qu'elle venait de déclarer devant tous ces hommes, elle se couvrit la bouche de la main, baissa la tête mais la releva aussitôt.

«Nous pourrions peut-être nous éloigner un peu d'ici», suggéra Brunetti en se dirigeant vers les fenêtres éclairées des maisons. Un homme arrivait du village, portant une couverture. Lorsqu'il s'approcha du corps, Brunetti dut faire un effort pour lui dire: «Il vaut mieux pas. Il ne faut pas toucher au corps.

– C'est par respect, monsieur, dit l'homme, mais sans

163

baisser les yeux vers la morte. On ne peut pas la laisser comme ça. » Il se tenait avec la couverture roulée sur un bras, attitude qui donnait une curieuse impression cérémonieuse.

« Je suis désolé, mais je crois que c'est mieux. »

Brunetti n'avait rien laissé transparaître, dans son ton, de la profonde sympathie qu'il éprouvait pour le geste que voulait faire le pêcheur. Mais son refus de le laisser recouvrir le corps de la signora Follini lui avait fait perdre le peu de celle qu'il avait pu gagner en faisant s'éloigner la foule du cadavre.

Sentant cela, Vianello s'avança de quelques pas vers le village et, posant une main légère sur le bras de la femme, lui demanda si son mari était là.

« Il pourrait peut-être vous ramener chez vous. »

La femme secoua la tête et dégagea son bras, mais lentement ; se sentait-elle offensée, ou voulait-elle offenser ? On n'aurait su le dire. Puis elle se dirigea lentement vers les maisons, laissant aux hommes le soin de régler la question.

Vianello s'approcha de celui qui s'était tenu à côté de la femme.

« Vous rappelez-vous quand vous avez vu la signora Follini pour la dernière fois, signore ?

— Dans la semaine, mercredi dernier, peut-être. Ma femme m'a envoyé chercher de l'eau minérale.

— Vous souvenez-vous s'il y avait d'autres personnes dans le magasin, ce jour-là ? »

L'homme hésita un bref instant avant de répondre ; les deux policiers firent semblant de ne pas s'en apercevoir.

« Non. »

Vianello ne demanda pas davantage d'explications et se tourna vers la foule.

« Quelqu'un d'autre peut-il me dire quand il l'a vue pour la dernière fois ?

164

– Moi, je l'ai vue mardi matin, au moment où elle ouvrait l'épicerie. En allant au bar, dit un homme.

– Ma femme a acheté le journal chez elle mercredi », ajouta son voisin.

Comme personne d'autre ne paraissait vouloir parler, Vianello demanda :

« Et après mercredi ? Quelqu'un l'a-t-il vue ? »

Aucun ne répondit. Vianello tira son carnet de sa poche, l'ouvrit et dit :

« Puis-je vous demander vos noms ?

– Et pourquoi donc ? s'insurgea l'homme à la couverture.

– Nous allons devoir interroger tout le monde, au village, expliqua le sergent d'un ton raisonnable, comme s'il n'avait pas remarqué l'agressivité de la question. Alors si je peux avoir vos noms, nous n'aurons pas besoin de vous déranger une deuxième fois. »

Bien que partiellement convaincus par cet argument, les hommes donnèrent leur nom ainsi que leur adresse. Puis ils s'éloignèrent lentement, les uns après les autres, brièvement éclairés par les lampadaires quand ils passaient dessous, laissant le quai aux deux policiers et à la femme qui gisait, muette pour toujours, ses orbites vides tournées vers les étoiles.

17

Avant de reprendre la parole, Brunetti s'éloigna encore un peu plus du cadavre de la femme.

« Quand je suis passé la voir dans son magasin, la semaine dernière, deux hommes sont entrés. Leur présence l'a rendue tout de suite très visiblement nerveuse. Puis quand j'ai voulu lui téléphoner – je crois que c'était lundi dernier –, elle a raccroché dès qu'elle a entendu mon nom. Lorsque j'ai voulu rappeler, plus tard dans la semaine, c'est un homme qui a répondu et c'est moi qui ai raccroché sans rien dire. J'ai sans doute eu tort. »

Brunetti pensa à ce qu'il avait appris sur elle, comment, après avoir été pendant des années dépendante de la drogue, elle avait réussi à se désintoxiquer pour retourner chez elle et travailler dans l'épicerie de ses parents.

« Elle me plaisait bien, reprit-il. Elle avait un certain sens de l'humour. Et c'était une coriace. »

L'objet de ces remarques gisait à présent sur le sol, à quelques mètres d'eux, sourd et indifférent à l'opinion des autres.

« À vous entendre, on dirait un compliment, observa Vianello.

– C'en est un », répondit le commissaire sans hésiter.

Après un temps de silence, Vianello remarqua :

« Et elle ne se faisait pas beaucoup d'illusions sur la vie à Pellestrina, n'est-ce pas ? »

Brunetti se tourna vers les maisons basses du village. La lumière s'éteignit au rez-de-chaussée de l'une d'elles, puis dans une autre. Était-ce parce que les habitants de Pellestrina espéraient récupérer un peu de sommeil avant d'appareiller pour la pêche qu'ils faisaient l'obscurité chez eux, ou bien pour mieux voir ce qui se passait dehors ?

« Je me demande s'il y en a un seul qui se fait des illusions sur la vie qu'on mène ici. »

Si l'un des deux policiers eut un moment l'idée d'aller prendre un verre au bar en attendant les techniciens de la police scientifique, ni l'un ni l'autre ne le suggéra. Brunetti jeta un coup d'œil à la vedette et vit le pilote, une cigarette aux lèvres, assis dans le rond de lumière du lampadaire en forme de champignon qui prolongeait le bollard. Mais il n'alla pas le voir. C'était déjà suffisant de faire l'effort d'attendre l'équipe ici – l'équipe qui transformerait la signora Follini en victime d'un crime, en statistique.

Il y avait, à bord de la deuxième vedette de la police, non seulement les quatre experts, mais également le jeune chef de clinique qui remplaçait Rizzardi ou Guerriero quand ces derniers n'étaient pas disponibles. Brunetti s'était déjà trouvé par deux fois avec lui sur une scène de crime où on l'avait envoyé constater un décès, et le jeune médecin avait fait preuve, les deux fois, d'un manque de respect pour la solennité du moment et d'une désinvolture qui avaient déplu à Brunetti. Ayant à peine terminé ses études, il semblait que le dottor Venturi eût davantage adopté l'arrogance de sa profession que son esprit de compassion. Il avait aussi copié le type de tenue méticuleusement soignée de son supérieur, Rizzardi, même si le résultat avait toujours quelque chose de ridicule sur son corps trapu et court sur pattes.

La nouvelle équipe vint s'amarrer à côté de la première vedette ; le médecin sauta pesamment à terre et se dirigea vers les silhouettes qu'il savait être celles de Brunetti et Vianello, mais sans manifester en quoi que ce soit qu'il les avait reconnus. Il portait un costume anthracite rehaussé de rayures verticales à peine visibles, motif qui soulignait plus qu'il n'atténuait la rondeur de sa silhouette.

Il regarda quelques instants le corps de la signora Follini, puis retira un mouchoir de sa poche de poitrine et le laissa tomber sur le pavé humide du quai avant de s'agenouiller dessus avec précaution. Sans prendre la peine d'examiner le visage de la morte, il souleva son poignet, le tint un instant et le laissa retomber. La main fit un bruit mouillé en touchant le sol. «Elle est morte», dit-il, sans s'adresser à quelqu'un en particulier. Puis il se tourna vers Brunetti et Vianello pour voir leur réaction.

Comme aucun des deux policiers ne se manifestait, il répéta :

«Je vous dis qu'elle est morte.»

Brunetti se détourna de la contemplation de la lagune pour baisser les yeux sur le médecin. Il voulait connaître la cause du décès de la signora Follini, mais n'avait pas envie de voir ce jeune homme la toucher encore, et il se contenta donc d'acquiescer d'un hochement de tête avant de retourner à la contemplation des lumières lointaines, sur l'eau.

Vianello adressa un signe aux experts qui s'étaient rapprochés de la scène pendant que le médecin examinait la morte. Venturi voulu se relever, mais son pied droit glissa et il dut poser les deux mains à plat devant lui pour ne pas complètement s'étaler. Il se releva alors vivement et s'éloigna du cadavre, tenant ses mains salies écartées. Se tournant vers l'un des photographes de l'équipe, il lui demanda de lui ramasser son mouchoir.

L'homme, qui avait l'âge de Brunetti, était occupé à installer son pied. Il finit de déployer l'une des pattes, vissa l'écrou, regarda le médecin et lui répondit :

« Ce n'est pas moi qui l'ai fait tomber », avant de reprendre l'installation de son appareil.

Venturi ouvrit la bouche pour réprimander le technicien mais eut finalement le bon sens de ne rien dire. Il prit alors la direction de la vedette en laissant le mouchoir sur le sol, à côté du corps. Lorsqu'il le vit s'éloigner, bras écartés, Brunetti ne put s'empêcher de trouver qu'il avait tout d'un pingouin. Le bateau déserté oscillait sur l'eau, à un mètre au moins du quai. Les deux pilotes avaient disparu. Plutôt que de rapprocher la vedette à l'aide de son aussière ou de tenter le saut, quelque peu risqué, du quai au pont, Venturi alla s'asseoir sur un banc de bois qui se trouvait non loin de là. Brunetti remarqua soudain la brume nocturne, dense, qui venait de se lever.

Il alla à son tour s'agenouiller à côté de la signora Follini, presque heureux de la distraction que lui offrait l'humidité qu'il sentait pénétrer par les genoux de son pantalon. Elle portait un chandail décolleté en laine angora ; l'immersion dans l'eau avait créé des motifs chaotiques de tourbillons et de crêtes dans les fibres. Sans être un spécialiste en mort violente, Brunetti en connaissait les signes caractéristiques ; or, il n'en voyait aucun ici. La peau de la gorge était intacte, tout comme le chandail. Du bout des doigts, il souleva le bas du vêtement. Il n'y avait, sur l'estomac, que les dégâts provoqués par le vieillissement et il le recouvrit aussitôt en détournant les yeux.

Les divers techniciens s'activèrent pendant que Brunetti et Vianello attendaient, désœuvrés. L'homme à la couverture s'approcha alors de nouveau et s'adressa à Vianello, avec un geste de la tête en direction des experts de la police. « Quand ils auront fini, vous pourrez la recouvrir ? »

Le sergent acquiesça et prit la couverture que l'homme lui tendait.

« Je n'en ai pas besoin, ce n'est pas la peine de me la rendre », dit l'homme. Puis il s'éloigna du quai et disparut dans l'obscurité d'une petite allée qui courait entre les maisons. Du temps passa. L'éclair des flashes trouait par moments la pénombre. Vianello attendit que l'équipe ait fini de faire ses constatations et rassemblé son matériel avant de s'avancer vers le corps de la signora Follini et de déployer la couverture dessus, en prenant bien soin de recouvrir le visage aux orbites vides.

« Rizzardi nous aurait dit quelque chose, remarqua Vianello lorsqu'il eut rejoint Brunetti.

– Rizzardi aurait ramassé lui-même son mouchoir.

– Est-ce que c'est embêtant s'il faut attendre l'autopsie pour savoir comment elle est morte ? »

Brunetti eut un mouvement de tête en direction des maisons de Pellestrina, dont la plupart étaient à présent plongées dans l'obscurité.

« Crois-tu qu'il y en aura un seul pour nous aider, même si nous le savons ?

– J'ai l'impression que certains l'aimaient bien, dit Vianello avec un optimisme prudent.

– Ils aimaient bien aussi Marco Bottin », fut la réplique de Brunetti.

Du fait de la présence de Pucetti et de la signorina Elettra au village, Brunetti estima plus judicieux de reporter les interrogatoires au lendemain. Cela pourrait donner à leur deux « taupes », à l'occasion de leurs déplacements parmi les insulaires, la possibilité d'entendre des choses qui seraient oubliées ou ignorées, le temps que la police commence ses investigations officielles.

Brunetti fit signe aux techniciens, qui déployèrent une civière ; c'est à peine si la couverture se déplaça quand ils soulevèrent la signora Follini pour la transporter jusqu'à la vedette.

Sur le chemin du retour, Brunetti resta sur le pont, pensant aux plaisanteries qu'il avait échangées avec Vianello sur la signora Follini. Il se consola un peu à l'idée que, si elle les avait entendus blaguer ainsi, elle en aurait peut-être été amusée ; puis, se rendant compte qu'elle n'aurait plus jamais la possibilité de prendre connaissance de ses regrets, il sentit ses remords redoubler.

Il rentra chez lui bien après minuit, mais, comme il l'avait espéré, Paola l'avait attendu. Elle s'était installée au lit pour lire, mais elle prit le temps de refermer son livre et de le poser sur la table de nuit, avec ses lunettes, avant de lui demander ce qui s'était passé.

Brunetti lui répondit tout en rangeant son veston dans le placard puis en posant sa cravate sur le dos d'une chaise.

« La signora Follini. Un pêcheur l'a repêchée dans la lagune. »

Il déboutonna sa chemise puis il s'assit, plus fatigué qu'il ne l'aurait cru, pour délacer ses chaussures.

« À mon avis, on l'a jetée à l'eau et on l'a laissée se noyer.

– À cause des autres assassinats ?

– Il y a toutes les chances.

– Est-elle encore là-bas ? »

Un instant, Brunetti crut que Paola voulait parler de la signora Follini, dont le corps devait à l'heure actuelle avoir rejoint la compagnie glaciale des autres cadavres de la morgue, à l'hôpital. Puis il comprit qu'elle faisait allusion à la signorina Elettra.

« Je vais lui dire de revenir. »

Sans laisser à Paola le temps de faire un commentaire, il s'éclipsa dans la salle de bains, où il évita soigneusement de se regarder dans le miroir pendant qu'il se brossait les dents.

Un peu plus tard, quand il se glissa entre les draps à côté de Paola, celle-ci reprit la conversation exactement là où ils l'avaient laissée.

171

«Et tu crois qu'elle va t'écouter?

– Elle m'écoute tout le temps.

– Oui, comme Chiara», répondit Paola sans insister.

Il se tourna vers elle et passa un bras sur son abdomen. Il la sentit bouger, et la lumière s'éteignit dans la chambre. Puis elle changea de position et passa un bras autour des épaules de Guido jusqu'à ce que la tête de son mari vienne reposer confortablement au creux de son épaule. Dans les bras de sa femme il pensait à une autre, mais sous prétexte que c'était lié à la sécurité de celle-ci, il ne fit aucun effort pour résister.

Au bout d'un long moment, si long qu'ils auraient déjà dû s'être endormis tous les deux, Paola reprit:

«Il faut que tu fasses quelque chose pour régler ça.»

Il émit un grognement, du temps passa, et ils s'endormirent tous les deux.

Le lendemain matin, il appela la morgue avant même de quitter son domicile et demanda à l'infirmier de service à qui on avait assigné l'autopsie de la femme ramenée de Pellestrina pendant la nuit.

«Au dottor Rizzardi.

– Parfait. Quand?»

Il y eut un court silence, puis Brunetti entendit le bruit de pages qu'on tourne.

«Deux personnes sont mortes à Castello, probablement à cause du mauvais fonctionnement de leur chauffe-eau à gaz. Mais je peux la faire passer en premier, si vous voulez. Il devrait avoir terminé vers onze heures.

– Merci, dit Brunetti. Dites-lui que je l'appellerai, voulez-vous?

– Certainement, commissaire», répondit l'homme avant de raccrocher.

Il tardait à Brunetti de savoir quand était morte la

signora Follini, et seul Rizzardi pouvait le lui dire. Après mercredi, en tout cas, sauf si quelqu'un d'autre déclarait l'avoir vue plus tard.

Et où ? Il alla chercher la carte de la lagune et étudia l'étroite bande de terre formée par l'île de Pellestrina. À son extrémité sud, à trois kilomètres du village, débouchait le canal à l'entrée duquel on l'avait trouvée – juste au-delà de la réserve naturelle de Ca'Roman. Il replia la carte et la glissa dans sa poche intérieure. De tous les pilotes, un seul pourrait lui apprendre ce qu'il voulait savoir sur les courants, les marées et la manière dont les choses dérivaient dans l'eau.

À la questure, il alla tout de suite à la salle commune des policiers et y trouva Bonsuan, qui aimait bien prendre le tour de service du dimanche, plus calme. Le pilote, installé dans la pièce étrangement déserte, parcourait sans conviction un exemplaire tout froissé de *Il Gazzetta dello Sport*; il avait l'air aussi passionné que s'il avait contemplé les murs. Brunetti étala la carte sur le journal, expliqua ce que le pêcheur qui avait trouvé le corps de la signora Follini lui avait dit, et demanda au pilote comment le corps avait pu se retrouver à cet endroit.

Après avoir étudié la carte quelques instants, Bonsuan voulut savoir dans quel état était le cadavre.

Elle était morte, pensa Brunetti. C'est un état définitif, non ?

« Je ne comprends pas.

– Vous avez vu son corps, non ?

– Oui.

– Est-ce qu'il avait été attaqué ?

– Elle n'avait plus d'yeux. »

Bonsuan acquiesça comme s'il s'y était attendu.

« Et ses bras, ses jambes ? Est-ce qu'elle donnait l'impression d'avoir été traînée sur le fond ? »

Un peu à contrecœur, Brunetti évoqua la dernière image qu'il gardait de la signora Follini.

173

« Elle portait un chandail et un pantalon, et je n'ai pas pu voir ses membres. Mais je n'ai rien remarqué, ni sur ses mains, ni sur son visage. Sauf les yeux, bien sûr. »

Le pilote poussa un grognement et se pencha de nouveau sur la carte.

« Ils l'ont ramenée vers huit heures, c'est bien ça ?

— C'est du moins à cette heure-là que j'ai été informé. »

À son propre étonnement, Brunetti constata que, même avec le pilote, il ne mentionnait pas qu'il avait été averti par Pucetti. C'est peut-être comme ça que commençait la vraie paranoïa.

« Vous n'avez pas idée du moment où elle s'est noyée ?

— Non. »

Bonsuan se leva de sa table et s'approcha d'une bibliothèque vitrée, relique de temps plus anciens. Il en sortit un livre mince recouvert de papier qu'il ouvrit ; il fit courir son index sur la page, tourna celle-ci, en fit autant sur la deuxième, puis sur la suivante. Il trouva ce qu'il cherchait, l'étudia, puis referma le livre et le remit en place.

« Je ne peux rien vous dire tant que je ne saurai pas combien de temps elle est restée dans l'eau. Elle a pu dériver jusque-là en venant d'à peu près n'importe où : de Chioggia, de Pellestrina, et même de l'un des chenaux, si on l'a jetée par-dessus bord. »

Il marqua un temps d'arrêt et reprit :

« C'était une forte marée de pleine lune, la nuit dernière, et elle descendait quand ils l'ont repêchée ; elle se dirigeait donc vers la mer. On aurait eu moins de chances de la retrouver.

— J'en saurai un peu plus sur l'heure de sa mort lorsque j'aurai parlé à Rizzardi. »

D'un signe de tête, Bonsuan montra qu'il avait compris.

« Si elle est restée longtemps dans l'eau, celui qui a fait ça s'est sans doute contenté de la jeter par-dessus bord, au hasard. Mais si elle n'était pas morte depuis longtemps, cela veut peut-être dire qu'ils l'ont jetée dans un endroit où ils savaient que le courant l'entraînerait vers l'Adriatique. Et si elle avait été prise dans le fond du chenal, il ne serait pas resté grand-chose d'elle : ces courants sont puissants et elle aurait été déchiquetée par les rochers.»

Voyant l'expression qu'avait adoptée son supérieur, le pilote ajouta :

«Je n'y suis pour rien, monsieur. C'est comme ça, avec les courants.»

Brunetti le remercia, ne fit aucun commentaire sur le fait que le pilote paraissait tenir pour acquis que la signora Follini avait été assassinée et retourna dans son bureau afin d'y attendre l'heure de passer son coup de fil à Rizzardi.

C'est cependant le médecin qui l'appela le premier, pour lui annoncer que la femme de Pellestrina était morte noyée dans de l'eau salée.

«On aurait pu la noyer de force ?» demanda Brunetti.

Rizzardi réfléchit un moment avant de répondre.

«C'est possible. Il aurait suffi de la jeter par-dessus bord, ou de la maintenir un moment la tête sous l'eau. Elle ne présentait cependant aucun signe récent qu'elle avait été attachée.»

Avant que Brunetti n'aborde le sujet, le médecin légiste ajouta :

«L'examen gynécologique a été instructif.

– Pourquoi ?

– Tout donne à penser qu'elle a été contaminée par de graves maladies vénériennes et qu'elle a eu recours à l'avortement au moins une fois.

– Elle s'est droguée pendant des années.»

Rizzardi poussa un grognement, comme si c'était tellement évident que cela ne valait même pas la peine d'être mentionné.

175

«Et, ajouta Brunetti, elle semble s'être aussi prostituée.

– C'est ce que j'aurais dit», répondit Rizzardi avec ce ton neutre qui rappela à Brunetti pourquoi il appréciait autant le médecin.

Brunetti revint à la question qu'il n'avait pas encore pu poser.

«Tu as dit tout à l'heure qu'elle ne présentait pas de signes *récents* qu'elle avait été attachée. Qu'entendais-tu par là?»

Il y eut une longue hésitation à l'autre bout du fil. Puis finalement, le légiste dit:

«On peut voir des traces de liens sur le haut de ses bras et à ses chevilles. C'est pourquoi je dirais que la personne avec qui elle vivait ces derniers temps, si du moins elle avait une liaison régulière, avait un goût certain pour les pratiques extrêmes.

– Tu veux dire qu'il la violait?

– Non, répondit aussitôt Rizzardi.

– Quoi d'autre, alors?

– "Pratiques extrêmes" n'est pas nécessairement synonyme de viol, répliqua Rizzardi, d'un ton tellement sec que Brunetti s'attendit à ce que le médecin ajoute un "commissaire" abrupt à la fin de sa phrase.

– C'est quoi alors, le viol?

– Quand l'un des deux partenaires n'est pas consentant.

– L'un des deux?»

La voix de Rizzardi s'adoucit.

«Les temps ont changé, Guido. On n'en est plus à l'époque où ce genre de chose n'arrivait qu'entre un homme violent et une femme innocente.»

En tant que père d'une adolescente, Brunetti aurait été curieux de savoir ce que Rizzardi avait à dire sur la question, mais il ne voyait pas en quoi cela aurait fait avancer son enquête, et il se contenta de demander à quand remontait le décès.

« À mon avis, à deux jours. Vendredi dans la soirée.

– Qu'est-ce qui te le fait dire ?

– Contente-toi de me croire sur parole, Guido. On n'est pas à la télé, et je n'ai pas à t'expliquer ce que contenait son estomac, ou quel était le taux d'oxygène dans son sang. Il y a deux jours, probablement dans la soirée, je dirais après vingt-deux heures. N'en doute pas, et ne doute pas non plus que ça tiendra devant un tribunal.

– Si jamais on arrive jusque-là », observa Brunetti presque automatiquement ; la remarque n'était pas nécessairement destinée au médecin légiste.

« Ça, c'est ton boulot. Moi, je me suis contenté de t'expliquer ce qu'on pouvait déduire des preuves matérielles. À toi de trouver pourquoi, comment... et qui.

– Si ça pouvait être aussi simple... »

Rizzardi préféra ne pas se lancer dans la discussion des exigences comparées de leurs professions et mit un terme à la communication, laissant à Brunetti le soin de se rendre à Pellestrina pour tenter de répondre à ces trois questions.

18

Ce n'était pas parce qu'on était dimanche, estima Brunetti, qu'ils n'iraient pas à Pellestrina, lui et Vianello, dans l'espoir de découvrir un élément quelconque susceptible d'éclaircir la mort de la signora Follini. Bonsuan n'avait rien contre cette sortie, au contraire : il déclara que lire le journal le barbait, et que, étant donné qu'il ne se passionnait pas pour le football, il ne voyait pas pourquoi il aurait perdu son temps à éplucher les matchs du jour.

Tandis qu'ils attendaient Vianello sur le pont de la vedette, à l'arrêt de Giardini, moteur tournant au ralenti, Brunetti revint sur la remarque de Bonsuan et lui demanda quels étaient les sports qu'il aimait, si le football ne lui plaisait pas.

« Moi ? dit Bonsuan, ayant recours à la tactique dilatoire que Brunetti connaissait bien pour l'avoir souvent entendue dans la bouche des témoins, lorsqu'ils trouvaient une question embarrassante.

– Oui, toi.

– Pour y jouer, ou pour le regarder ? » demanda Bonsuan, toujours évasif.

Plus curieux, maintenant, de savoir pourquoi le pilote n'avait pas envie de répondre plutôt que d'entendre la réponse elle-même, Brunetti répondit :

« Les deux.

– Eh bien, je ne fais pas de sport, pas à mon âge, commença Bonsuan, d'un ton qui suggérait qu'il n'en dirait pas davantage, en tout cas pas spontanément.

– Et pour regarder ?» insista Brunetti.

Bonsuan scruta la longue voie bordée d'arbres qui rejoignait le corso Garibaldi, dans l'espoir de voir apparaître Vianello. Le commissaire regardait défiler les promeneurs. Au bout d'un long moment, Bonsuan répondit :

« Eh bien, monsieur, même si je n'y connais rien et si je ne me casse pas la tête pour chercher les programmes, j'aime bien regarder les concours de chiens de berger, à la télévision. Il y en a en Écosse... et en Nouvelle-Zélande, ajouta le pilote en voyant que son patron ne réagissait pas.

– On ne doit pas en parler beaucoup dans *Il Gazzettino*, j'imagine, observa Brunetti.

– Non », concéda Bonsuan qui, les yeux toujours fixés sur l'arche à l'extrémité de l'allée, ajouta avec un soulagement audible dans la voix que Vianello arrivait.

Le sergent était aujourd'hui en uniforme ; il les salua d'un geste de la main et sauta sur le pont de la vedette. Bonsuan s'éloigna du quai et prit la direction, à présent familière, du canal qui les conduirait à Pellestrina, où l'on observait scrupuleusement le repos du jour du Seigneur.

Le fait que la religion soit une survivance du passé qui n'exerce plus de véritable influence sur le comportement des Italiens n'a d'aucune manière affecté leurs habitudes, en particulier dans les petits villages, où tout le monde continue de fréquenter l'église. On pourrait même établir un rapport proportionnellement inverse entre la population d'une communauté et le nombre de gens qui assistent à la messe. Il n'y a que ces grossiers païens de Milanais et de Turinois qui n'y vont pas, le fait d'habiter au milieu d'inconnus les mettant à l'abri des regards curieux, des langues indiscrètes et des potins locaux. En revanche, les habitants de Pellestrina étaient ponctuels à l'église, le dimanche, ce qui leur permettait en outre d'être au courant des faits et gestes de leurs voisins sans avoir l'air de s'y intéresser particulièrement ; car quoi qu'il arrivât, et en particulier lorsque se produisait un événement pouvant remettre en question la vertu ou l'honnêteté d'un de leurs concitoyens, la chose faisait toujours l'objet d'une discussion sur les marches de l'église, le dimanche matin.

Et c'est à cet endroit stratégique que Brunetti et Vianello se postèrent pour les attendre et attendre les événements, un peu avant midi, c'est-à-dire à la fin de la messe de onze heures, après que la communauté eut reçu l'admonestation consacrée « d'aller en paix ».

La religion avait toujours eu le don de mettre Brunetti mal à l'aise – chose dont il n'avait pris conscience que le jour où Paola le lui avait fait remarquer. Elle avait eu ce qu'il considérait comme la chance d'être plus ou moins élevée sans devoir aller au catéchisme, aucun de ses parents ne s'étant jamais soucié de pratiquer et n'allant jamais assister à une messe pour des motifs purement religieux. Leur position sociale exigeait qu'ils se rendent à des cérémonies comme l'investiture d'un évêque ou d'un cardinal, ou même au couronnement (si c'était bien ainsi qu'on disait) du nouveau pape. Mais il s'agissait d'événements sociaux ayant moins à voir avec la religion qu'avec le pouvoir, chose qui était, aux yeux de Paola, le véritable centre d'intérêt de l'Église.

N'ayant ni la foi, ni l'habitude de pratiquer la religion, Paola n'éprouvait aucune rancune contre elle, strictement aucune, et observait la manière qu'avaient les gens d'en suivre les commandements avec le recul d'une anthropologue. Brunetti, de son côté, avait été élevé par une mère croyante, et bien qu'ayant lui-même perdu la foi bien avant l'adolescence, il en gardait le souvenir, même si c'était le souvenir d'une foi trompeuse. Il savait que son attitude vis-à-vis de la religion avait quelque chose d'agressif, et il avait beau lutter contre ce sentiment, il ressentait de la culpabilité à chaque fois qu'il l'éprouvait. Comme Paola ne cessait de le lui répéter, « *I'd rather be a pagan suckled in a creed outworn*[1]... ».

Toutes ces pensées se bousculaient dans sa tête, tandis qu'il se tenait sur les marches de l'église, attendant de voir qui allait en émerger et quelles informations il pourrait leur soutirer. Une musique d'orgue retentit, la pureté du son étant due davantage à la qualité de la sono qu'au talent de l'organiste. Les portes s'ouvrirent, la musique enfla et cascada le long des marches, rapidement suivie des premiers membres de la communauté. À ce spectacle, Brunetti fut frappé, et pas pour la première fois, par l'expression hantée qu'il lisait sur les visages.

S'il s'était agi d'un troupeau de moutons venant de sauter par-dessus une barrière basse dans un nouveau champ pour se retrouver soudain devant une présence étrangère, leur appréhension n'aurait pas été plus palpable ; celle-ci se propagea comme une onde depuis la tête du groupe, au fur et à mesure qu'en s'avançant les gens prenaient conscience de la menace potentielle qui les attendait dehors. Brunetti était certain que, si Vianello n'avait pas été en uniforme, la plupart d'entre eux auraient fait semblant de ne pas voir les deux hommes. N'empêche que certains s'efforçaient visiblement de ne pas avoir l'air de les remarquer, même si l'uniforme blanc de Vianello les aveuglait aussi intensément que les auréoles des saints qu'ils venaient de laisser dans l'église.

---

1. « Je préférerais être un païen ayant bu le lait d'une foi usée... » citation de Wordsworth, *The World is too much with us. (N.d.T.)*

Essayant de ne pas le faire de façon trop voyante, le commissaire étudia le visage de ceux qui défilaient devant lui. Il crut tout d'abord observer les efforts conscients qu'ils déployaient pour avoir l'air à la fois innocents et ignorants, puis il comprit que ce qu'il remarquait était la conséquence d'une donnée géographique contraignante : beaucoup se ressemblaient. Tous les hommes étaient de petite taille, et avaient une tête ronde et des yeux rapprochés. Il attribuait leur musculature au dur labeur auquel ils s'adonnaient pour la plupart, labeur également à l'origine, sans aucun doute, des plis profonds de leurs visages tannés par le soleil, même chez les plus jeunes. Il y avait davantage de diversité de traits chez les femmes, même si l'épaississement de la taille était une caractéristique commune à toutes celles qui avaient plus de trente ans.

Ce matin-là, personne ne s'arrêta sur les marches pour bavarder avec ses voisins. Au contraire, tout le monde parut réagir à quelque motif urgent de rallier au plus vite son domicile. Ce serait exagéré de dire qu'ils fuyaient, mais pas qu'ils s'éloignaient d'un pas vif, l'air nerveux.

Lorsque le dernier eut disparu, Brunetti se tourna vers Vianello ; il espérait atténuer le sentiment d'échec de son sergent en lui demandant si son uniforme n'était pas à l'origine de leur déconfiture. Mais à peine avait-il ouvert la bouche qu'il aperçut la signorina Elettra, sortant du bar qui se trouvait à la gauche de l'église. Ou plutôt, il la vit qui en émergeait brièvement pour retourner en arrière d'un demi-pas, puis ressortir, mais plus lentement, cette fois. La raison de cette hésitation devint tout de suite claire : un jeune homme qui la tenait par la main et qui s'était immobilisé dans l'entrée pour lancer une dernière réplique aux personnes restées dans le bar. Ce qu'il dit déclencha une vague de rires parmi celles-ci, sur quoi la signorina Elettra le tira par le bras et réussit enfin à l'entraîner dehors.

182

Le jeune homme se rapprocha d'elle et, avec cette aisance que confère l'habitude, passa un bras autour des épaules de la jeune femme et l'attira à lui. Elle réagit sans la moindre coquetterie, passant son bras gauche autour de la taille du garçon et, tandis qu'elle ajustait son pas sur le sien, le couple partit en direction des deux policiers qu'ils n'avaient pas encore vus. Beaucoup plus grand qu'elle, le jeune homme se pencha vers sa compagne pour lui dire quelque chose ; Elettra leva son visage vers lui et lui adressa un sourire que Brunetti ne lui avait encore jamais vu. L'homme se pencha un peu plus et l'embrassa sur la tête, ce qui les fit s'arrêter un instant. Quand il releva la tête, il vit Brunetti et Vianello sur les marches de l'église et s'immobilisa soudain.

La signorina Elettra, surprise, leva les yeux vers le jeune homme, puis suivit la direction de son regard. L'exclamation qui jaillit de sa bouche fut étouffée par le premier tintement de la cloche, au-dessus d'eux. Elle avait repris ses esprits bien avant que ne sonnât le douzième coup de midi, et retourné son attention, un instant distraite par l'apparition inattendue d'un policier sur les marches de l'église, sur une question des plus sérieuses, à savoir où elle allait déjeuner avec son nouvel ami.

Après une heure passée – en vain – à tenter d'interroger les habitants de Pellestrina, Brunetti en arriva à la conclusion qu'il valait mieux attendre qu'ils aient tous fini de déjeuner. Il battit donc en retraite dans le restaurant, avec le sergent, et les deux hommes firent un repas modeste, mangeant sans plaisir en dépit de la fraîcheur de la nourriture comme de la qualité du vin. Ils décidèrent de se séparer, avec l'espoir que le courant de sympathie que Vianello avait établi lors de ses premiers entretiens avec les Pelletriniens serait suffisant pour surmonter l'inévitable réaction négative que suscitait son uniforme.

On déclara à Brunetti, dans les deux premières maisons qu'il visita, qu'on connaissait à peine la signora Follini ; le propriétaire de la seconde alla même jusqu'à prétendre qu'il amenait une fois par semaine sa femme jusqu'au Lido en voiture pour faire leurs courses, car les prix de l'épicerie locale étaient trop élevés et les produits pas toujours très frais. L'homme mentait tellement mal que c'en était gênant – chose que sa femme tentait d'ignorer en redisposant sans fin sur la table quatre figurines en porcelaine qui faisaient vaguement penser à des bassets. Brunetti les remercia et partit.

Personne ne répondit quand il frappa aux portes des deux maisons suivantes ; manque de réaction pouvant être dû à l'absence, mais aussi à un choix réfléchi. La troisième, en revanche, s'ouvrit alors qu'il avait à peine fini de frapper, et offrit ce que Brunetti crut être, sur le moment, le rêve de tout policier qui enquête : la voisine fouineuse. Il la reconnut du premier coup d'œil à ses lèvres serrées, à ses yeux scrutateurs et à sa posture, légèrement inclinée vers l'avant. Un vrai prototype. Elle avait beau ne pas se frotter les mains, elle n'en donnait pas moins l'impression, par son sourire avide, d'éprouver une grande satisfaction : enfin quelqu'un qui allait partager son horreur scandalisée des actes terribles dont ses voisins s'étaient rendus coupables.

Elle avait les cheveux ramassés en un petit chignon sur la nuque, les mèches récalcitrantes étant retenues par une pommade graisseuse parfumée. Si elle présentait un visage aux traits aigus, elle était par ailleurs rondelette, sa taille et ses hanches ne faisant qu'un. Par-dessus une robe noire que l'âge et de multiples lavages avait rendue verdâtre, elle portait un tablier souillé qui, des années auparavant, avait dû présenter un motif floral.

« Bonjour, signora », commença-t-il, s'apprêtant à lui donner son nom. Mais elle l'interrompit avant.

« Je sais qui vous êtes et pourquoi vous êtes ici. Il était temps que vous veniez me parler. »

Elle voulut adopter une expression de reproche, mais il lui était impossible, en réalité, de dissimuler sa satisfaction.

« Je suis désolé, signora, mais je voulais voir ce que les autres avaient à dire avant de vous consulter.

– Entrez, entrez », dit-elle en faisant demi-tour pour l'entraîner vers l'intérieur de la maison. Il la suivit le long d'un couloir interminable et humide, au bout duquel une porte, par où entrait la lumière, donnait sur la cuisine. Mais la température y était la même ; aucune chaleur ne venait lutter contre l'humidité marine qui régnait là, aucune agréable odeur de cuisine ne venait dissimuler les relents de moisissure, de laine mouillée et de quelque chose de fauve, d'animal, qu'il ne reconnaissait pas.

Elle l'invita à s'asseoir à la table et, sans rien lui offrir à boire, s'installa en face de lui.

Brunetti prit un petit carnet de notes dans sa poche, l'ouvrit et enleva le capuchon de son stylo.

« Votre nom, signora, s'il vous plaît ? »

Il avait pris grand soin de parler en italien et d'éviter le vénitien, sachant que plus il donnerait un côté officiel et formel à cet interrogatoire, plus elle aurait de plaisir et se sentirait gratifiée d'avoir enfin pu mettre les autorités au courant des nombreuses choses qu'elle remâchait pour rien depuis toutes ces années.

« Boscarini, répondit-elle, Clemenza. »

Brunetti écrivit en silence, sans faire de commentaires.

« Et vous habitez ici depuis longtemps, signora Boscarini ?

– Depuis toujours, répondit-elle, voulant elle aussi s'exprimer en italien, ce qui lui posait quelques problèmes. Soixante-trois ans. »

Des émotions ou des expériences qu'il ne pouvait imaginer lui donnaient l'air d'en avoir dix de plus, mais Brunetti se contenta de noter cette information.

« Votre mari, signora ? demanda-t-il alors, sachant qu'elle prendrait comme un compliment s'il sous-entendait qu'elle en avait un, mais se serait sentie insultée s'il lui avait posé la question.

– Décédé. Il y a trente-quatre ans. Pendant une tempête. »

Brunetti prit en note ce fait important. Il leva de nouveau les yeux et préféra ne pas lui poser la question des enfants.

« Avez-vous toujours eu les mêmes voisins pendant tout ce temps, signora ?

– Oui, toujours. Sauf les Rugoletto, trois maisons plus loin, répondit-elle avec un mouvement coléreux du menton vers la gauche. Ils sont venus s'installer ici il y a douze ans, de Burano, à la mort du grand-père. Il leur avait légué la maison. Elle n'est pas soignée, la femme. »

Elle avait parlé avec un mépris évident et, pour être sûre d'être bien comprise, ajouta :

« Vous pensez, des *Buranesi*. »

Brunetti eut un grognement d'approbation, puis, ne voulant pas perdre de temps, demanda :

« Vous connaissiez la signora Follini ? »

La veuve sourit, ayant le plus grand mal à cacher son plaisir, puis changea vivement d'expression. Brunetti entendit un petit bruit et lui jeta un coup d'œil. Il lui fallut une seconde pour se rendre compte qu'elle se passait et repassait vraiment la langue sur les lèvres, comme pour leur donner enfin la liberté de dire la terrible vérité.

« Oui, je la connaissais, dit-elle après avoir pris son temps, et j'ai connu ses parents. C'étaient de braves gens, qui travaillaient dur. Elle les a tués. Elle les a tués aussi bien que si elle avait pris un couteau et l'avait planté dans le cœur de sa pauvre mère. »

186

Brunetti restait penché sur son carnet pour dissimuler son visage et émettait des petits bruits d'encouragement tout en continuant à écrire.

Et elle se tut de nouveau un instant, se léchant les lèvres avant de reprendre.

«C'était une prostituée et une droguée, et elle a apporté la maladie et la honte dans sa famille. Je ne suis pas étonnée qu'elle soit morte, ni qu'elle soit morte de cette façon. Non, ce qui m'étonne le plus, c'est que ça ait pris si longtemps.»

Nouveau silence prolongé avant qu'elle n'ajoute, d'un ton tellement onctueux que Brunetti dut fermer les yeux :

«Dieu ait pitié de son âme.»

Laissant à la divinité le temps nécessaire à l'enregistrement de cette requête, le commissaire demanda alors :

«Vous venez de dire qu'elle se prostituait, signora. Vous voulez dire quand elle était ici ? Elle le faisait toujours ?

– C'était déjà une putain quand elle était enfant. Et une fois qu'une femme a fait ce genre de chose, elle est souillée, et elle n'en perd jamais le goût.»

Les inflexions de sa voix exprimaient autant la certitude que le dégoût.

«Elle devait donc continuer. C'est évident.»

Brunetti tourna une page, composa son expression et adressa un sourire encourageant à la signora Boscarini.

«Connaissez-vous quelqu'un qui aurait pu être son client ?»

Elle fut sur le point de répondre, puis sans doute pensa- t-elle aux conséquences d'une fausse accusation et garda la bouche fermée.

«Ou bien soupçonneriez-vous quelqu'un, signora ?»

Comme elle hésitait toujours, il remit le capuchon sur son stylo, referma son carnet et le posa sur la table, le stylo dessus.

«Souvent, c'est tout aussi important pour nous, signora, d'avoir une idée de ce qui se passe, même si nous n'en avons pas de preuve. Cela peut suffire à nous mettre sur la bonne voie; car nous savons où il faut commencer à regarder.»

Comme elle ne disait toujours rien, il continua.

«Et il n'y a que les citoyens les plus courageux et les plus vertueux pour nous aider dans ce cas-là, signora, en particulier en cette époque où la plupart des gens ne demandent qu'à fermer les yeux sur l'immoralité et les comportements qui corrompent la société en détruisant l'unité des familles.»

Il avait été tenté d'employer l'expression «unité sacrée», mais s'était contenté d'une absurdité moins patente, se disant qu'il ne fallait pas en faire trop. Absurdité qui convenait cependant tout à fait à la signora Boscarini.

«Stefano Silvestri.»

Le nom avait sifflé entre ses lèvres. C'était celui de l'homme qui avait pris grand soin d'expliquer qu'il emmenait sa femme faire ses courses dans les magasins plus grands du Lido, une fois par semaine.

«Il était toujours fourré dans l'épicerie, comme un chien qui renifle une chienne pour voir si elle est prête.»

Brunetti accueillit l'information d'un petit bruit approbateur, mais sans tendre la main vers son carnet. Comme encouragée par cette démonstration de discrétion, la signora Boscarini poursuivit:

«Elle essayait de prendre l'air de quelqu'un que ça n'intéresse pas, et elle se moquait de lui devant les autres, mais je savais bien ce qu'elle avait en tête. Nous le savions tous. Elle le menait par le bout du nez.»

Brunetti l'écoutait calmement, tout en essayant de se rappeler s'il avait vu la signora Boscarini sur les marches de l'église – et non sans se demander ce que pouvait bien signifier le fait d'aller à la messe pour cette femme.

« Voyez-vous un autre homme qui aurait pu avoir commerce avec elle ? »

Mais, à ses lèvres humides et à son air avide, on voyait bien qu'elle ne demandait qu'à parler.

« Il était aussi question d'un autre homme marié. Un pêcheur. »

Brunetti crut un instant qu'elle allait donner le nom, mais elle envisagea une fois de plus les conséquences et se contenta d'ajouter :

« Mais je suis sûre qu'il y en a beaucoup d'autres. »

Comme le policier ne réagissait pas à cette calomnie, elle s'expliqua :

« Vous comprenez, elle les provoquait.

– Bien sûr », s'autorisa-t-il à dire. Il se demanda ce qui était le pire : mourir en pleine mer pendant une tempête, ou passer trente-quatre ans en compagnie de cette femme ? Il sentit qu'elle n'avait pas envie de lui en dire davantage, croyant sans doute que ce qu'elle avait déclaré relevait de l'information et non du dépit et de la jalousie. Il se leva et reprit stylo et calepin qu'il glissa dans sa poche.

« Merci pour votre aide, signora. Je vous assure que tout ce que vous m'avez dit restera strictement confidentiel. Et à titre personnel, je tiens à souligner qu'il est rare qu'un témoin veuille de lui-même nous donner ce genre d'information. »

Ce n'était qu'une pichenette, et elle parut ne pas en comprendre le sens, mais c'était néanmoins une façon de l'égratigner et il se sentit un peu mieux. Avec toutes les marques de la politesse il prit congé d'elle, soulagé de fuir la maison de cette femme, ses propos, et surtout le petit bruit mouillé de sa langue de reptile.

Comme convenu, il retrouva Vianello au bar, à dix-sept heures. Ils commandèrent tous les deux un café et,

189

lorsque le barman se fut éloigné après avoir posé les petites tasses devant eux, Brunetti demanda :

« Eh bien ?

– Il y avait quelqu'un. Un homme », dit Vianello.

Brunetti déchira deux paquets de sucre et les versa dans son café, remua, et vida la tasse en une seule et longue gorgée.

« Qui ? »

Vianello, remarqua-t-il, buvait toujours son café sans sucre, façon de faire qui, selon sa grand-mère, « affinait le sang », sans qu'il sache très bien ce qu'elle entendait par là.

« Aucune idée. Et cela vient d'un seul type, qui m'a raconté que la signora Follini se levait avant l'aube, alors qu'elle n'ouvrait pas le magasin avant huit heures. En fait, ce n'est pas tellement ce qu'il a dit que la façon dont il l'a dit, et le regard que sa femme lui a lancé à ce moment-là. »

Voilà tout ce qu'avait récolté Vianello et, apparemment, ce n'était pas grand-chose. Il aurait pu s'agir de Stefano Silvestri, mais Brunetti avait du mal à croire que la femme du pêcheur fût du genre à permettre à son mari de se trouver ailleurs, au petit matin, que dans son lit ou en train de préparer ses filets.

« J'ai vu la signorina Elettra », reprit Vianello.

Brunetti se força à ne pas demander tout de suite où.

« Elle allait en direction de la plage. »

Cette fois, Brunetti refusa même de poser la question, et ce ne fut qu'au bout d'un long silence que Vianello ajouta :

« Elle était avec le même homme.

– Sais-tu de qui il s'agit ? »

Le sergent secoua la tête.

« La meilleure façon de le savoir serait sans doute de demander à Bonsuan qu'il pose la question à son copain. »

190

L'idée déplaisait à Brunetti, qui ne voulait rien faire qui pût attirer l'attention, d'une manière ou d'une autre, sur la signorina Elettra.

« Non, il vaut mieux demander à Pucetti.

— Si jamais il revient travailler, dit Vianello en jetant un coup d'œil à l'autre bout du bar, où le propriétaire était en grande conversation avec deux hommes.

— Où habite-t-il ?

— Dans une des maisons. Chez un cousin du proprio, ou quelque chose comme ça.

— Est-ce qu'on peut entrer en contact avec lui ?

— Non. Il n'a pas voulu prendre son portable avec lui. Il a dit qu'il craignait que quelqu'un l'appelle, ou qu'on lui laisse un message compromettant.

— On aurait pu lui en donner un, comme ça aucun de ses amis n'aurait connu son numéro, dit Brunetti sans chercher à cacher son irritation.

— Il n'a pas voulu. Il a dit qu'on ne savait jamais.

— Qu'on ne savait jamais *quoi* ?

— Il ne l'a pas expliqué. Je suppose qu'il craint que quelqu'un, à la questure, ne mentionne qu'on lui a confié un portable pour une mission spéciale, ou qu'on ne l'appelle dessus, ou qu'on écoute tous ses appels.

— Ce n'est pas un peu parano ? demanda Brunetti, bien qu'ayant lui-même envisagé à plusieurs reprises la dernière des possibilités énumérées par le sergent.

— À mon avis, il est toujours plus sûr de partir du principe que tout ce qu'on dit a été entendu en douce par quelqu'un.

— Ce n'est pas une façon de vivre, ça ! » s'exclama Brunetti, sincère.

Vianello haussa les épaules.

« Alors, qu'est-ce qu'on fait ? »

Brunetti se souvint des commentaires de Rizzardi sur « les pratiques extrêmes ».

« J'aimerais bien savoir qui elle fréquentait. »

191

Puis, voyant le regard que lui adressait Vianello, il ajouta:

« Je parle de la signora Follini.

– Je pense toujours que la meilleure façon de l'apprendre c'est de demander à Bonsuan d'en parler à son ami. Ces gens ne vont rien nous dire; en tout cas, pas directement.

– Une femme m'a raconté que la signora Follini poussait les hommes de l'île au péché, dit Brunetti sur un ton où le dégoût le disputait à l'amusement.

– Je parie que celui qui était soumis à la tentation était son mari ou le mari de sa voisine, hein?

– Le mari de sa voisine, deux maisons plus loin.

– C'est pareil.»

Brunetti décida de retourner au bateau pour demander à Bonsuan d'aller parler à son ami. Ce qui ne fut même pas nécessaire: ils tombèrent sur le pilote en sortant du bar, et celui-ci leur dit qu'il avait été invité à déjeuner chez l'ami en question, et qu'ils avaient passé le reste de l'après-midi à siroter de la grappa tout en parlant du bon vieux temps où ils étaient à l'armée. Après avoir revécu la campagne d'Albanie et porté un toast aux trois Vénitiens qui n'en étaient pas revenus, ils avaient parlé de leur vie présente. Bonsuan avait pris grand soin de faire savoir à qui allait sa loyauté, en déclarant son intention de quitter la police dès qu'il le pourrait.

Pendant qu'ils se dirigeaient vers le port et la vedette, Bonsuan expliqua qu'il n'avait pas eu le moindre mal, une fois la bouteille de grappa sérieusement entamée, à apprendre le nom de l'amant de la signora Follini.

« Vittorio Spadini, dit-il, non sans fierté. Il est de Burano. Un pêcheur. Marié, trois enfants. Les fils sont pêcheurs, la fille est mariée à un pêcheur.

– Et?» voulut savoir Brunetti.

Conséquence de la consommation de grappa ou de

l'idée qu'il allait bientôt prendre sa retraite, Bonsuan répliqua :

« Et c'est probablement plus que vous et Vianello en auriez appris si vous étiez restés une semaine ici. »

Surpris par ce qu'il venait de dire, le pilote ajouta « Monsieur », mais tardivement.

C'est Bonsuan qui, au bout d'un moment, rompit le silence qui s'était établi.

« Mais il ne pêche plus. Il a perdu son bateau, il y a deux ans. »

Brunetti pensa au mari de la signora Boscarini et demanda :

« Au cours d'une tempête ? »

Bonsuan rejeta cette idée d'un rapide mouvement de tête.

« Non, pire, le fisc. »

Avant que Brunetti ait pu demander comment les services des impôts pouvaient être pires qu'une tempête, Bonsuan s'expliqua.

« La Guardia di Finanza lui a collé un rappel sur trois ans pour fausses déclarations de revenus. Il a essayé de se battre pendant un an, mais il a fini par perdre. On perd toujours, avec eux. Ils lui ont pris son bateau. »

Vianello intervint.

« Et pourquoi le fisc est-il pire qu'une tempête ?

– Les assurances. Il n'y a pas d'assurances contre ces enfoirés des Finances.

– Combien valait-il ? demanda Brunetti, se rendant compte une fois de plus de l'étendue de son ignorance sur ce monde de bateaux et de pêcheurs.

– Ils lui réclamaient deux cent cinquante mille euros. Ce qu'il leur devait, plus les amendes, mais personne n'a jamais une somme pareille, et il a donc dû vendre son bateau.

– Seigneur, ils valent aussi cher ? » s'étonna Brunetti.

Bonsuan eut pour le commissaire un regard intrigué.

193

«Quand ils sont aussi gros que le sien, ils valent beaucoup plus; ils peuvent coûter jusqu'à cinq cent mille.»

Vianello intervint encore.

«S'ils voulaient deux cent cinquante mille pour trois ans, ça veut probablement dire qu'il les a volés de plus de deux fois cette somme, sinon trois.

– Facilement, admit Bonsuan, avec une pointe de fierté à l'idée de la rouerie dont faisaient preuve les hommes qui pêchaient dans la lagune. D'après Ezio, Spadini pensait gagner. Son avocat lui a conseillé de faire appel, mais c'était probablement pour lui présenter une facture plus salée. Et à la fin, Spadini n'a pas eu le choix; ils sont venus prendre son bateau. S'il était arrivé avec l'argent pour payer l'amende, on aurait pu lui poser trop de questions gênantes.»

Bonsuan laissa aux deux autres le soin d'en tirer la conclusion que le pêcheur disposait de la somme, cachée dans des investissements ou un compte secret, comme une bonne partie des richesses en Italie. Le pilote lança un coup d'œil à Vianello avant d'ajouter:

«Il paraît que le juge fait partie des Verts.»

Vianello lui rendit son coup d'œil sans faire de commentaires.

«Et qu'il en voudrait à tous les *vongolari* à cause des dégâts qu'ils commettent dans la lagune», continua Bonsuan.

Cette fois, Vianello réagit, répliquant d'une voix dangereusement tendue.

«Les affaires de fraude fiscale ne passent pas devant des juges, Danilo... Qu'ils soient Verts ou non», dit-il avant que le pilote puisse répondre. Puis, se tournant vers Brunetti, même si sa remarque était de toute évidence destinée à Bonsuan, il ajouta:

«La prochaine fois, on va entendre dire que les Verts jettent des vipères dans les montagnes depuis des hélicoptères pour réintroduire l'espèce, vous allez voir.»

Puis il interpella Bonsuan d'un ton agressif que le commissaire ne lui avait jamais entendu prendre.

«Allez, vas-y, Danilo, raconte-nous donc comment tes amis ont trouvé des vipères mortes dans des bouteilles, là-haut dans les montagnes, ou comment ils ont vu des gens les lancer depuis des hélicoptères!»

Bonsuan regarda le sergent mais ne prit pas la peine de répondre, son silence reflétant sa conviction qu'il était futile d'essayer de raisonner avec des fanatiques. Brunetti avait certes souvent entendu parler, au cours des années, de cette histoire d'écolos cinglés et malveillants dans leurs mystérieux hélicoptères, inspirés par une conception pervertie de la «nature»; mais jamais il n'aurait pensé qu'on aurait pu la croire.

Ils venaient d'atteindre non seulement une impasse, mais aussi la vedette. Bonsuan alla s'occuper de défaire les aussières. Vianello, peut-être pour tenter de désamorcer les effets de ce qu'il venait de dire, alla à l'arrière du bateau détacher celle de la poupe. Brunetti les laissa s'affairer, encore sous le coup des chiffres avancés sur le prix d'un bateau de pêche. Lorsque le pilote, son cordage lové, se dirigea vers la chambre de barre, Brunetti l'interpella.

«Dis-moi, Bonsuan, il faut pêcher pas mal de poissons pour s'offrir un bateau à ce prix.

– Non, des palourdes, le corrigea aussitôt Bonsuan. C'est avec ça qu'on se fait du fric. Personne ne vous tirera un coup de fusil dessus pour des poissons, mais s'ils vous prennent en train de piquer leurs palourdes et de dévaster leurs emplacements, je vous dis pas ce qu'ils sont capables de faire.

– Et telle a été son erreur, dévaster les bons emplacements de palourdes?

– Je vous le dis, c'est ce qu'ils font tous. Ils vont ratisser partout, et tous les ans il y en a moins. Du coup, les prix montent.»

Son regard alla de Brunetti à Vianello qui l'écoutait

depuis le quai, où il était revenu pour tenir l'aussière. D'un geste brusque, le pilote lui fit signe.

« Monte, Lorenzo. »

Le sergent enroula le bout de son cordage à un taquet du bateau et sauta à bord.

« Mais s'il n'a plus de bateau, observa Brunetti, feignant d'ignorer l'heureuse conclusion des négociations de paix et ramenant la discussion sur la situation actuelle, de quoi vit-il à présent ?

— Fidele m'a dit qu'il était patron sur un bateau qui appartient à l'un de ses fils, répondit Bonsuan en tournant des manettes sur son tableau de bord. Mais c'est un bateau beaucoup plus petit, et ils ne sont que deux dessus.

— Ça doit être difficile pour lui, intervint Vianello, de ne plus être son propre maître. »

Bonsuan haussa les épaules.

« Je suppose que ça dépend du fils.

— Et la signora Follini ? demanda Brunetti, ramenant une fois de plus la conversation à la question qui le préoccupait.

— Ça durait depuis deux ans, à peu près, dit Bonsuan. Depuis qu'il avait perdu le bateau. »

Voyant que son explication n'était pas suffisante, le pilote ajouta :

« Il n'a plus besoin de partir aussi tôt, le matin, et il y va seulement quand il veut.

— Et sa femme ? » demanda Vianello.

C'est toute l'Italie et toute la culture italienne que résuma le haussement d'épaules de Bonsuan.

« Elle a un toit, et il paie le loyer. Ils ont trois enfants, tous mariés et indépendants. De quoi peut-elle se plaindre ? »

Le reste de sa réponse se perdit dans le grondement du moteur, qu'il fit démarrer à ce moment-là.

Nullement désireux de discuter davantage de la question, Brunetti se sentit satisfait à l'idée qu'ils retournaient à Venise, à leur foyer et à leurs enfants.

19

Brunetti était dans son bureau depuis moins d'une heure, le lendemain matin, lorsque le téléphone sonna. Il décrocha et reconnut aussitôt la voix de la signorina Elettra.

«Où êtes-vous ? demanda-t-il avec brusquerie avant d'ajouter, d'un ton plus modéré, je veux dire, comment allez-vous ?»

Le silence prolongé de la jeune femme laissa entendre qu'elle n'appréciait pas tellement d'être interrogée de cette façon. Lorsqu'elle répondit, il n'y avait cependant aucune trace de ressentiment dans sa voix.

«Où je suis ? Sur la plage. Et je vais bien.»

Le cri lointain des mouettes, en fond sonore, attestait de la vérité de la première réponse, et la légèreté de son ton de celle de la deuxième.

«Signorina, commença-t-il sans s'être préparé ni même avoir réfléchi un instant à ce qu'il allait lui dire, cela fait une semaine que vous êtes là-bas. Je me demande si le moment n'est pas venu de penser à revenir.

– Oh non, monsieur. Je ne crois pas que ce soit une bonne idée. Pas du tout.

– Moi, si. Vous devriez faire vos adieux à votre cousine et vous présenter à votre travail demain matin.

– C'est le début de la semaine, monsieur. J'avais prévu de rester au moins jusqu'au week-end.

– Eh bien, moi, je considère qu'il vaudrait mieux que

vous reveniez. Le travail s'est accumulé depuis votre départ.

– Je vous en prie, monsieur. Je suis certaine qu'il n'y a rien que les autres secrétaires ne puissent faire.

– J'ai aussi besoin de certaines informations, dit Brunetti, se rendant compte que c'était tout juste s'il ne la suppliait pas. Des informations qui ne regardent pas les autres secrétaires.

– Vianello sait assez bien se débrouiller avec l'ordinateur pour vous trouver tout ce que vous voulez.

– Ça concerne la Guardia di Finanza, lui révéla Brunetti, persuadé qu'il venait de sortir un atout majeur. C'est chez eux que j'ai besoin d'informations et je doute que Vianello soit capable de les obtenir.

– Quel genre d'informations, monsieur ? » Il entendit, en plus des mouettes, d'autres bruits en fond sonore : un Klaxon, un moteur qui démarrait, et il se souvint de l'étroitesse de la plage de Pellestrina, de sa proximité avec la route.

« Une histoire de fraude fiscale.

– Lisez donc le journal, monsieur », dit-elle, riant de sa propre plaisanterie.

Comme Brunetti ne réagissait pas, elle reprit – mais sans rire, et d'un timbre du coup moins riche :

« Il suffit d'appeler le bureau central. Demandez Resto. C'est un *maresciallo* qui vous dira tout ce que vous voulez savoir. Dites-lui simplement que c'est moi qui vous ai donné son nom. »

Il la connaissait assez bien pour savoir que, en dépit de la politesse du ton, elle resterait inflexible.

« Je pense qu'il vaudrait mieux que vous vous en occupiez, signorina. »

Tout accent de plaisanterie avait disparu de sa voix lorsqu'elle répondit, cette fois.

« Si vous insistez, monsieur, je serai obligée de prendre une semaine de vraies vacances, et il ne vaudrait mieux pas, parce qu'on va avoir beaucoup de mal à refaire le tableau de service.»

Il aurait bien aimé abréger et simplement lui demander qui était l'homme avec lequel il l'avait vue la veille, mais leur mode de relation l'avait mal préparé à lui poser ce genre de question, en particulier parce qu'il redoutait le ton que – c'était inévitable – il n'allait pouvoir s'empêcher de prendre. Qu'il fût son supérieur hiérarchique ne lui donnait pas autorité pour agir en *loco parentis*. Et comme du fait de leur position respective il ne pouvait y avoir de relations d'intimité entre eux, il n'était pas question de lui demander tout de go ce qu'il y avait entre elle et le beau jeune homme qui l'accompagnait. Il ne voyait pas non plus comment exprimer son inquiétude sans avoir l'air jaloux, et il était incapable d'expliquer, au premier chef à lui-même, ce qu'il ressentait réellement.

«Alors, dites-moi au moins si vous avez appris quelque chose», demanda-t-il, se forçant à adopter un ton moins sévère, avec l'espoir que cela serait perçu comme un compromis et non pas comme une défaite, si flagrante à travers sa question.

«J'ai appris à faire la différence entre un *sandolo* et un *puparin*, et à repérer un banc de poissons sur un écran-sonar.»

Il ne se laissa pas appâter par le ton sarcastique et demanda, d'une voix neutre, si elle avait aussi appris quelque chose sur les meurtres.

«Rien, reconnut-elle. Je ne suis pas d'ici, et personne n'en parle devant moi, sinon pour répéter les platitudes qu'on sort toujours dans ces cas-là.»

Elle paraissait regretter de ne pas être traitée comme l'une des leurs par les Pellestriniens, et il se demanda si c'était l'attrait du lieu ou des gens qui pouvait être à l'origine de cette réaction. Mais pas question de l'interroger là-dessus.

« Et Pucetti ? A-t-il appris quelque chose ?

– Pas que je sache, monsieur. Je le vois au bar, quand il me porte un café, mais il ne m'a pas donné l'impression qu'il avait quelque chose à me dire. Je ne vois pas l'intérêt qu'il y a à le faire rester ici plus longtemps. »

Elle n'était pas la seule à le penser : le lieutenant Scarpa, l'assistant personnel de Patta, avait déjà demandé trois fois à Brunetti ce que fabriquait le jeune policier, après avoir vu son nom disparaître du tableau de service. Avec l'aisance d'une longue habitude, le commissaire n'avait eu aucun mal à lui mentir : Pucetti était en mission clandestine dans le cadre de ce qui était peut-être une affaire de trafic de drogue, à l'aéroport. Mensonge qu'il avait proféré sans raison particulière, sinon celle d'une méfiance instinctive qu'il éprouvait pour le lieutenant, et son désir que personne n'apprenne la présence de Pucetti, pas plus que celle de la signorina Elettra, à Pellestrina.

« On pourrait en dire de même pour vous, signorina, répliqua-t-il, cherchant à faire de l'humour et à prendre un ton plus léger. Quand revenez-vous ?

– Je vous l'ai dit, monsieur. Je tiens à rester un peu plus longtemps. »

Une voix d'homme s'éleva au-dessus des cris des mouettes.

« Elettra ! »

Il entendit la jeune femme qui aspirait brusquement, puis disait au téléphone :

« Je te rappellerai. Salut, Silvia. »

Ce qui laissa Brunetti étrangement déconcerté à l'idée que, pour qu'elle ose enfin le tutoyer, il lui avait fallu le baptiser du prénom de Silvia.

La signorina Elettra n'avait en revanche aucun problème à dire *tu* à Carlo. En fait, il y avait des moments où elle avait l'impression que cette intimité grammaticale n'était même pas à la hauteur de celle, toute de décontraction et de familiarité, qu'elle éprouvait avec lui. Non seulement il lui avait donné l'impression qu'elle le connaissait déjà au premier regard, mais ce sentiment ne faisait que croître et embellir au fur et à mesure qu'ils se parlaient et apprenaient à mieux se connaître. Non seulement ils adoraient tous les deux la mortadelle, mais également des choses plus improbables, comme Astérix et Bracio di Ferro, le café sans sucre et *Bambi* ; et il lui avait avoué que lui aussi avait eu la larme à l'œil quand il avait appris la mort de Moana Pozzi, les deux allant jusqu'à dire qu'ils ne s'étaient jamais sentis aussi fiers d'être italiens que lors des manifestations spontanées de sympathie à la disparition d'une star du porno.

Ils avaient passé des heures à parler, pendant cette semaine, et elle avait eu du mal, devant sa façon de se dévoiler simplement, à persister dans son mensonge sur la véritable raison de son séjour à Pellestrina. Il s'était longuement étendu sur l'histoire de sa vie, lui disant notamment qu'il avait dû abandonner, sans les avoir terminées, les études d'économie qu'il poursuivait à Milan, à la mort de son père deux ans auparavant. Comme ils le savaient fort bien tous les deux, il n'y avait pas de travail pour un homme dépourvu de diplôme, ayant encore deux examens à passer pour en décrocher un. Elle avait admiré son honnêteté quand il lui avait dit qu'il n'avait pas eu d'autre choix que de devenir pêcheur, et elle avait été ravie de l'entendre exprimer une gratitude sincère pour l'oncle qui lui avait offert un emploi.

Son travail, sur le bateau de pêche, était tellement épuisant qu'il s'était endormi par deux fois en sa compagnie, la première alors qu'ils se trouvaient dans leur petite grotte, près de la plage, et la deuxième alors qu'ils étaient attablés au bar. Elle ne lui en avait nullement voulu, car elle avait eu du coup tout le loisir d'étudier la petite cicatrice qu'il avait devant l'oreille et de s'émouvoir de son visage détendu, rendu enfantin par le sommeil. Elle lui disait souvent qu'il était trop maigre, à quoi il répondait que c'était «à cause du boulot». Il avait beau dévorer, comme elle avait pu le constater lors de tous les repas qu'ils avaient pris ensemble, il n'avait pas une once de graisse sur le corps. Il n'était, dès qu'il bougeait, que lignes souples et muscles; la vue de son avant-bras bronzé l'avait une fois émue jusqu'aux larmes, tant elle l'avait trouvé beau.

Quand elle y pensait, elle se sermonnait et se disait que si elle était à Pellestrina, c'était pour tendre l'oreille à ce que les gens racontaient sur le double meurtre et non pour tomber sous le charme d'un jeune pêcheur, si séduisant fût-il. Son séjour avait pour objectif de recueillir des informations utiles pour l'enquête, non pas d'avoir une liaison avec un homme qui, ne serait-ce que par son métier, pouvait très bien être l'une des personnes sur lesquelles elle devait se renseigner.

Mais toutes ces pensées s'évaporèrent lorsque le bras de Carlo vint prendre sa place, à présent familière, sur ses épaules, sa main gauche s'incurvant pour lui tenir le haut du bras. Elle était habituée, maintenant, à cette façon qu'il avait de la serrer plus fort quand il voulait souligner quelque chose, ou de la tapoter rythmiquement du bout des doigts à chaque fois qu'il préparait une plaisanterie. Cette main qui lui tenait le bras était le sismographe de ses émotions. Et si beaucoup d'hommes l'avaient touchée ainsi, bien peu avaient réussi à toucher son cœur de la même manière que lui. Un soir, lors d'une sortie avec lui et son oncle sur le bateau de pêche, elle l'avait observé; elle avait vu ses mains qui brillaient au clair de lune, couvertes d'entrailles, d'écailles et de sang; son expression lointaine et concentrée par la nécessité de sortir les poissons des filets pour les jeter dans la cale réfrigérée, sous le pont. Il avait levé la tête, à un moment donné, et vu qu'elle le regardait. Il s'était aussitôt transformé en un monstre à la Frankenstein, bras tendus, les doigts en crochet agités de tremblements menaçants, pour se diriger vers elle d'un pas raide de robot.

Elle avait hurlé – il n'y a pas de terme plus délicat: hurlé d'horreur et de ravissement, et reculé contre le bastingage. Le monstre s'était rapproché et, au moment de l'atteindre, ses mains étaient passées de part et d'autre de sa tête, en prenant bien soin de ne pas lui toucher les cheveux ; la bouche souriante de Carlo était descendue contre la sienne et s'y était attardée jusqu'à ce que son oncle lui lance d'un ton bourru, depuis la barre :

« Eh, Carlo, c'est peut-être une sirène, mais pas un poisson. Au boulot ! »

Aujourd'hui, sur la plage, il n'était cependant pas question de travail. La main de Carlo se resserra sur le bras d'Elettra ; une mouette poussa un cri en prenant son envol tandis qu'il l'attirait à lui, ni brutalement, ni doucement. Leur baiser se prolongea longtemps et leurs corps se mou-lèrent encore plus étroitement l'un à l'autre, si c'était possible. Puis il se détacha d'elle, vint mettre la main contre la nuque de la jeune femme, enfonçant le visage dans le creux de son épaule. Il commença alors à lui caresser le dos, avec douceur, jusqu'à ce que sa main s'arrête, doigts écartés, à la hauteur de la ceinture.

Elettra émit un son, un peu comme le soupir que pousse une soprano au moment de se lancer dans un air important. Le bout de deux de ses doigts, seulement le bout, se glissa sous la ceinture. Elle ouvrit la bouche et la pressa contre la clavicule de Carlo, pour la mordre soudain à travers l'épaisseur de la laine.

Puis elle recula, prit la main du jeune homme à tâtons et l'entraîna, le long de la plage, jusqu'à l'entrée de leur grotte secrète, dans la jetée.

20

Brunetti, beaucoup moins troublé par ses passions, mais encore sous le coup du souvenir cuisant de s'être fait appeler « Silvia », réfléchit aux mensonges qu'il venait de sortir à la signorina Elettra. Il n'avait pour l'instant besoin d'aucune information auprès de la Guardia di Finanza, et il était exact que Vianello en était à un stade où il parvenait à tirer une remarquable quantité d'informations de l'ordinateur. Mais le nom de la Finanza s'attardait dans son esprit, lui rappelant quelque chose qu'il avait lu ou entendu dire sur cette administration ; comme toujours, il s'était agi d'un incident désagréable.

Il se leva et s'approcha de la fenêtre, profitant de la vue plongeante sur le campo San Lorenzo où quelqu'un – peut-être l'un des vieux de l'hospice qui donnait sur la place – avait construit un abri de plusieurs niveaux pour les chats errants qui, depuis des années, avaient fait leur domaine de cet espace public. Il se demanda à quelle génération de chats il en était, depuis le jour où, plus de dix ans avant, il était entré à la questure.

Le nom lui revint à l'esprit avec la grâce et la souplesse féline de l'un de ces animaux : Vittorio Spadini, l'homme qui aurait été l'amant de Luisa Follini. La Finanza lui avait confisqué son bateau... mais quand cela ? Il y avait deux ans, non ? Spadini habitait à Burano ; or, c'était une belle journée de printemps, une

204

journée parfaite pour aller déjeuner à Burano. Brunetti avertit le planton, à la porte, que, si on le demandait, il avait rendez-vous chez son dentiste et serait de retour après le déjeuner.

Il descendit du vaporetto à Mazzorbo et tourna à gauche, pressé de gagner à pied le centre de Burano et songeant déjà au déjeuner qu'il allait prendre au *da Romano*, restaurant où il n'avait pas mangé depuis des années. Le soleil était chaud et il ralentit le pas, sentant son corps s'épanouir sous ses rayons tandis qu'il respirait l'air marin chargé d'iode. Les chiens se roulaient sur l'herbe nouvelle et les vieilles dames restaient assises au soleil, sensibles à cette promesse de vie implicite que leur faisait le printemps. Un énorme chien noir, assis à côté de son maître (lequel lisait tranquillement *Il Gazzettino*), se leva et s'approcha de Brunetti de son pas lourd. Celui-ci se pencha et lui tendit la main, que l'animal lécha avec plaisir. Puis, quand il en eut assez, il revint de son pas traînant près de son propriétaire et se laissa tomber au sol.

Avant même d'avoir atteint l'embarcadère pour Burano, Brunetti avait déjà remarqué la présence de personnes en bien plus grand nombre que par une matinée normale de printemps. Lorsqu'il arriva au premier des stands dans lesquels on vendait les «dentelles authentiques de Burano», dont la plupart devaient être importées d'Indonésie, d'après ce qu'il savait, il trouva le passage bloqué par des gens en tenues pastel. Il entreprit de les contourner, ne comprenant pas très bien leur apparente indifférence à l'égard des autres qui n'avaient peut-être pas de temps à perdre et tournaient en rond, sans but, au milieu de la chaussée.

De la piazza, il passa dans la via Galuppi et prit la direction de *da Romano*, certain de pouvoir réserver une table pour treize heures. Les personnes seules sont toujours très bien accueillies dans les restaurants. Au pire, il lui faudrait peut-être attendre un quart d'heure, mais, par une journée comme celle-ci, ce serait un vrai bonheur que d'attendre à la table de l'un des bars qui s'alignaient dans la rue, en sirotant un verre de vin blanc, peut-être en lisant le journal.

Toutes les tables du restaurant en terrasse, cependant, étaient occupées; et à beaucoup d'entre elles, prévues pour deux, on voyait trois convives installés. Il entra dans l'établissement mais n'eut même pas le temps de parler: l'un des serveurs, qui fonçait avec une assiette de hors-d'œuvre à la main, lui lança un «Nous sommes complets!» péremptoire dès qu'il le vit.

Un instant, il envisagea de discuter et d'essayer de trouver une place, mais il lui suffit de parcourir la salle des yeux pour y renoncer et s'en aller. Il trouva deux autres restaurants tout aussi pleins, alors qu'il n'était que midi passé de quelques minutes, une heure où une personne civilisée ne songerait jamais à manger.

Finalement, il se rabattit sur un bar où il se contenta, debout au comptoir, d'un sandwich avachi, au jambon sec et au fromage éventé, les deux produits ayant sans doute passé l'essentiel de leur existence dans un emballage en plastique. Quant au vin blanc, il était acide et plat. Même le café était mauvais. Dégoûté par son repas et en colère d'avoir vu ses espérances aussi outrageusement trompées, il se rendit jusqu'à un petit parc, morose, et s'assit au soleil en attendant que son humeur s'améliore. Au bout de quelques minutes, son attention fut attirée par des aboiements furieux. Quand il rouvrit les yeux, ce fut pour voir, une fois de plus, l'énorme chien noir, en lequel il reconnut alors un terre-neuve.

L'animal fonçait comme un fou sur la pelouse, en direction d'une petite fille blonde qui se tenait au pied de l'échelle d'un toboggan. En voyant le chien approcher, la gamine prit les montants de l'échelle et commença à l'escalader. Le maître du chien se tenait de l'autre côté du parc, sa laisse inutile à la main, et appelait le chien.

Aboyant toujours sauvagement, le terre-neuve arriva au toboggan. Juchée en haut, la fillette poussait des cris de terreur, d'une voix suraiguë. Soudain, au grand étonnement de Brunetti, le chien s'élança et atteignit le haut de l'échelle. La fillette se laissa choir sur le haut de la glissoire et entama sa descente ; le chien plongea derrière elle, pattes de devant tendues et raides.

La petite blonde s'étala de tout son long dans le sable, en bas, tandis que Brunetti bondissait sur ses pieds et que sa main cherchait vainement le pistolet que, une fois de plus, il avait oublié de prendre avec lui. Le poing fermé, il continua de courir.

Le chien atterrit juste à la gauche de la fillette, qui ouvrit les bras et embrassa son énorme tête. Les aboiements furent noyés par les éclats de rire de la gamine, puis tous les bruits cessèrent lorsque le chien se mit à lui lécher la figure.

Brunetti s'arrêta si abruptement qu'il faillit tomber. Il regarda en direction du maître du chien, lequel lui fit un signe de la main et se dirigea vers lui. La petite fille se releva, fit le tour du toboggan jusqu'à l'échelle, le chien bondissant joyeusement dans son sillage. Et le même scénario se reproduisit. Mais avant que le maître du chien eût le temps de le rejoindre, Brunetti avait fait demi-tour et s'éloignait dans la direction du campo Vigner, l'adresse où, d'après l'annuaire, habitait Vittorio Spadini.

La maison à droite de celle de Spadini était d'un rouge éclatant, celle à gauche d'un bleu tout aussi éclatant. Celle du pêcheur, en revanche, était rose pâle tant elle avait été délavée par des années d'intempéries et de soleil. Brunetti remarqua d'autres détails semblables : un rideau à moitié décroché de sa tringle, à l'une des fenêtres, une persienne dont tout un pan était mangé par la décomposition du bois. Les habitants de Burano étaient particulièrement fiers de leurs maisons, entre autres choses, et il fut surpris de constater des signes aussi évidents de négligence.

Il sonna, attendit un moment, sonna à nouveau. Comme personne ne venait répondre, le policier se rendit jusqu'à la maison rouge et sonna là aussi. La femme qui lui ouvrit était toute ronde – effet qu'elle lui fit, du moins, au premier coup d'œil. Petite, encore plus que Chiara, elle devait peser plus de cent kilos, la surcharge s'étant essentiellement répartie entre la poitrine et les genoux. Elle avait également la tête ronde et même ses petits yeux, noyés dans les replis de peau qui les entouraient, étaient ronds.

«Bonjour, signora. Je suis à la recherche de signor Spadini.

– Vous n'êtes pas le seul, dit-elle avec un éclat de rire qui secoua mollement tout son corps.

– Je vous demande pardon ?

– Sa femme le cherche, ses fils le cherchent, et j'imagine que s'il pensait avoir la moindre chance de récupérer l'argent qu'il lui a prêté, mon mari le chercherait aussi.» Et elle éclata de nouveau de rire, dans le tressautement de ses masses de chair.

Brunetti, déconcerté par l'étrange décalage entre ses propos et la manière dont elle les tenait, lui demanda si elle savait quand on l'avait vu pour la dernière fois.

«Oh, la semaine dernière, je crois.»

Sur quoi, elle lui expliqua pourquoi elle prenait la chose tellement à la légère.

«Il n'arrête pas de disparaître pour revenir à la maison quand il a dépensé tout ce qu'il avait et doit se remettre à travailler.

– Comme pêcheur ?

– Évidemment», répondit-elle, mais sans rire, cette fois. En fait, elle affichait la perplexité de celle qui se demande comment il était possible d'imaginer qu'un homme de Burano puisse faire autre chose pour gagner sa vie.

« Et sa femme ?

– Elle travaille... Elle fait le ménage dans une école élémentaire », expliqua-t-elle quand elle vit que Brunetti était sur le point de lui poser la question.

Puis comme si elle se rendait seulement compte maintenant que cet homme – qui n'était pas de Burano, même s'il s'exprimait en vénitien – ne lui avait pas exposé la raison de sa curiosité, elle lui demanda :

« Et pourquoi vous voulez le voir ? »

Brunetti eut un sourire bon enfant et, espéra-t-il, malicieux.

« Je suppose que je suis dans la même situation que votre mari, signora. Je lui ai prêté un peu d'argent. »

Il poussa un soupir, secoua la tête et tendit les mains en un geste qui exprimait à la fois déception et résignation.

« Aucune idée de l'endroit où je pourrais le trouver ? »

Elle rit de nouveau, cette fois à cause de l'absurdité de la question.

« Non, pas tant qu'il n'aura pas décidé de revenir. Il est comme un oiseau dans la forêt, ce Vittorio : il apparaît et disparaît quand il veut et comme il veut, et vous aurez beau faire, pas moyen de l'attraper, celui-là... »

Un moment, Brunetti joua avec l'idée de lui laisser son numéro de téléphone personnel pour que la femme l'appelle lorsque l'oiseau serait de retour dans sa cage, puis il y renonça, la remercia pour son aide et ajouta :

« J'espère que votre mari aura plus de chance que moi. »

Tout son corps s'agita lorsqu'elle éclata de rire devant l'improbabilité de ce cas de figure ; puis elle referma la porte, laissant Brunetti s'ouvrir un chemin au milieu de la foule pour aller reprendre le vaporetto et rejoindre Venise.

De retour à la questure, il eut l'étonnement de voir Pucetti, en uniforme, de garde devant le bureau des Étrangers, occupé à surveiller la foule de gens qui faisaient la queue en attendant que leurs papiers soient prêts.

« Qu'est-ce que tu fabriques ici ? demanda-t-il au jeune policier, également surpris de voir son supérieur.

– J'ai appelé ce matin et demandé à vous parler, monsieur, répondit Pucetti sans se soucier des gens qui patientaient derrière lui. Mais on m'a passé le lieutenant Scarpa. Je crois qu'il avait donné la consigne, si j'appelais. Il m'a dit qu'il avait reçu l'ordre direct du vice-questeur, et qu'il fallait que je me présente immédiatement à la questure, en uniforme. J'ai essayé de lui expliquer que j'étais en mission spéciale, mais il m'a répondu que ce serait un motif de renvoi de la police si je refusais d'obéir. »

Le jeune policier eut le courage de ne pas détourner les yeux tout en expliquant cela à Brunetti.

« Il m'a semblé que je ne pouvais pas refuser d'obéir à un ordre aussi direct, monsieur. Alors je suis revenu.

– Est-ce que tu l'as vu ? » demanda le commissaire. Il avait posé la question d'un ton uni, gardant scrupuleusement sa colère pour lui.

« Scarpa ?

– Oui, répondit Brunetti, se refusant à réprimander Pucetti parce qu'il avait omis le titre du lieutenant. Qu'est-ce qu'il t'a dit ?

– Il m'a demandé où j'étais, et je lui ai dit que j'avais reçu l'ordre de n'en parler à personne.

– Il n'a pas voulu savoir qui t'avait donné cet ordre ?

– Si, monsieur, répondit Pucetti d'une voix calme. Je lui ai dit que c'était vous, et il m'a répondu qu'il vous en parlerait.

– Rien d'autre ?

– Non, monsieur. C'est tout ce qu'il a dit. »

Même s'il avait lui-même songé à faire revenir Pucetti à Venise, il ne pouvait supporter le fait que Scarpa ait ignoré ses propres intentions.

«Je suis désolé, monsieur», dit Pucetti en se détournant un instant pour foudroyer du regard un homme à la barbe broussailleuse, lequel protestait contre le comportement de son prédécesseur immédiat dans la file. Ce regard suffit à calmer les deux hommes, et le policier revint à Brunetti.

«As-tu eu l'occasion de parler avec la signorina Elettra? demanda Brunetti d'un ton qui se voulait anodin.

– Une ou deux fois, monsieur, lorsqu'elle est venue prendre un café, mais il y avait toujours du monde, alors on s'est contentés de jouer notre rôle et de parler du temps et de la pêche.

– Et ce jeune homme, as-tu une idée de qui il s'agit?» Il ne lui était pas venu à l'esprit qu'il laissait à Pucetti le soin de comprendre de qui il voulait parler, ni ne mesura ce que signifiait le fait que le jeune homme ait su tout de suite ce que son patron voulait dire.

«C'est le neveu de l'un des pêcheurs du coin.

– Et comment s'appelle-t-il?

– Qui? Le neveu ou l'oncle?

– Le neveu. Comment s'appelle-t-il?»

Brunetti se rendit compte à quel point il se tendait et il glissa une main dans la poche de son veston, tout en déplaçant son poids d'un pied sur l'autre pour prendre une posture plus détendue.

«Si tu le sais, bien entendu.

– Targhetta, dit Pucetti, sans avoir l'air de trouver anormale la curiosité de Brunetti. Carlo.»

Brunetti fut sur le point de poser d'autres questions sur le jeune homme et ce qu'il faisait à Pellestrina, lorsqu'il sentit que Pucetti commençait à trouver curieux l'intérêt qu'il portait à la vie personnelle de la signorina Elettra.

« Bien, merci, Pucetti. Tu peux reprendre ta place sur le tableau de service », dit-il, oubliant complètement que personne ne l'avait mis à jour depuis deux semaines, en l'absence de la signorina Elettra.

De retour dans son bureau, et compte tenu de l'absence en question, il appela les bureaux de la Guardia di Finanza et demanda à parler au *maresciallo* Resto.

Celui-ci, lui répondit-on, n'était pas dans son bureau pour le moment, voulait-il être mis en contact avec quelqu'un d'autre ? Son refus fut à la fois instantané et automatique ; la signification réelle de sa réaction lui tomba dessus lorsqu'il raccrocha. Même pour un geste aussi banal, un simple coup de téléphone d'un organisme de l'État à un autre, il se refusait à révéler à quiconque les raisons de son appel, quel que fût le rang ou la fonction de son interlocuteur, sauf si ce dernier lui avait été recommandé par quelqu'un qu'il connaissait et en qui il avait confiance. Ce qui l'attristait le plus n'était pas tant le fait que les gens à qui il avait affaire puissent être à la solde de la Mafia, ou ne pas être dignes de confiance pour toute autre raison, mais que sa méfiance fût instinctive, et si forte qu'elle interdisait *a priori* toute possibilité de coopération entre les différentes forces chargées du maintien de l'ordre public. Le *maresciallo* Resto n'avait gagné sa confiance, se rendit-il compte, que parce qu'il avait gagné celle de la signorina Elettra. Réflexion qui le ramena à Pellestrina, au jeune homme dont il connaissait à présent l'identité, et à la signorina Elettra elle-même. Il songea à tout cela pendant un quart d'heure et rappela la Finanza.

« Resto, répondit une voix au timbre léger.

– *Maresciallo*, ici le commissaire Guido Brunetti, de la questure. Je vous appelle pour vous demander quelques informations.

– Vous n'êtes pas le patron d'Elettra ? demanda l'homme, surprenant Brunetti non par sa question, mais par l'utilisation familière du prénom de la jeune femme.

– Si.

– Parfait. Dans ce cas, vous pouvez me demander ce que vous voulez.»

Brunetti attendit, mais en vain ce coup-ci, le flot de compliments que suscitaient habituellement les nombreuses vertus de la signorina Elettra.

«Je m'intéresse à une affaire dont vous vous êtes occupé il y a deux ans, à la Finanza. Vous avez confisqué le bateau d'un pêcheur de Burano, un certain Vittorio Spadini.»

Il attendit un commentaire de Resto. Il n'y en eut pas, et il continua :

«J'aimerais savoir tout ce que vous pourriez me dire sur cette affaire, ou sur l'homme.

– C'est à cause des assassinats ? voulut savoir Resto, le surprenant par sa question.

– Pourquoi le demandez-vous ?

Le *maresciallo* eut un petit rire.

«Trois morts violentes à Pellestrina au cours des dix derniers jours, dont deux pêcheurs, et voilà que la police nous pose des questions sur un pêcheur. Il faudrait être carabinier pour ne pas faire le rapprochement.»

Cela se voulait une plaisanterie, mais n'en était pas une.

«Il aurait eu des rapports avec l'une des victimes, offrit Brunetti en guise d'explication.

– L'avez-vous interrogé ?

– Il est introuvable. Une voisine m'a dit qu'il n'était pas dans le secteur.»

Resto garda quelques instants le silence avant de réagir.

«Attendez une minute, je vais chercher le dossier.»

Il reprit la ligne au bout d'un moment, pour dire que le dossier en question avait été descendu aux archives et qu'il le rappellerait, puis il raccrocha.

Resto tenait donc à s'assurer à qui il parlait, comprit Brunetti, soupçonnant qu'il devait avoir eu le dossier à la main mais avait préféré jouer la prudence et appeler la questure pour demander, lui-même, le commissaire Brunetti.

Lorsque le téléphone sonna, un moment plus tard, Brunetti répondit en donnant son nom et, comme il n'avait rien à gagner à provoquer son interlocuteur, résista à la tentation de lui demander s'il était sûr, à présent, d'avoir la bonne personne à l'autre bout du fil.

Brunetti entendit un bruit de pages qu'on tourne.

« Nous avons commencé notre enquête il y a deux ans, en juin, dit enfin Resto. Nous avons mis son compte en banque sous contrôle et placé son téléphone sous écoute, ainsi que celui de son comptable. Et leur fax. Nous avons comptabilisé ce qu'il vendait au marché, puis comparé avec ce qu'il nous déclarait.

– Quoi d'autre ?

– Nous avons procédé aux vérifications habituelles.

– C'est-à-dire ?

– J'aimerais autant ne pas le dire, répondit Resto. Toujours est-il qu'il vendait des palourdes et du poisson pour près de cinq cent mille euros par an et qu'il déclarait un revenu de moins de cinquante mille.

– Et ensuite ? l'encouragea Brunetti.

– Ensuite, nous l'avons surveillé pendant quelques mois. Et nous l'avons pris dans nos filets.

– Comme un poisson ?

– Exactement. Comme un poisson. Mais qui s'est transformé en palourde, ou plutôt en huître, une fois coincé. Rien. Pas d'argent liquide, aucune idée de l'endroit où il le planquait. S'il le planquait.

– Pendant combien de temps croyez-vous qu'il a gagné autant ?

– Aucun moyen de le savoir. Cinq ans, peut-être. Sinon davantage.

– Et vous n'avez aucune idée de l'endroit où il aurait pu le cacher ?

– Il a pu le dépenser. »

Brunetti en doutait, après avoir vu l'état dans lequel était la maison de Spadini, mais il garda cette information pour lui. Réfléchissant à ce qu'il venait d'apprendre, il demanda :

« Et comment en êtes-vous venus à vous intéresser à lui ?

– Un-un-sept.

– Pardon ?

– C'est le numéro des dénonciations anonymes. »

Ce n'était pas la première fois que Brunetti entendait citer ce numéro, mis en place pour permettre aux citoyens d'accuser anonymement quelqu'un de fraude fiscale. C'était cependant une histoire à laquelle il n'avait jamais totalement prêté foi et, jusqu'à aujourd'hui, il était resté persuadé que le 117 n'était qu'un mythe urbain de plus. Or, voici qu'un *maresciallo* de la Finanza en personne lui disait que c'était vrai, que le numéro existait, et que c'était par ce biais qu'ils avaient lancé l'enquête sur Vittorio Spadini, celle qui s'était soldée par la perte de son bateau.

« Quelles traces garde-t-on de ce genre d'appel ?

– J'ai bien peur de ne pas pouvoir aborder cette question avec vous, commissaire, dit Resto, sans qu'on puisse deviner, à son ton, s'il avait parlé à regret ou à contrecœur.

– Je vois. Est-ce que l'homme a fait l'objet d'une mise en accusation pour délit fiscal, à l'époque ?

– Non. Il nous a paru qu'il valait mieux lui coller une amende.

– De combien était-elle ?

– Deux cent cinquante mille euros, répondit Resto. Du moins à la fin. Elle était plus élevée au début, mais elle a été réduite ensuite.

– Pourquoi ?

– Nous avons épluché ses biens, et il n'avait que le bateau et deux petits comptes en banque.

– Et cependant, vous saviez qu'il se faisait près de cinq cent mille euros par an ?

– Oui, nous avions toutes les raisons de le penser. Mais nous avons décidé que, vu les faibles recours dont nous disposions, il valait mieux se rabattre sur une somme plus modeste.

– Ce qui représentait ?

– Son bateau, plus les sommes sur les deux comptes.

– Et sa maison ?

– Elle appartient à sa femme. Elle l'a apportée en dot à leur mariage, et nous n'avions aucun droit dessus.

– Avez-vous une idée sur ce qu'est devenu cet argent ?

– Non, aucune. Mais d'après la rumeur, il jouerait.

– De malchance, surtout, dirait-on.

– Comme tous ceux qui jouent », répliqua Resto.

Les deux hommes rirent comme il convenait, et Brunetti demanda :

« Et depuis ?

– Aucune nouvelle. Nous n'avons plus entendu parler de lui, et je ne peux donc rien vous dire de plus sur son compte.

– L'avez-vous rencontré personnellement ? voulut savoir Brunetti.

– Oui.

– Et alors ? »

Sans hésitation, Resto répondit :

« C'est un personnage fort désagréable. Pas à cause de ce qu'il a fait. Tout le monde triche plus ou moins avec le fisc. Nous nous y attendons. Mais il nous a résisté avec une frénésie comme nous en avions rarement vu avant lui. Je ne crois pas que c'était en rapport avec l'argent qu'il perdait, mais je peux me tromper.

216

— Si ce n'est pas avec l'argent, c'est avec quoi ?

— Avec le fait de perdre. D'être vaincu, si vous préférez, proposa Resto. Jamais je n'ai vu un homme aussi en colère d'être pris, alors qu'il était impossible qu'il ne se fasse pas prendre, tant il s'est comporté de manière stupide. »

On aurait presque cru, à son ton, que c'était l'insouciance de Spadini que Resto désapprouvait, plus que sa malhonnêteté.

« Iriez-vous jusqu'à dire qu'il est violent ?

— Voulez-vous savoir si je le crois capable d'avoir commis ces meurtres ?

— Oui.

— Je ne sais pas. Je suppose que pas mal de gens en sont capables sans le savoir, jusqu'au moment où une bonne occasion se présente. Ou plutôt une mauvaise, ajouta vivement le *maresciallo*. Peut-être, peut-être pas. »

Comme Brunetti ne réagissait pas, il ajouta :

« Je suis désolé de ne pas pouvoir mieux vous répondre, mais c'est simplement que je ne sais pas.

— Pas de problème, dit Brunetti. Et merci pour tout ce que vous m'avez dit.

— Tenez-moi au courant, voulez-vous ? » demanda Resto.

La requête surprit le commissaire.

« Volontiers. Mais pourquoi ?

— Oh, simple curiosité. » L'homme lui cachait quelque chose, mais Brunetti n'aurait su dire quoi. Après avoir échangé quelques plaisanteries, ils prirent congé l'un de l'autre.

21

De retour chez lui, Brunetti trouva sa famille à table, les assiettes de lasagnes posées devant eux pratiquement terminées. Chiara se leva et l'embrassa, Raffi le salua d'un «Ciao, papa!» avant de retourner à ses pâtes et Paola lui sourit. Elle se leva et alla ouvrir le four de la cuisinière, dont elle sortit une assiette contenant une belle portion de lasagnes, qu'elle posa devant ce qui était sa place habituelle.

Il alla se laver les mains dans la salle de bains et revint aussitôt, se sentant affamé mais aussi heureux d'être chez lui avec les siens.

«On dirait que tu es allé au soleil, aujourd'hui», remarqua Paola, en lui servant un verre de cabernet.

Il en prit une gorgée.

«C'est celui de ton étudiant? demanda-t-il, levant le verre de vin pour en étudier la robe.

– Oui. Il te plaît?

– Beaucoup. Combien en avons-nous acheté?

– Deux caisses.

– Bien, dit-il en attaquant ses pâtes.

– On dirait que tu es allé au soleil aujourd'hui», répéta Paola.

Il mastiqua et avala sa bouchée avant de répondre.

«Je suis allé faire un tour à Burano, en effet.

– Papa, je pourrais aller avec toi, la prochaine fois? intervint Chiara.

– Je parle à ton père, Chiara, dit Paola.

– Je peux pas lui parler en même temps ? protesta-t-elle, manifestement blessée dans sa fierté.

– Quand j'aurai terminé.

– Mais nous parlons de la même chose, non ? » insista la jeune fille. Elle avait eu la finesse de ne mettre aucune note de reproche dans sa voix.

Paola regarda sa propre assiette et posa sa fourchette à côté de ses lasagnes inachevées.

« J'ai posé une question à *ton père* », commença-t-elle, Brunetti prenant bien note de l'insistance sur les deux derniers mots. Cette mise à l'écart linguistique devait en cacher une autre, soupçonna-t-il.

Chiara ouvrit la bouche pour répliquer, mais Raffi lui donna un bon coup de pied sous la table. L'adolescente tourna vivement la tête vers son frère et celui-ci la regarda, lèvres serrées, les yeux plissés. Elle se tut.

Le silence étant retombé autour de la table, Brunetti s'éclaircit la gorge.

« Oui, je suis allé à Burano pour parler avec une personne, sauf qu'elle était introuvable. Et quand j'ai voulu manger au *da Romano*, il n'y avait pas une table de libre. »

Il finit ses lasagnes et regarda Paola.

« Il n'en reste pas ? Elles sont délicieuses.

– Qu'est-ce qu'il y a d'autre, maman ? demanda Chiara, son appétit lui faisant oublier la mise en garde de Raffi.

– Ragoût de bœuf aux poivrons.

– Celui avec des pommes de terre ? voulut savoir Raffi avec un enthousiasme mal dissimulé.

– Oui », répondit Paola en se levant pour récupérer les assiettes. À la grande déception de Brunetti, les lasagnes étaient comme le Messie : elles ne faisaient qu'une unique apparition.

Paola occupée aux fourneaux, Chiara leva la main pour attirer l'attention de son père ; puis elle inclina la tête d'un côté, ouvrit la bouche et laissa pendre sa langue. Elle loucha, renversa la tête de l'autre côté, puis se mit à la faire osciller comme un métronome réglé sur *presto*, la langue pendant mollement de sa bouche.

D'où elle était, en train de remplir les assiettes, Paola éleva la voix.

« Si tu crois que tu vas attraper la maladie de la vache folle, Chiara, il vaut peut-être mieux que je ne t'en donne pas. »

L'adolescente s'arrêta instantanément de faire le clown et croisa pieusement les mains devant elle.

« Oh non, maman, susurra-t-elle, j'ai très faim, et j'adore ça.

– Tu adores tout ce que tu manges », lança Raffi.

Elle tira une fois de plus la langue, mais sans bouger la tête.

Paola revint à la table et déposa une assiette devant Chiara, une autre devant Raffi. Puis elle apporta celle de Guido et se servit elle-même avant de s'asseoir.

« Qu'est-ce que vous avez fait en classe, aujourd'hui ? » demanda Brunetti aux deux enfants, avec l'espoir qu'au moins l'un d'eux répondrait. Tout en mangeant, son attention passa des morceaux de bœuf aux cubes de carottes et aux oignons tranchés fin. Raffi racontait une anecdote sur son professeur de grec. Comme il s'interrompait, Brunetti se tourna vers Paola. « Tu as mis du barbera dedans ? »

Elle acquiesça et il sourit, ravi d'avoir deviné avec quel vin elle avait fait la sauce. « Merveilleux », commenta-t-il en piquant un autre morceau de viande de sa fourchette. Raffi acheva l'histoire sur son prof de grec et Chiara débarrassa la table.

« Les assiettes à dessert », lui dit alors sa mère.

Paola alla jusqu'au comptoir et souleva le couvercle du plat à gâteau en porcelaine qu'elle avait hérité de sa grand-tante Ugolina, de Parme. Révélant – comme l'avait espéré sans y croire Brunetti – un gâteau aux pommes, celui qu'elle préparait avec du jus de citron et d'orange et dans lequel elle mettait assez de Grand Marnier pour qu'il en soit imbibé et que les arômes s'attardent indéfiniment sur la langue.

« Votre mère est une sainte, dit-il aux enfants.

– Une sainte, répéta Raffi.

– Une sainte », psalmodia Chiara, se resservant déjà une deuxième portion.

Après le repas, Brunetti sortit une bouteille de calvados, histoire de rester dans l'esprit du thème « pomme » introduit par le gâteau, et passa sur la terrasse. Il posa la bouteille sur la table et retourna prendre deux verres, espérant par la même occasion ramener Paola. Quand il suggéra à Chiara de faire la vaisselle, celle-ci ne présenta pas d'objections.

« Viens, » dit-il à Paola.

Il remplit deux verres, s'assit, posa les pieds sur la balustrade et regarda les quelques cumulus qui dérivaient au loin. Quand Paola s'installa dans l'autre chaise, il lui demanda, avec un mouvement de tête vers les nuages, si elle pensait qu'il allait pleuvoir.

« Je l'espère. J'ai lu aujourd'hui dans le journal qu'il y a des incendies de forêt au-dessus de Belluno.

– Volontaires ?

– Probablement. Sinon, comment trouver du terrain à bâtir ? »

Une curieuse particularité de la loi foncière italienne transformait tout terrain inconstructible en terrain à bâtir, dès lors que la protection que lui assuraient les arbres poussant dessus avait disparu. Et quel meilleur moyen de faire disparaître des arbres que d'y mettre le feu ?

Ni l'un ni l'autre n'avaient tellement envie d'épiloguer sur ce sujet, et Guido demanda :

« Qu'est-ce qui ne va pas ? »

Une des choses qu'il avait toujours aimées chez elle était ce qu'il persistait à considérer, en dépit de toutes les objections qu'elle soulevait devant l'emploi de ce terme, comme la « virilité » de son esprit ; c'est pourquoi elle ne feignit pas la surprise.

« Eh bien, je considère comme étrange l'intérêt que tu portes à Elettra. Et je suppose que si je creusais un peu la question, je trouverais probablement cela offensant. »

Ce fut Brunetti qui joua les innocents.

« Offensant ?

– Seulement si je creuse un peu plus. Pour le moment, je le trouve seulement étrange, digne d'être commenté, inhabituel.

– Et pourquoi ? » dit-il en posant son verre sur la table pour se resservir.

Elle se tourna pour le regarder, avec une expression qui était l'image même de la confusion. Mais, au lieu de répéter la question qu'il avait posée, elle tenta d'y répondre.

« Parce que tu n'as pratiquement pas cessé de penser à elle toute la semaine dernière, et parce que je suppose que ta sortie d'aujourd'hui à Burano a quelque chose à voir avec elle. »

Parmi les autres qualités qu'il avait toujours appréciées chez Paola, il y avait son peu de goût pour l'espionnage ; la jalousie n'était pas son fort.

« Serais-tu jalouse ? » demanda-t-il avant d'avoir eu le temps de réfléchir.

Elle resta bouche bée et le regarda avec des yeux qui paraissaient figés dans leur orbite, tant son attention était absolue. Puis, se détournant de lui, elle répondit en adressant sa remarque au campanile de San Polo :

« Il veut savoir si je suis jalouse. »

Comme le clocher ne répondait pas, elle tourna les yeux en direction de Saint-Marc.

Puis, le silence se prolongeant entre eux, la tension qu'avait provoquée la petite scène se dissipa peu à peu, comme si la simple mention du terme «jalousie» avait suffi à en venir à bout.

La demi-heure sonna, et Brunetti reprit finalement la parole.

«C'est inutile de te mettre martel en tête, Paola. Je n'attends rien d'elle.

– Tu veux sa sécurité.

– Pour elle, pas pour moi», se défendit-il.

Elle se tourna vers lui et lui demanda, mais sans plus de trace d'agressivité :

«Tu le crois sincèrement, n'est-ce pas, que tu n'attends rien d'elle ?

– Bien entendu.»

Elle reprit la contemplation des nuages, plus hauts à présent, qui dérivaient vers le continent.

«Qu'est-ce qui ne va pas ? demanda-t-il, revenant à la case départ.

– Oh, rien de spécial. Mais nous en sommes à un de ces stades où la différence entre homme et femme devient évidente.

– Et quelle différence ?

– La capacité à se leurrer soi-même, ou plutôt, dit-elle en se corrigeant, le genre de choses sur lesquelles nous choisissons de nous leurrer.

– Comme quoi, par exemple ? demanda-t-il en s'efforçant d'adopter un ton neutre.

– Les hommes se racontent des histoires sur ce qu'ils font, tandis que les femmes s'en racontent sur ce que les autres font.

– C'est-à-dire les hommes, je suppose ?

– Exactement.»

Aurait-elle été chimiste et en train de réciter la table périodique des éléments qu'elle n'aurait pas eu un ton plus définitif.

223

Il finit son calva mais ne se resservit pas. Pendant le long silence qui suivit, il réfléchit à ce qu'elle venait de lui dire.

« À t'entendre, les hommes s'en tirent à meilleur compte, observa-t-il finalement.

– Comme toujours, Guido. »

Le lendemain matin, Brunetti avait transformé l'observation de Paola, selon laquelle il n'avait pas pensé à grand-chose d'autre qu'à la signorina Elettra pendant toute la semaine, ce qui était vrai, en l'idée qu'elle croyait avoir une bonne raison d'être jalouse, ce qui n'était pas du tout la même chose. Tout à fait persuadé que cette raison était mauvaise, son inquiétude pour la jeune femme continua d'occuper l'essentiel de ses pensées, émoussant l'instinct qui le faisait se méfier et se montrer curieux de toutes les personnes qui pouvaient être impliquées dans une affaire. C'est ainsi qu'il ne prit pas garde à certains picotements curieux (si on peut les baptiser ainsi) et que certains des fils ténus grâce auxquels il aurait pu poursuivre l'enquête ne furent pas tirés.

Marotta revint et reprit la responsabilité de la questure. Les meurtres étant une rareté à Venise, et le jeune commissaire étant un homme ambitieux, il demanda le dossier de l'affaire Bottin et, après en avoir pris connaissance, décida qu'il allait s'attribuer l'enquête.

N'ayant pu retrouver le numéro du portable de la signorina Elettra, Brunetti passa une demi-heure à s'escrimer, *via* l'ordinateur, sur l'annuaire électronique des Télécoms, pour finir par y renoncer et demander à Vianello s'il ne pouvait lui trouver ce numéro. Lorsqu'il l'eut, il remercia le sergent et repartit téléphoner de son bureau. Il y eut huit sonneries, puis une voix lui fit savoir que la ligne était coupée mais qu'il pouvait, s'il le désirait, laisser un message. Il était sur le point de décliner son identité lorsqu'il se souvint du regard qu'elle avait adressé au jeune homme qui avait à présent un nom et, la tutoyant et l'appelant Elettra, lui dit que Guido lui demandait de le joindre à son travail.

Il rappela Vianello et lui demanda s'il ne pouvait pas jeter de nouveau un coup d'œil sur son ordinateur, cette fois pour trouver tout ce qu'il pourrait sur un certain Carlo Targhetta, peut-être résident à Pellestrina. La neutralité de la voix de Vianello était un modèle du genre, ce qui lui fit clairement comprendre que le sergent avait parlé à Pucetti et savait très bien qui était le jeune homme.

Il prit une feuille de papier vierge dans son tiroir, écrivit le nom de Bottin au milieu, puis celui de Follini à gauche. En dessous, il plaça celui de Spadini. Il tira un trait entre Spadini et Follini. À la droite de Spadini, il écrivit Sandro Scarpa, le nom du frère du serveur, l'homme qui se serait battu avec Bottin père, et relia les deux noms d'un trait. En dessous, il écrivit le nom du serveur qui avait disparu. Puis il resta assis devant cette énumération, comme s'il s'attendait à voir les noms se déplacer d'eux-mêmes sur le papier et créer de nouvelles et intéressantes connexions. Rien ne se passa. Il reprit son stylo et ajouta le nom de Carlo Targhetta, mais dans un coin, conscient de l'avoir écrit en caractères plus petits que les autres.

Il ne se passa toujours rien. Il rouvrit le tiroir, glissa la feuille à l'intérieur et descendit voir ce que, de son côté, Vianello avait pu découvrir.

Celui-ci s'était longuement promené dans les différents organismes de l'État pour vérifier si Carlo Targhetta avait fait son service militaire ou s'il avait déjà eu maille à partir avec la police. Mais c'était tout le contraire, semblait-il. C'est du moins ce qu'il dit lorsque Brunetti entra dans le bureau de la signorina Elettra, où Vianello était installé devant l'ordinateur.

« Il a travaillé à la Guardia di Finanza, expliqua le sergent, lui-même surpris par cette information.

– Et aujourd'hui, il est pêcheur...

– Mais il doit fichtrement mieux gagner sa vie. »

Ce n'était évidemment pas le problème, mais voilà qui paraissait un curieux changement de carrière, et les deux policiers se demandèrent ce qui avait pu le provoquer.

« Quand a-t-il arrêté ? » demanda Brunetti.

Vianello tapota quelques touches, étudia l'écran, manipula la souris, tapa d'autres touches, puis dit :

« Il y a environ deux ans. »

Ils pensèrent tous les deux la même chose, mais c'est Brunetti qui parla le premier de la coïncidence.

« À peu près au moment où Spadini a perdu son bateau.

– Ouais, dit Vianello, vidant l'écran par l'effleurement d'une touche du clavier. Je vais voir si je peux trouver pour quelle raison il est parti. »

De nouvelles données vinrent s'afficher à l'écran ; pendant un bon moment, chiffres et symboles se succédèrent, se chassant mutuellement. Finalement, au bout d'un temps anormalement long, Vianello déclara qu'il ne trouvait rien là-dessus.

Brunetti se pencha vers l'écran et commença à lire. C'était pour l'essentiel une succession de chiffres et de symboles incompréhensibles, mais il y avait au moins une ligne qu'il put déchiffrer : « Usage interne seulement – voir les dossiers correspondants ». Après quoi venait une longue suite de chiffres et de lettres, sans doute les dossiers en question, dans lesquels devaient figurer les raisons du départ de Carlo Targhetta.

Vianello tapota la dernière phrase et demanda :

« Vous pensez que cela veut dire quelque chose, monsieur ?

– Tout veut dire quelque chose, en réalité, non ? » offrit

Brunetti en guise de réponse. Il était cependant curieux de savoir ce que cela pouvait signifier.

« Tu connais quelqu'un ? »

Il s'était adressé au sergent en employant une formule elliptique typiquement vénitienne ; ce « quelqu'un » pouvait vouloir dire un ami, un parent, un ancien camarade de classe, une personne qui vous devait une faveur.

« La marraine de Nadia, monsieur, répondit Vianello au bout de quelques instants de réflexion. Son mari était autrefois colonel.

– Ils n'étaient pas invités à ton dîner d'anniversaire, il me semble. »

Vianello sourit à ce rappel de la faveur que lui devait maintenant Brunetti.

« Non, ils ne pouvaient pas venir. Il a pris sa retraite il y a environ trois ans, mais il a toujours accès à tout ce qu'il veut.

– Et Nadia est proche d'eux ? »

Vianello eut un sourire de prédateur – de requin, peut-être.

« Comme une fille, monsieur, dit-il en tendant la main vers le téléphone. Voyons ce qu'il va pouvoir trouver. »

À la brièveté des premiers échanges, Brunetti supposa que le sergent avait joint directement le colonel à la retraite. Il l'entendit expliquer sa requête. Lorsque Vianello, après un bref silence, dit seulement : « Juin, il y a deux ans », Brunetti crut comprendre que le colonel n'avait même pas pris la peine de demander pourquoi le filleul de sa femme avait besoin de cette information. Et lorsque Vianello conclut la conversation en disant qu'il rappellerait le colonel le lendemain matin, le commissaire regagna son propre bureau.

22

Le lendemain matin, Brunetti partit au bureau avant que Paola ne fût réveillée, ce qui lui épargna la nécessité de répondre à ses éventuelles questions sur les progrès de l'enquête. La signorina Elettra ne l'ayant pas rappelé à la questure la veille, il pouvait s'autoriser à penser qu'elle lui avait obéi et était revenue de Pellestrina. Si bien qu'il jouait avec l'idée, en se dirigeant vers son lieu de travail, qu'il la trouverait en arrivant à son bureau, en tenue printanière, heureuse d'être de retour et encore plus heureuse de le voir.

Mais il avait pris ses désirs pour des réalités : aucun signe d'elle dans l'antichambre. L'ordinateur était fermé, l'écran noir, et il décida de gagner son bureau avant que cela puisse présager quoi que ce soit.

S'arrêtant auparavant à la grande salle des policiers, il trouva Vianello assis devant un pistolet démonté dont les pièces étaient éparpillées en désordre sur un exemplaire ouvert de la *Gazzetta dello Sport* ; la sinistre menace que représentaient ces fragments de métal contrastait fortement avec le papier rose – une ballerine portant une armure.

« Qu'est-ce qui s'est passé ? » demanda Brunetti.

Le sergent leva les yeux et sourit.

« Encore un coup d'Alvise, monsieur. Il l'a démonté pour le nettoyer, ce matin, mais il ne se rappelait plus comment le remonter.

– Où est-il passé?

– Il est allé prendre un café.

– En l'abandonnant là?

– Oui.

– Et qu'est-ce que tu comptes faire?

– J'avais pensé le remonter et le laisser sur sa table.»

Brunetti donna à cette idée le temps de réflexion qu'elle méritait et admit que c'était la meilleure solution.

Délaissant l'arme, Vianello revint à leur principal sujet de préoccupation.

«Le colonel m'a rappelé.

– Et alors?

– Il n'a rien à dire.

– Ce qui signifie?

– Ce qui signifie qu'il me l'aurait répété, s'il avait appris quelque chose, mais qu'ils n'ont rien voulu lui dire.

– Qu'est-ce qui te fait penser ça?»

Vianello chercha comment présenter sa réponse.

«Il était colonel, autrement dit habitué à ce que presque tout le monde lui obéisse. Je crois que ce qui s'est passé, c'est qu'on a refusé de lui dire pourquoi Targhetta était parti mais qu'il a honte de le reconnaître, alors il prétend qu'il ne peut pas révéler l'information... C'est sa façon de sauver la face, de faire croire que c'est sa décision, ajouta le sergent.

– Tu en es sûr?

– Non. Mais c'est l'explication la plus logique.»

Il y eut un nouveau silence, puis il ajouta:

«En outre, il me doit un certain nombre de services. Il l'aurait fait, s'il avait pu.»

Brunetti réfléchit à cela pendant quelques instants, songeant que Vianello devait de son côté s'y être attardé plus longtemps que lui.

«Qu'est-ce que tu en penses?

– À mon avis, ils ont surpris Targhetta en train de faire quelque chose d'irrégulier, sans pouvoir le prouver ; ou alors, ils ne voulaient pas de la publicité que leur vaudraient son arrestation et sa mise en accusation. Si bien qu'ils l'ont éjecté en douceur.

– Et mis ça dans son dossier ? »

Vianello acquiesça d'un grognement et reporta son attention sur le pistolet. Rapidement, avec les gestes d'un expert, il prit les pièces éparses et les emboîta les unes dans les autres. En quelques secondes, l'arme était remontée et avait retrouvé sa froide capacité à tuer. Il la posa de côté.

« J'aimerais bien qu'elle soit ici, dit-il.

– Qui ça ?

– La signorina Elettra. »

Brunetti, sans trop savoir pourquoi, trouva agréable qu'il en parle sans familiarité.

« En effet, elle nous serait utile, n'est-ce pas ? » Pris de court, soudain conscient à quel point il était devenu dépendant d'elle sur un plan pratique, au cours de ces dernières années, il demanda :

« Quelqu'un d'autre ?

– J'y ai pensé depuis qu'il a appelé, répondit Vianello. Il n'y a qu'une personne qui serait capable de le faire pour nous.

– Et qui ça ?

– Ça ne va pas vous faire plaisir, monsieur. »

Pour Brunetti, cette réserve ne pouvait vouloir dire qu'une chose – ou plutôt, qu'une personne.

« Je t'ai déjà dit que je préférais ne jamais rien avoir à faire avec Galardi. »

Stefano Galardi, propriétaire et PDG d'une société d'informatique, était allé à l'école avec Vianello, mais il avait depuis longtemps laissé au bord de sa route tout souvenir d'avoir grandi à Castello, dans une maison sans chauffage ni eau courante, depuis qu'il s'était envolé vers les sommets de la cyberfortune. Il avait escaladé l'échelle sociale en même temps que celle de l'argent, et était accepté, on peut même dire très bien accueilli, à toutes les tables de la ville, sauf, peut-être, à celle de Guido Brunetti pour avoir, un soir qu'il était ivre, fait des avances on ne peut plus claires à Paola. Jusqu'à ce que le mari de celle-ci, fort en colère et des plus sobres, le fiche à la porte. Cette histoire remontait à six ans.

Étant persuadé que Vianello, presque vingt ans auparavant, l'avait sauvé de la noyade après une soirée du Redentore particulièrement arrosée, Galardi avait servi d'intermédiaire, avant l'arrivée de la signorina Elettra, pour obtenir certaines informations d'ordre, disons, électronique. L'une des joies (et pas des moindres) que procuraient à Brunetti les prouesses de la signorina Elettra avec son ordinateur, était de l'avoir libéré de toute obligation vis-à-vis de Galardi.

Ils gardèrent tous les deux le silence pendant un bon moment, jusqu'à ce que Brunetti finisse par dire :

« Bon, appelle-le. »

Mais il quitta la salle, ne voulant pas rester pendant le coup de téléphone.

Sa curiosité fut satisfaite deux heures plus tard, lorsque Vianello vint dans son bureau, où il s'assit face à lui sans y être invité.

« Il ne lui a pas fallu plus de temps que ça pour trouver comment y entrer.

— Et ?

— C'est bien ce que je pensais. Ils l'ont pris à maquiller des preuves dans une affaire et ils l'ont mis dehors.

— Quelles preuves ? Et quelle affaire ? »

Vianello commença par répondre à la première question.

« La seule chose qu'il m'a donnée, en fait, a été la traduction du code. »

Voyant la perplexité de Brunetti, il ajouta :

231

« Vous vous rappelez, cette liste de numéros et de lettres, en bas du rapport ?

– Oui.

– Il a trouvé ce qu'elle signifiait. »

Vianello enchaîna sans obliger le commissaire à l'encourager.

« Ils s'en servent dans le cas où un membre de leur administration ne tient pas compte de preuves ou les dissimule, ou fait en sorte de modifier d'une manière ou d'une autre les conclusions d'une enquête.

– Et comment s'y prend-il ?

– Comme nous, répondit sans vergogne le sergent. On regarde ailleurs quand l'épicier oublie de donner un reçu fiscal. On ne se souvient plus comment a débuté une bagarre entre un policier et un civil. Des choses comme ça. »

Préférant ne pas s'appesantir sur ces exemples, notamment le second, Brunetti demanda ce que Targhetta, en l'occurrence, avait pu commettre comme faute.

« Plus précisément ?

– Il n'a pas pu le trouver. Ce n'est pas dans le dossier. »

Vianello laissa le temps à Brunetti de digérer le sens de cette information, puis ajouta :

« L'affaire était cependant bien celle de Spadini. Le nom n'y figure pas, mais le code de l'un des dossiers sur lesquels travaillait Targhetta est le même que celui de Spadini. »

Brunetti réfléchit. La vie lui avait appris à être on ne peut plus méfiant devant ce genre de coïncidence ; elle lui avait aussi appris à voir des coïncidences dans des conjonctions apparemment fortuites d'événements ou de personnes, et donc à s'en méfier tout autant.

« Pucetti ? »

Vianello secoua la tête.

« Je lui ai posé la question, monsieur, mais il ne sait

rien sur Targhetta ; il l'a simplement vu de temps en temps au bar.

– Avec Elettra ?

– Il ne me l'a pas dit, monsieur. »

Brunetti, déjà occupé à envisager diverses possibilités, dont celle de se rendre en personne à Pellestrina, ne se rendit pas compte à quel point la réponse du sergent était évasive. Au bout d'un moment, il demanda : « Crois-tu que l'ami de Bonsuan lui dirait quelque chose, s'il l'appelait ?

– Il n'y a qu'une manière de le savoir : demander à Bonsuan, dit Vianello avec un sourire. Il n'est pas de service, aujourd'hui, mais nous pouvons le joindre chez lui. »

Ce qui fut fait rapidement, et le pilote accepta d'interroger son ami. Mais il rappela dix minutes plus tard pour dire que celui-ci n'était pas chez lui et ne rentrerait que dans la soirée.

Du coup, Brunetti et Vianello se retrouvèrent sans rien avoir à faire, sinon bouillir sur place et s'inquiéter. Préférant se ronger les ongles devant son propre bureau, le sergent redescendit.

Brunetti se représentait volontiers les services qu'il devait et ceux qu'on lui devait comme un jeu de cartes que l'usage avait rendues graisseuses et cornées. Tu me dis ceci, et je te dis cela ; passe-moi la rhubarbe, je te passerai le séné. Écris une lettre de recommandation pour mon cousin, et je ferai en sorte que la demande d'anneau pour ton bateau soit en haut de la pile cette semaine. Assis à son bureau, le regard perdu dans le vague, il prit mentalement le paquet et se mit à parcourir les cartes. Il en trouva une, la mit de côté et continua de les passer en revue ; s'arrêta sur une deuxième, hésita, puis la remit dans le paquet, qu'il dévida jusqu'à la fin. Finalement, il revint à la carte qu'il avait sortie et l'étudia, cherchant à se rappeler quand il l'avait tou-

233

chée pour la dernière fois. En fait, ce n'était pas lui, mais Paola qui s'en était servie : elle avait consacré quelques jours à donner des cours intensifs à la fille de l'homme que représentait la carte en question, avant ses derniers examens de littérature, à l'université. La jeune fille avait décroché son diplôme avec mention : voilà qui justifiait amplement que Brunetti jouât cette carte.

Ce joker, Aurelio Costantini, avait quitté la Guardia di Finanza dans la plus grande discrétion, une dizaine d'années auparavant, après son acquittement dans un procès où il était accusé de complicité avec la Mafia. L'accusation était justifiée, mais les preuves insuffisantes, si bien qu'on avait mis le général au vert avec une retraite confortable, sans doute pour qu'il puisse jouir des bénéfices de tant d'années passées à servir ponctuellement deux maîtres.

Brunetti l'appela à son domicile et lui expliqua la situation. D'une manière courtoise mais tout à fait directe, il précisa que la Mafia n'avait rien à voir dans l'affaire. Le général, sans doute conscient que sa fille avait déposé une demande pour un poste de professeur à la Ca'Foscari, n'aurait pas pu avoir davantage envie d'aider Brunetti, et lui dit qu'il le rappellerait avant le déjeuner.

Homme de parole, le général reprit contact bien avant midi, pour dire qu'il allait retrouver un ami qui travaillait toujours à la Finanza et que, si Brunetti voulait les rejoindre d'ici une heure, il lui confierait une copie de tout le dossier interne de Targhetta.

Le commissaire appela chez lui et, soulagé de n'avoir à parler qu'au répondeur, laissa comme message qu'il ne viendrait pas déjeuner mais rentrerait ce soir à l'heure habituelle.

Le général, un homme à cheveux blancs qui ne manquait pas d'allure, avait le port rigide d'un ancien officier de cavalerie et élidait les *r*, comme il est de bon ton

234

de le faire dans les couches supérieures de la société, ou quand on veut y accéder. Il sirota un *prosecco* pendant que Brunetti, qui avait vu l'épaisseur du dossier déposé par le général sur le comptoir, entre eux, mangeait rapidement deux sandwichs en guise de déjeuner. Ils parlèrent, comme le faisaient tous les gens de la ville depuis trois mois, de la sécheresse persistante, exprimant l'un et l'autre le souhait le plus vif qu'il pleuve ; seule la pluie, en effet, pouvait nettoyer ces écuries d'Augias qu'étaient devenues les ruelles étroites de Venise.

Sur le chemin du retour à la questure, Brunetti s'attarda sur la bizarrerie de son propre comportement vis-à-vis des deux hommes qui lui avaient fourni les informations qu'il avait sous le bras : Galardi n'avait rien fait d'autre que se comporter comme tous ceux qui s'enivrent, et Brunetti ne voulait rien savoir de lui ; le général Costantini, dont la culpabilité ne faisait pas de doute, avait trahi l'État en vendant ses secrets à la Mafia, ce qui n'empêchait cependant pas le commissaire de le rencontrer en public, de lui sourire et de lui demander des services, sans jamais envisager de l'interroger sur les liens qu'il pouvait encore avoir avec la Guardia di Finanza.

Dès l'instant où il fut à son bureau, le dossier ouvert devant lui, il oublia toutes ces arguties jésuitiques et se plongea dans l'examen du dossier personnel de Carlo Targhetta. Âgé de trente-deux ans, celui-ci avait été membre de la Finanza pendant dix ans avant de « décider de donner sa démission », comme on le lisait sur l'un des documents. Vénitien de naissance, il avait été en poste à Catane, à Bari et à Gênes, avant d'être nommé à Venise trois ans auparavant, soit un an avant l'incident qui se solda par son départ. Tous ses supérieurs le couvraient de louanges, parlant de « sa dévotion au service » et de « son absolue loyauté ».

Une fois traduit en clair le langage administratif pétri

d'euphémismes, Brunetti comprit que, au moment de sa démission, Targhetta travaillait comme opérateur ayant pour rôle de répondre aux appels anonymes concernant les affaires de fraude fiscale. Il avait commis une erreur dans le compte rendu de l'un de ces appels : d'après la Finanza, c'était une erreur volontaire, alors que Targhetta prétendait qu'il s'agissait d'un oubli. La Guardia di Finanza, pour ne pas avoir à trancher, avait offert à Targhetta la possibilité de démissionner, ce que celui-ci avait fait, mais sans retraite.

Au dossier était jointe une cassette audio, comportant une date sur une étiquette ; sans doute celle, supposa Brunetti, du jour de l'appel qui avait précipité les événements. Agrafées à l'intérieur du cartonnage, il y avait également une série de fiches avec la même date en entête : un coup d'œil suffit à lui faire comprendre que c'étaient les transcriptions des enregistrements. Il descendit avec la cassette dans l'une des pièces où l'on enregistrait les interrogatoires, la glissa dans un lecteur et appuya sur « marche », tout en ouvrant le dossier.

Il y eut un long coup de téléphone, celui qui était retranscrit sur la première page ; une femme disait vouloir dénoncer son mari, un boucher, qui ne déclarait pas tous ses revenus. Son accent était du pur Giudecca, et la manière dont elle parlait de son époux trahissait une existence passée à remâcher des ressentiments. Pour Brunetti, tous les doutes sur ce qui pouvait motiver l'épouse furieuse furent balayés lorsque, s'emportant, elle hurla que ça allait enfin régler la question entre lui et *« quella puttana di Lucia Mazotti »*. Certaines de ses accusations les plus délirantes étaient pudiquement retranscrites par des lignes d'astérisques.

Les appels suivants provenaient de deux femmes âgées qui se plaignaient de leur marchand de journaux : il ne leur avait pas donné de reçu fiscal ! À quoi Targhetta leur avait répondu (avec beaucoup de patience, dut reconnaître Brunetti) que les marchands de journaux n'étaient pas obligés de donner ces reçus. Il avait pris soin de les remercier toutes les deux de faire leur devoir de citoyenne, même si le ton de Targhetta trahissait un certain désabusement, du moins aux oreilles du commissaire.

« Guardia di Finanza, dit la voix à présent familière de Targhetta.

– C'est bien le bon numéro où appeler ? » fit une voix d'homme au fort accent vénitien.

Brunetti avait remarqué, au cours des appels précédents, que Targhetta répondait toujours en italien, mais que si son interlocuteur s'exprimait en vénitien, il adoptait aussitôt le dialecte pour le mettre plus à l'aise. Ce qu'il fit, en demandant à son correspondant à quel sujet il appelait.

« À propos de quelqu'un qui ne paie pas ses impôts.

– Oui, c'est bien le bon numéro.

– Bon, il faut que vous preniez son nom.

– Je vous écoute, monsieur. »

Targhetta attendit la réponse, et il y eut un court silence.

« Spadini. Vittorio Spadini. De Burano. »

Il y eut un nouveau silence, plus long cette fois, puis Targhetta dit, sans la moindre trace d'accent vénitien dans la voix et d'un ton beaucoup plus officiel :

« Pouvez-vous m'en dire un peu plus, monsieur ?

– Ce salopard de Spadini en pêche pour une fortune tous les jours, répondit l'homme d'un ton tendu par la méchanceté ou la colère. Et il ne paie pas un centime d'impôt dessus. Il fait tout passer au noir, et il n'est donc jamais taxé. Je vous le dis, tout ce qu'il gagne est au noir. »

Dans les autres appels, Targhetta avait demandé davantage de détails sur la personne que l'on accusait : leur adresse, leur métier ou leur entreprise. Cette fois-ci, cependant, il posa une autre question :

237

«Pouvez-vous me donner votre nom, monsieur?»

Chose qu'il n'avait jamais faite jusqu'ici.

«Hé, je croyais que les appels étaient anonymes, à ce numéro? dit l'homme, tout de suite soupçonneux.

– En général, oui, monsieur, mais dans un cas comme celui-ci – vous avez bien parlé de grosses sommes, n'est-ce pas? – nous préférons être un peu plus certain de qui fait la dénonciation.

– Eh bien, moi, je ne vais pas vous donner mon nom, rétorqua l'homme d'un ton vif. Vous feriez mieux de noter celui de ce salopard. Vous n'aurez qu'à aller à la halle aux poissons de Chioggia au moment où il décharge; vous verrez ce qu'il a pris, vous verrez à qui il le vend.

– J'ai bien peur que nous ne puissions pas le faire tant que nous n'aurons pas votre nom, monsieur.

– Vous n'avez pas besoin de mon nom, espèce de salaud! C'est à Spadini qu'il faut vous en prendre!»

Sur quoi, l'homme avait brutalement raccroché. Puis il y avait eu un bref silence et de nouveau la voix de Targhetta s'était élevée: «Guardia di Finanza.»

Brunetti parcourut les pages restantes et constata qu'il y avait eu trois autres appels. Il rebrancha la cassette et les écouta tous intégralement en suivant les transcriptions.

Après avoir terminé la dernière page, il la retourna en s'attendant à voir la couverture du dossier. En fait, il y avait encore quelque chose: quelques feuilles volantes retenues ensemble par un trombone. Chacune avait un en-tête pour la date, l'heure, le nom de la personne dénoncée, et un emplacement, en bas, pour les initiales de l'officier qui avait pris l'appel. Il les compta et n'en trouva que six. Il y avait le nom du boucher, des deux marchands de journaux, et les noms donnés pendant les trois derniers appels, mais rien sur Spadini. Sept appels sur la cassette et sept sur les transcriptions, mais seulement six sur le relevé officiel, chacun portant, au bas, les initiales «CT» soigneusement écrites.

Il rembobina la cassette et, après quelques essais, retrouva le début de l'appel qui n'apparaissait pas parmi les relevés. Il l'écouta en entier, attentif à la voix du dénonciateur. Sa mère aurait identifié son accent sur-le-champ ; et si l'homme avait été de Venise, elle aurait même pu dire de quel quartier. Il semblait à Brunetti, à ses inflexions, qu'il devait venir de l'une des îles, peut-être de Pellestrina. Il fit de nouveau passer l'enregistrement, guettant la surprise dans la voix de Targhetta, lorsque celui-ci avait entendu prononcer le nom de Spadini. Surprise qu'il avait été incapable de dissimuler. C'était à partir de cet instant qu'il avait essayé de décourager le dénonciateur : il n'y avait pas d'autre façon de décrire son comportement. Plus l'homme cherchait à donner d'informations, plus Targhetta insistait pour qu'il révélât son nom – une exigence qui ne pouvait que décourager n'importe quel témoin, en particulier parce qu'il avait affaire à la Guardia di Finanza.

Il se dit que la Finanza avait fait preuve de sagesse en enregistrant les appels ; ce système permettait de surveiller les surveillants. Targhetta, ne le sachant pas, avait dû penser qu'il suffisait de ne pas remplir le relevé pour faire disparaître toute trace de cet appel. Et si jamais on lui mettait sous le nez l'appel manquant, si c'était ainsi que procédait la Finanza, il lui suffisait de dire que le relevé s'était perdu. De toute évidence, si les choses s'étaient passées ainsi, on ne l'avait pas cru : sinon, comment expliquer son brusque départ de cette administration, au bout de dix ans ?

Cependant, quelqu'un qui était resté une décennie à la Finanza ne pouvait pas être stupide au point de ne pas savoir que les appels étaient enregistrés, tout de même ! Brunetti n'ignorait pas, par expérience, que ce n'était pas parce que les appels étaient enregistrés qu'ils étaient forcément réécoutés. Targhetta s'était peut-être fié à l'incompétence bureaucratique, se disant que son omission passerait certainement inaperçue ; ou alors (en se basant sur le son de sa voix), peut-être avait-il été tellement pris de court qu'il avait réagi instinctivement et tenté de réduire le dénonciateur au silence sans penser aux conséquences.

Ne restait qu'une pièce du puzzle à mettre en place ; ou, pensa Brunetti en reprenant la feuille sur laquelle il avait disposé les noms des personnes impliquées dans l'affaire en tirant des lignes entre eux, il ne restait qu'une ligne à tracer, celle qui allait de Targhetta à Spadini. Rien de plus facile : la géométrie lui avait appris depuis longtemps que la ligne droite est le chemin le plus court entre deux points. Il n'en comprenait cependant pas mieux le rapport entre les deux hommes. Voilà qui allait dépendre de sa capacité à percer le silence des insulaires de Pellestrina.

23

Dès qu'il eut décidé qu'il lui fallait avoir un entretien avec Targhetta, Brunetti passa un bon moment à se demander s'il devait ou non appeler Paola et lui dire qu'il allait à Pellestrina. Il n'avait aucune envie de l'entendre remettre en question ses motivations, qu'il n'était d'ailleurs guère enclin à examiner lui-même. Autant demander à Bonsuan de le conduire et en finir. Le pilote, qui n'avait trouvé aucun programme de concours de chien de berger à la télé, ne se fit pas prier pour écourter son jour de congé.

Le commissaire ne voulut pas non plus se faire accompagner de Vianello, sans davantage analyser ce qui lui faisait prendre ce parti. En revanche, il rembobina la cassette audio, la glissa dans sa poche et s'arrêta en salle commune pour y emprunter un petit magnétophone sur batterie, au cas où, par miracle, il trouverait à Pellestrina quelqu'un qui accepterait de l'écouter, et – sait-on jamais – d'identifier la voix du dénonciateur.

Le temps était devenu plus frais et des nuages noirs s'accumulaient au nord, au point qu'on pouvait nourrir quelque espoir que la pluie finisse enfin par tomber. Pendant le trajet, il resta dans la cabine où il lut en détail le journal de la veille, puis une revue de bateau abandonnée par un des pilotes. Le temps d'atteindre Pellestrina, il savait tout sur les moteurs hors-bord de 55 chevaux, mais rien de plus sur Carlo Targhetta ou Vittorio Spadini.

Au moment où la vedette approchait du quai, il monta sur le pont et alla rejoindre Bonsuan dans la petite chambre de barre.

Le pilote se tourna, regardant vers la ville, et déclara laconiquement qu'il n'aimait « pas ça ».

« Quoi donc ? Venir ici ?

– Non, l'impression que j'ai.

– Qu'est-ce que tu veux dire ? demanda Brunetti, un peu agacé par ce folklore de marin.

– L'air. La sensation qu'il me donne. On dirait qu'il va y avoir la *bora*. »

Les prévisions météo du journal parlaient de beau temps et de températures en hausse, et Brunetti le lui rappela, mais Bonsuan eut un petit reniflement de dégoût.

« Je le sens, je vous dis. C'est la *bora*. On ne devrait pas être ici. »

Devant eux, un soleil éclatant faisait danser ses reflets sur l'eau calme. Brunetti ressortit de la chambre de barre au moment où le bateau accostait. Il n'y avait presque pas de vent, et, lorsque Bonsuan coupa le moteur, pas un son ne troublait le silence paisible du jour.

Brunetti sauta sur le quai et amarra la vedette, tout fier d'en être capable. Il laissa le pilote aller à la recherche d'autres marins pour parler de la météo et se rendit au village, dans le restaurant où avait commencé son enquête.

Lorsqu'il entra, il y eut une pause dans les conversations, puis elles redémarrèrent presque tout de suite, comme par une volonté générale de combler le silence créé par l'arrivée d'un commissaire de police. Brunetti s'avança jusqu'au comptoir, demanda un verre de vin blanc et regarda autour de lui en attendant qu'on le serve, sans sourire, mais sans avoir l'air pour autant d'avoir une raison particulière de se trouver ici.

Il adressa un signe de tête au serveur quand celui-ci lui apporta son verre et leva la main pour le retenir.

«Connaissez-vous un certain Carlo Targhetta?» demanda-t-il, décidant qu'il avait déjà perdu assez de temps à tenter de jouer au plus malin avec les habitants de Pellestrina.

Le barman inclina la tête pour bien faire savoir qu'il réfléchissait à la question, puis répondit que non.

«Jamais entendu parler de lui, monsieur.»

Avant que Brunetti eût le temps de s'adresser à un homme âgé qui se trouvait au bar à côté de lui, le serveur annonça à la cantonade, afin que tout le monde l'entende:

«Hé, est-ce que quelqu'un, ici, connaît un type qui s'appelle Carlo Targhetta?»

Ce fut un chœur de «Non, non monsieur, jamais entendu parler». Puis les conversations reprirent leur cours normal, mais Brunetti eut le temps de voir s'échanger quelques sourires complices.

Il reporta alors son attention sur son verre et tendit une main distraite vers un exemplaire d'*Il Gazzettino* plié en deux sur le bar. Il déploya la première page et commença à lire les manchettes. Progressivement, il sentit qu'il n'était plus l'objet de l'attention générale, en particulier après l'entrée d'un homme au visage épais qui annonça qu'il avait commencé à pleuvoir.

De la main gauche, le policier sortit le petit magnétophone de sa poche et le glissa sous le journal étalé sur le bar. Il avait pris soin de rembobiner l'enregistrement jusqu'à l'endroit où le dénonciateur accusait ouvertement Spadini et où son ton était devenu plus fort et coléreux. Il souleva un coin du journal pour regarder l'appareil dont il monta alors le volume à fond, puis il posa l'index sur le bouton «marche» et laissa retomber le journal sur sa main. Sans bouger son doigt de place, il souleva son verre et prit une gorgée de vin, l'air entièrement absorbé par sa lecture.

Trois hommes sortirent pour étudier le ciel, tandis

que ceux restés à l'intérieur faisaient silence en attendant leur retour et leurs commentaires.

Brunetti appuya alors sur marche.

Ce salopard de Spadini en pêche pour une fortune tous les jours. Et il ne paie pas un centime d'impôt dessus. Il fait tout passer au noir, et il n'est donc jamais taxé. Je vous le dis, tout ce qu'il gagne est au noir.

Le verre tomba de la main du vieil homme qui se tenait près de lui et explosa sur le sol.

«*Maria santissima!* s'exclama-t-il. C'est Bottin! Il n'est pas mort...»

Sa réaction noya l'échange suivant, sur la cassette, mais tout le bar put entendre Targhetta dire un peu plus loin, dans le silence figé qui suivit: ... *mais dans un cas comme celui-ci – vous avez bien parlé de grosses sommes, n'est-ce pas? – nous préférons être un peu plus certain de qui fait la dénonciation.*

«Oh *Dio,* fit le vieil homme, obligé de poser une main pour se soutenir, c'est Carlo.»

Brunetti passa une main sous le journal et appuya sur «arrêt», produisant un *clic* sonore qui ne fit que rendre le silence plus dense encore. Le vieil homme s'était tu, mais ses lèvres continuaient à bouger, comme s'il priait ou protestait.

La porte se rouvrit sur les trois hommes; ils avaient les épaules plus sombres et la tête mouillée par la pluie. Joyeusement, tels des enfants sortant de l'école en avance, ils s'écrièrent: «il pleut! Il pleut!» puis se turent brusquement, ayant senti le changement d'atmosphère de la salle.

«Qu'est-ce qui se passe?» demanda l'un d'eux, sans s'adresser à quelqu'un en particulier.

D'un ton de voix tout à fait normal, Brunetti dit alors:

«Ils m'ont parlé de Bottin et de Spadini.»

L'homme auquel il s'était adressé regarda autour de

lui pour avoir confirmation de cette énormité, mais tous détournaient le regard et gardaient le silence. Il s'ébroua, faisant tomber de l'eau de ses manches, s'approcha du bar et dit :

« Donne-moi une grappa, Piero. »

Le barman posa un verre devant lui et le remplit sans rien dire.

Les conversations reprirent peu à peu, mais à voix plus basse. Brunetti appela le barman et lui montra son voisin. Le barman posa un verre de vin blanc devant le vieil homme qui le prit et le descendit comme si c'était de l'eau, puis le reposa bruyamment sur le bar. Brunetti adressa un signe de tête au barman, qui remplit à nouveau le verre. Se tournant pour faire face à l'homme qui avait lâché le morceau, Brunetti demanda :

« Targhetta ?

– Son neveu, répondit le vieil ivrogne en avalant le deuxième verre.

– Le neveu de Spadini ? »

L'homme regarda Brunetti et tendit son verre au barman, lequel le remplit pour la troisième fois. Mais, au lieu de le boire, il le posa sur le comptoir et se mit à le contempler. Il avait les yeux larmoyants des gros buveurs, les yeux de quelqu'un qui se réveille pour se remplir un premier verre et s'endort avec le goût du vin sur la langue.

« Où est Targhetta, en ce moment ? demanda Brunetti en repliant le journal, comme si cette question était la plus anodine qui soit.

– À la pêche, probablement, avec son oncle. Je les ai vus sur le quai, il y a une demi-heure. »

Il fit la moue ; désapprobation de pêcheur, se dit Brunetti, qui attendit quelque remarque sur la *bora* et la sensation désagréable qu'elle donnait à l'air ; mais il s'était trompé.

« Ils ont encore dû prendre cette femme avec eux. Ça porte malheur, une femme sur un bateau. »

La main de Brunetti se crispa sur le journal.

« Quelle femme ? demanda-t-il, obligé de faire un effort pour garder une voix neutre.

– Celle qu'il baise. La Vénitienne.

– Ah », dit Brunetti, lâchant le journal pour prendre son verre. Il prit une gorgée de vin, adressa un signe de tête approbateur au vieil homme et au barman, puis se plongea une fois de plus dans le journal, comme s'il se désintéressait totalement de cette Vénitienne et de ce que Carlo pouvait bien faire avec elle, et trouvait les résultats des matchs de foot de la veille beaucoup plus intéressants.

Un éclair illumina les fenêtres, suivi peu après par un grondement de tonnerre si puissant que les bouteilles s'entrechoquèrent sur les étagères, derrière le bar. La porte s'ouvrit et un nouveau venu se glissa à l'intérieur, aussi mouillé qu'un phoque. Le temps qu'il ferme la porte, tous les bruits du bar furent noyés par le vacarme de la pluie battante, un vrai déluge qui faisait exploser les gouttières. Il y eut un autre éclair et tout le monde se raidit en attendant le coup de canon qui n'allait pas manquer de suivre. Il se prolongea pendant plusieurs secondes et, alors que les roulements commençaient à s'éloigner, ils furent remplacés par le hurlement violent de la *bora*, arrivant en force du nord. Même à l'intérieur du bar, tout le monde sentit la température qui dégringolait brusquement.

« Où peuvent-ils se trouver ? » demanda Brunetti au vieil ivrogne.

Celui-ci vida son verre et adressa un regard inquisiteur au policier, lequel fit signe au serveur, lequel remplit encore une fois le verre. Avant d'y toucher, l'homme répondit :

« Ça ne fait pas longtemps qu'ils sont partis. Ils ont probablement dû essayer de se mettre à couvert de ce truc. »

D'un coup de menton, il indiqua la porte et, au-delà des éclairs, le vent et la pluie qui avaient rendu la journée chaotique.

«Comment?» demanda Brunetti. Il lui fallait déployer de grands efforts pour garder sa peur sous contrôle, et avoir l'air de n'être que modérément intéressé par les chausse-trappes de la lagune et les hommes qui vivaient de ses ressources.

Le vieux reporta son attention vers le nouvel arrivant, qui était venu se placer à sa droite.

«D'après toi, Marco, où Vittorio a pu aller?»

Brunetti avait conscience du silence tendu qui régnait dans la salle; les pêcheurs attendaient de voir quel serait le suivant à imiter le vieil homme, le suivant à rompre leur pacte implicite et à adresser la parole au policier.

L'homme interrogé regarda le fond de son verre, mais quelque chose dit à Brunetti qu'il valait mieux s'abstenir de faire signe au serveur pour qu'il le remplisse; il se contenta d'attendre la réponse sans manifester d'impatience.

L'homme que le vieil ivrogne avait appelé Marco regarda son voisin. Après tout, c'était lui qui avait posé la question. Si le policier entendait la réponse, ce n'était pas sa faute.

«À mon avis, il va essayer d'aller à Chioggia.»

Une voix calme et mesurée s'éleva d'une des tables les plus éloignées.

«Il n'y arrivera jamais, pas avec la *bora*, et encore moins avec la marée qui vient derrière. Si jamais il s'approche de Porto di Chioggia, il sera entraîné vers la mer.»

Personne ne souleva d'objection, personne ne parla; on n'entendait que le vent et la pluie, leur bruit confondu en un même grondement puissant.

Un autre prit la parole, à une table plus proche.

« Vittorio est un salopard, mais il saura ce qu'il faut faire. »

Un troisième se leva à demi et tendit la main en direction de la porte.

« Personne ne sait ce qu'il faut faire, dans une merde comme ça ! »

À sa remarque coléreuse répliqua un nouvel éclair, plus proche et immédiatement suivi d'un roulement de tonnerre en cascade.

Quand il n'y eut plus que le martèlement de la pluie en bruit de fond, un des pêcheurs qui se tenaient près de la porte prit la parole.

« Si ça empire, ils vont sans doute essayer de s'échouer du côté de la Réserve. »

Brunetti avait passé pas mal de temps à étudier la carte de la lagune, se faisant montrer des points caractéristiques par Bonsuan ; il comprit tout de suite que l'homme faisait allusion à la Riserva di Ca'Roman, un banc de sable allongé, sans végétation, en forme de goutte pendue à l'extrémité sud du long doigt fin de l'île de Pellestrina.

« S'échouer ? » demanda Brunetti à son voisin, le vieil ivrogne.

La réponse de l'homme fut perdue dans le monstrueux grondement d'un coup de tonnerre qui parut ébranler tout l'édifice. Il recommença lorsqu'un silence relatif se rétablit.

« Il n'y a aucun appontement, mais il y a toujours la solution de lancer le bateau sur la plage.

– Mais pourquoi ne pas revenir ici ? »

L'homme secoua la tête d'un mouvement fatigué, soit pour dire qu'un exploit de ce genre était impensable dans de telles conditions, soit devant l'ignorance que supposait une telle question.

« Impossible. S'il essaie de faire demi-tour dans le canal, le vent et la marée pourraient le faire chavirer.

248

Non, la seule solution raisonnable, c'est d'essayer de s'échouer sur Ca'Roman. Déjà en 27, poursuivit-il comme s'il avait lui-même vécu la tempête historique, c'est ce qui est arrivé à Elio Magrini. Il s'est fait retourner comme une crêpe. On ne l'a jamais retrouvé, et ce qui restait du bateau ne méritait même pas qu'on le fasse renflouer.»

Il leva son verre, peut-être à la mémoire d'Elio Magrini, et le vida d'un seul trait.

Pendant tout ce temps, Brunetti avait envisagé les différentes options. Sous l'effet conjugué du vent soufflant du nord-ouest et de la marée descendante, l'étroite bande de sable qui reliait en temps normal Ca'Roman et Pellestrina devait déjà être largement sous l'eau. Ils ne pouvaient s'y rendre que par bateau, ce qui signifiait – si le vieil homme avait dit vrai – qu'il allait falloir échouer la vedette de la police.

«Vous pensez sérieusement qu'elle les a accompagnés? Avec ce temps?» s'étonna Brunetti, du ton le plus faussement désinvolte qu'on puisse imaginer.

La bouffée d'air que le vieil ivrogne souffla entre ses lèvres serrées exprimait le dégoût que lui inspirait non seulement la folie de la signorina Elettra, mais de toutes les femmes en général. Sans ajouter un mot, il se repoussa du bar d'une main mal assurée et alla s'asseoir à l'une des tables.

Brunetti déposa quelques milliers de lires sur la table, glissa le magnétophone dans sa poche et se dirigea vers la porte. Il ne l'avait pas atteinte que celle-ci s'ouvrait violemment, mais personne n'entra; seuls le vent et la pluie la faisaient battre obstinément contre le mur. Brunetti s'avança sous les trombes d'eau et referma avec soin le battant derrière lui.

Il fut trempé sur-le-champ, tellement vite qu'il n'eut même pas le temps de s'en inquiéter ou de songer à un moyen de se protéger. Il était bien sec, et une seconde après, mouillé de la tête aux pieds, les chaussures pleines d'eau, comme s'il venait de marcher dans un lac. Il reprit la direction des quais et, espérait-il, de Bonsuan. Il eut bientôt besoin de s'abriter les yeux de la main, tant était violent le vent qui les remplissait de pluie et l'aveuglait. Sa progression se trouvait ralentie par le poids supplémentaire de l'eau qu'il transportait avec lui, qui tirait sur sa veste et ses souliers.

Une fois quitté l'abri relatif des maisons qui s'alignaient côté lagune de la rue, le vent redoubla, à croire qu'il voulait le jeter à terre. Par chance, les lampadaires qui éclairaient le quai s'étaient allumés automatiquement, tant le jour s'était assombri, et il put s'avancer jusqu'à la vedette. Il était obligé de progresser lentement, ce qui lui évita de perdre l'équilibre lorsque son pied heurta le bollard auquel était amarré le bateau.

Il s'agrippa à deux mains à la tête métallique en forme de champignon, se pencha vers ce qui devait être le bateau et appela Bonsuan. Comme il n'y avait aucune réaction, il se pencha pour tirer sur l'aussière ; elle était molle dans sa main et il se rendit compte que, poussé par le vent, le bateau était venu se frotter au quai. Il monta donc dessus et, aveuglé par une rafale soudaine chargée de pluie, trébucha et tomba contre le flanc de la cabine. Bonsuan ouvrit la porte, passa le nez dehors et, voyant qu'il s'agissait de Brunetti, l'aida à entrer. Là, à l'abri de la pluie, le commissaire comprit que le bruit de la tempête, l'eau fouettant le quai, le vent hurlant dans les haubans, tout cela avait rendu le pilote sourd à tous les autres bruits. Il lui fallut d'ailleurs quelques instants pour s'habituer au silence relatif de la cabine.

« Tu crois que tu pourras te déplacer là-dedans ? lança-t-il à Bonsuan, criant pour couvrir le bruit de la pluie.

– Qu'est-ce que vous voulez dire, se déplacer ? demanda le pilote, ne voulant pas croire ce qui était pourtant évident.

– Jusqu'à Ca'Roman.

– Ce serait de la folie. C'est impossible de sortir par un temps pareil.»

Comme pour prouver qu'il avait raison, un paquet de pluie vint s'abattre contre les fenêtres côté tribord de la cabine, noyant les voix comme les pensées.

«Il faut attendre que ce soit fini pour repartir.» Bonsuan devait crier, à présent, tant le vent hurlait.

«Ce n'est pas de repartir que je te parle.»

Bonsuan eut peur d'avoir mal compris.

«Quoi?

– Elettra est avec eux. Sur le bateau de Spadini. On m'a dit qu'ils sont partis à la pêche.»

Le visage de Bonsuan se raidit, sous l'effet de la surprise ou de la peur.

«Je les ai vus! En tout cas j'ai vu un bateau, un bateau de pêche. Il est passé il y a une vingtaine de minutes. Deux hommes, et une autre personne qui se penchait sur le bastingage et qui tirait une corde de l'eau. Vous pensez que c'est elle?»

Brunetti acquiesça. C'était plus facile que de parler.

«Il faut être cinglé pour sortir par ce temps, reprit Bonsuan.

– Quelqu'un m'a dit qu'ils allaient probablement essayer de s'échouer du côté de Ca'Roman.

– Pour ça aussi, faut être cinglé, cria Bonsuan. Qui vous a raconté ça?

– L'un des pêcheurs.

– Un pêcheur d'ici?

– Oui.»

Bonsuan ferma les yeux, donnant l'impression d'étudier la carte des îles et des chenaux de ce secteur. Un peu plus au sud, s'ouvrait la passe connue sous le nom de Porto di Chioggia, large de un kilomètre; mais elle était cependant étroite, par rapport à la lagune, et formait un goulot d'étranglement dans lequel s'accélérait le courant descendant, en particulier quand des vents violents venus du nord se mettaient de la partie. Dans une tempête comme celle d'aujourd'hui, il aurait été suicidaire de vouloir traverser cette passe avec une embarcation aussi légère que la vedette de la police. Même un chalutier de la taille de celui que Bonsuan avait vu passer aurait eu de gros ennuis. Avant ce chenal, il y avait cependant une dernière langue de terre, un sanctuaire où nichaient les oiseaux et où se dressaient les ruines d'un fort. Même si un marin arrivait à jeter son bateau sur cette plage, rien ne disait que les vagues ne l'en arracheraient pas pour l'expédier en pleine mer en contournant la pointe de l'îlot.

Bonsuan rouvrit les yeux.

« Vous en êtes sûr ?

– Quoi ? Qu'elle est à bord ? »

C'était le Bonsuan bourru, parfois irascible qu'il venait de retrouver.

« Non, je n'en suis pas sûr. C'est l'un des pêcheurs, dans le bar, qui m'a dit qu'il l'avait vue avec eux sur le quai.

– Il pourrait s'agir de n'importe qui », marmonna Bonsuan, plus pour lui-même que pour Brunetti. Il passa devant son supérieur, ouvrit la porte de la cabine et s'avança dehors. Là, il ferma les yeux et tendit les mains devant lui, tel un Indien écoutant la voix d'un dieu. Sans ouvrir les yeux, il tourna la tête d'un côté, puis de l'autre, cherchant à détecter quelque chose que Brunetti ne pouvait entendre.

Il revint dans la cabine et ordonna à son patron de sortir prendre les gilets de sauvetage. Brunetti, sans hésiter, lui obéit ; quand il revint, un instant plus tard, il n'était ni plus ni moins mouillé qu'avant. Il regarda comment s'y prenait le pilote, et s'attacha comme lui.

« Très bien, dit Bonsuan. Il va y avoir une accalmie, puis ça va devenir encore pire. »

Comment le pilote savait-il cela, voilà qui était une énigme pour Brunetti ; mais il ne douta pas une seule seconde que ce ne fût la pure vérité.

« Je vais nous amener là-bas. Si on peut s'échouer près du chenal, je devrais pouvoir faire ensuite machine arrière, au moins avant que le vent n'empire. Quand nous arriverons à Ca'Roman, il faudra vous servir du projecteur pour les repérer, eux ou le bateau. S'ils se sont échoués, j'essaierai de me mettre bord à bord avec eux.

– Et s'ils ne sont pas là-bas ?

– J'essaierai de faire demi-tour et de nous ramener entiers ici. »

Un instant, se souvenant de l'histoire d'Elio Magrini, Brunetti fut tenté de demander au pilote s'ils devaient prendre un tel risque, puis y renonça. Il remonta les mains en coupe le long de son visage et sur sa tête pour chasser l'eau qui lui dégoulinait dans les yeux.

Bonsuan lança le moteur, brancha le projecteur et enclencha les essuie-glaces, mais ni l'un ni les autres ne leur donnèrent une meilleure visibilité dans l'obscurité grandissante et le déluge d'eau. S'en souvenant au dernier moment, Brunetti courut détacher l'aussière du bollard, la roulant ensuite approximativement autour d'un des taquets du plat-bord. Puis il retourna dans la chambre de barre et se plaça derrière Bonsuan. Il voulut, de sa manche détrempée, essuyer la buée de condensation, sur le pare-brise ; mais à peine était-elle enlevée qu'elle se déposait de nouveau et opacifiait le vitrage ; il devait l'essuyer continuellement.

Bonsuan appuya sur une autre commande et un courant d'air s'éleva de la base du pare-brise, débarrassant enfin celui-ci de la buée. Le pilote dégagea lentement le bateau du quai, ce qui ne l'empêcha pas de faire une lourde embardée sur la gauche, comme s'il avait été frappé par une main géante, et Brunetti alla valser contre

253

le côté de la petite cabine. Bonsuan affermit sa prise sur la roue de barre, pesant de tout son poids sur la droite pour lutter contre la force du vent.

Une écume grise et sale s'abattit sur le pare-brise ; la porte de la chambre de barre s'ouvrit et se referma brutalement. Le vent les repoussait constamment vers la gauche. Bonsuan appuya sur une autre commande et le puissant projecteur, à la proue du bateau, fit ce qu'il put pour percer l'obscurité chaotique, devant eux. À peine le faisceau avait-il dégagé quelques mètres devant eux qu'une autre gifle d'écume rugissante faisait disparaître l'espace.

L'un des battants de la porte vint heurter Brunetti dans le dos, mais, protégé par son gilet de sauvetage, c'est à peine s'il sentit le coup. Pas plus qu'il n'avait conscience de la température, qui continuait de dégringoler sous le souffle glacé de la *bora*. Le bateau fit une nouvelle embardée à gauche et, une fois de plus, Bonsuan le ramena dans ce qui était (lui semblait-il) le milieu du chenal. Ils entendirent alors un énorme craquement en provenance du pont arrière, et un espar fracassa la fenêtre tribord de la cabine ; il effleura la main de Brunetti et tomba aux pieds des deux hommes.

Il dut s'approcher de l'oreille de Bonsuan pour hurler.

« Qu'est-ce que c'était ?

– Je ne sais pas. Une cochonnerie qui se trouvait dans l'eau. »

Brunetti regarda l'espar, qui n'était rien de plus qu'un fragment de bois à moitié pourri, de la taille d'une bouteille. Il l'expédia dans un coin d'un coup de pied rageur, mais le mouvement de roulis qui suivit immédiatement le fit revenir au milieu de la chambre de barre. La pluie passait à flots par la vitre brisée, trempant Bonsuan et abaissant encore la température de la chambre de barre.

« Oh, mon Dieu, oh, mon Dieu ! » entendit-il Bonsuan

murmurer. Le pilote donna un soudain coup de barre à gauche, puis tout aussi rapidement à droite, ce qui ne les empêcha pas de sentir un coup puissant porté à bâbord.

Brunetti se pétrifia, s'attendant à ce que le bateau coule, ou du moins commence à s'enfoncer dans l'eau. Supposant que Bonsuan n'avait pas d'idée plus précise que lui sur ce qui s'était passé, il ne prit pas la peine de l'interroger. Il y eut d'autres coups sourds, moins forts, mais la vedette continua d'avancer alors que le vent paraissait forcir encore, les poussant toujours vers la gauche.

Sortie de nulle part, une forme se profila à bâbord et Bonsuan se laissa littéralement tomber sur la barre, pesant dessus de tout son poids pour faire virer le bateau vers la droite. La forme disparut puis il y eut, venant de l'arrière, un craquement énorme, aussi puissant qu'un coup de tonnerre, et le bateau partit en toupie, mais lourdement, comme s'il était soudain aussi imbibé d'eau que les vêtements de Brunetti.

Bonsuan donna un coup de barre à gauche et même Brunetti sentit que la vedette avait du mal à répondre.

«Qu'est-ce qui s'est passé?

— On a heurté quelque chose. Sans doute un bateau», répondit le pilote tout en continuant à peser sur la barre. Il poussa les gaz à fond; le moteur se mit à gronder, mais Brunetti eut l'impression que le bateau n'avançait pas plus vite pour autant.

«Qu'est-ce que tu fais?

— Il faut nous échouer, dit Bonsuan, penché en avant pour essayer de distinguer quelque chose.

— Où ça?

— Sur Ca'Roman, j'espère. Je n'ai pas l'impression que nous l'avons dépassé.

— Et dans le cas contraire?»

En guise de réponse, Bonsuan se contenta de secouer

la tête, mais Brunetti n'aurait su dire si c'était pour rejeter cette possibilité ou les conséquences éventuelles de la fausse manœuvre.

Bonsuan enfonça un peu plus la commande des gaz, mais, même si le grondement du moteur s'amplifia encore, il n'y eut aucun effet sur leur vitesse. Une vague vint s'écraser sur l'étrave, par tribord, inondant le pont et la paroi extérieure de la chambre de barre. Elle passa par la vitre brisée et les aspergea de la tête aux pieds.

«Là, là, là!» cria Bonsuan. Brunetti se pencha pour essayer de voir quelque chose à travers le pare-brise, mais il ne distinguait qu'un mur gris opaque, sans faille, devant eux. Bonsuan se tourna pour lui jeter un coup d'œil.

«Ne sortez pas tant que nous n'aurons pas touché. À ce moment-là, allez sur le pont. Ne vous jetez pas à l'eau par le côté, mais allez à l'avant, et sautez le plus loin possible. Si vous tombez dans l'eau, continuez à avancer, et quand vous serez hors de l'eau, ne vous arrêtez pas.

– Où sommes-nous?» ne put s'empêcher de demander le commissaire, même si la réponse ne pouvait pas signifier grand-chose pour lui.

Il y eut un nouveau et terrifiant craquement. Le bateau s'arrêta comme s'il venait de se heurter à un mur, et les deux hommes furent précipités à terre. La vedette s'inclina sur tribord, et de l'eau pénétra par la vitre brisée. Brunetti se remit sur pied et attrapa Bonsuan, qui avait une longue entaille au côté de la tête et réagissait lentement, comme s'il se déplaçait sous l'eau. Une deuxième vague passa par la fenêtre et s'abattit sur eux.

Brunetti se baissa pour aider Bonsuan, mais celui-ci se releva finalement tout seul, non sans difficulté à cause de l'inclinaison du plancher.

«Ça va, j'ai rien», dit-il.

256

L'un des battants de la porte ne tenait plus que par un seul gond, et Brunetti dut donner un coup de pied dedans pour l'ouvrir. Lorsqu'il tira Bonsuan dehors, il se retrouva avec de l'eau venant de partout. Se souvenant des consignes données par le pilote, il aida celui-ci à monter sur la partie surélevée du pont, devant la chambre de barre, puis se hissa derrière lui.

Les vagues s'acharnaient sur le bateau échoué, secouant le pont agité de soubresauts sous les pieds des deux hommes, tandis que Brunetti tentait d'aider Bonsuan à tenir debout. Pas à pas, ils s'avancèrent en vacillant vers la proue et le projecteur qui trouait à peine l'obscurité. Une fois arrivé au bastingage, sans un instant d'hésitation ni un regard en arrière, Bonsuan sauta lourdement dans l'eau, disparaissant dans la grisaille.

Une vague fit tomber Brunetti à genoux ; il s'agrippa au socle du projecteur pour essayer de se tenir ; mais une autre vague, plus forte encore, le frappa par-derrière et l'envoya s'étaler sur le pont. Il se remit à genoux, puis debout, et retourna à la proue. Au moment où il prenait son élan pour bondir, un troisième et énorme rouleau le percuta dans le dos, le catapultant cul par-dessus tête dans les ténèbres hurlantes de la tempête.

24

Si Bonsuan et Brunetti étaient arrivés un peu plus tôt à Pellestrina, ils auraient vu, en passant à la hauteur du quai de San Pietro in Volta, une signorina Elettra rayonnante et impatiente, en pantalon de lin bleu marine, sur le pont d'un gros bateau de pêche s'apprêtant à appareiller, pendant que Carlo et l'homme qu'elle avait toujours entendu appeler Zio Vittorio finissaient de faire le plein de carburant. Elle avait vaguement conscience (en admettant qu'elle pût avoir conscience de quoi que ce soit d'autre que de Carlo quand elle était en sa compagnie) de la présence d'un banc de nuages bas se profilant derrière les clochers et les tours de la ville, à peine visibles à l'horizon. Cependant, lorsqu'elle se tournait vers les eaux de l'Adriatique, invisibles au-delà des maisons basses de Pellestrina et de la digue qui protégeait l'île, elle ne voyait que de petits nuages blancs joufflus, dans un ciel d'un bleu tellement transparent que le spectacle ne faisait qu'ajouter à son bonheur, pourtant déjà considérable. Lorsque Vittorio quitta la station d'essence, la vedette de la police était déjà à son mouillage sur le quai de Pellestrina ; et le temps que le chalutier passe devant ce quai, en direction du sud, Brunetti, dans le bar, prenait sa première gorgée de vin.

Il aurait été exagéré de dire que la signorina Elettra avait peur de Zio Vittorio, mais également faux d'affirmer qu'elle se sentait à l'aise en sa présence ; sa réac-

258

tion se situait quelque part entre les deux. Cependant, comme il s'agissait de l'oncle de Carlo, elle arrivait en général à ignorer son impression. Zio Vittorio s'était toujours montré parfaitement amical avec elle, avait toujours paru content de la voir dans la maison de Carlo et à sa table. La description qui se rapprocherait peut-être le plus de ce qu'elle ressentait serait de dire que, lorsqu'elle s'entretenait avec Vittorio, elle avait toujours le sentiment qu'il pensait avec une satisfaction secrète aux autres endroits de la maison dans lesquels elle avait pu se trouver avec Carlo.

Il n'était pas très grand, Zio Vittorio, à peine plus qu'elle, et il avait le même physique tout en muscles que son neveu. Comme il avait passé l'essentiel de sa vie en mer, il avait le visage tanné et couleur d'acajou, ce qui faisait paraître ses yeux gris (les mêmes, disait-on, que ceux de sa sœur, la mère de Carlo) encore plus clairs. Il coiffait ses cheveux qui se raréfiaient en arrière, longs sur la nuque, les maintenant en place à l'aide d'une pommade parfumée à la cannelle mais sentant aussi la limaille de fer. Il avait des dents parfaites : un soir, à la fin du repas, il avait cassé des noix avec, souriant à Elettra quand il avait vu son expression de stupéfaction.

Il devait avoir la soixantaine, âge qui, aux yeux d'Elettra, le confinait par définition dans le néant, question catégorie sexuelle, et où toute manifestation d'intérêt dans ce domaine était embarrassante, sinon pire. Cependant, la conscience du sexe et de l'activité sexuelle semblait constamment affleurer, jusque dans ses remarques les plus anodines, comme s'il était incapable de concevoir un univers dans lequel les relations entre les hommes et les femmes pussent s'établir autrement. Ce vague malaise rôdait quelque part au fond d'elle-même, sous le frisson qui la traversait toujours à chaque fois qu'elle pensait à Carlo ; mais elle avait appris l'art de l'ignorer, en particulier par une journée comme celle-ci, quand le ciel, à l'est, était aussi prometteur.

Le lourd bateau s'engagea dans le chenal et mit cap au sud, repassant devant Pellestrina pour rejoindre le détroit de Porto di Chioggia, par où ils gagneraient la haute mer. La sortie n'était pas destinée à pêcher ; Vittorio avait dit à Carlo qu'il voulait procéder aux essais du moteur retapé qu'il venait de faire poser. Celui-ci tourna comme une horloge, au début de la sortie, mais juste au moment où ils arrivaient à la hauteur d'Ottagono di Caroman, Vittorio cria que quelque chose n'allait pas. Quelques secondes plus tard, il y eut un brusque changement de rythme et le moteur se mit à avoir des ratés, tandis que le bateau avançait par à-coups et non plus régulièrement.

Carlo alla aux nouvelles.

Vittorio coupa le moteur, puis essaya de le faire démarrer à plusieurs reprises.

« Des saletés dans l'alimentation, j'ai l'impression », déclara-t-il entre deux tentatives. Il donna un dernier coup de démarreur, et cette fois le moteur repartit, retrouvant le rythme régulier auquel ils étaient habitués.

« On dirait que tout va bien, dit Carlo.

– Humm... » marmonna Vittorio, prêtant plus d'attention au grondement du moteur, en réalité, qu'à ce que lui disait son neveu. Posant la main gauche à plat sur le tableau de bord, il poussa la manette des gaz à fond avec la droite. Le grondement se fit plus fort, mais soudain le moteur émit un rot sonore suivi d'une série de bruits d'étouffement, avant de s'arrêter complètement.

Carlo avait appris à ses dépens qu'il n'était ni un véritable pêcheur, ni un véritable mécanicien, même s'il commençait à être bien initié au premier de ces métiers. Dans un cas comme celui-ci, il s'en remettait entièrement à son oncle, à son expérience et à ses connaissances, et il attendit donc qu'il lui dise ce qu'ils

260

devaient faire. Le bateau ralentit et s'immobilisa sur l'eau.

Vittorio demanda à Carlo de ne pas bouger et de faire démarrer le moteur lorsqu'il le lui dirait; puis il alla au centre du pont, vers l'arrière, et disparut par l'écoutille qui donnait dans la chambre des machines. Au bout de quelques minutes, il cria à Carlo d'appuyer sur le démarreur. Il n'y eut qu'un clic sec, et rien ne se produisit. Carlo coupa donc le contact et attendit. Plusieurs minutes s'écoulèrent. La signorina Elettra vint jusqu'à la porte de la chambre de barre pour demander ce qui se passait; il lui sourit et répondit que ce n'était rien puis, d'un geste, lui indiqua de retourner à l'arrière pour ne pas rester dans leur chemin.

Vittorio lui cria d'essayer à nouveau et, cette fois-ci, le moteur démarra du premier coup, réagissant parfaitement à l'augmentation ou à la diminution des gaz. Vittorio se hissa de la cale et retourna dans la chambre de barre.

«L'alimentation, comme je le pensais. Tout ce que j'ai eu à faire... » mais il fut interrompu par la sonnerie de son portable. En le prenant, il fit signe à Carlo de le laisser seul.

Carlo quitta donc la chambre de barre en prenant garde de ne pas claquer la porte et se rendit à l'arrière où Elettra, se tenant des deux mains au bastingage de poupe, tournait son visage vers le soleil. Le moteur ronronnait bruyamment, rendant l'approche du jeune homme silencieuse, mais lorsqu'il fut derrière elle et la prit à deux mains par la taille, elle ne manifesta aucun signe de surprise. Au contraire, elle se laissa aller contre lui. Il se pencha pour l'embrasser sur le sommet du crâne, enfouissant son visage dans la masse désordonnée des boucles de la jeune femme. Les yeux fermés, il resta ainsi, se balançant contre elle à un rythme régulier. C'est à ce moment-là qu'il entendit un grondement sourd qui n'avait rien à voir avec les bruits du moteur, et il ouvrit les yeux. Il constata qu'à sa gauche les monuments les plus hauts de la ville, visibles au loin à leur départ, ce matin, venaient de disparaître sous un banc de nuages bas qui avait déjà gagné Pellestrina et se dirigeait à présent vers leur bateau.

«Oh, mon Dieu!» s'exclama-t-il. L'effroi dans son ton fit qu'Elettra ouvrit à son tour les yeux, pour tomber sur le spectacle d'un mur noir roulant vers eux. Instinctivement, elle serra les bras contre son buste et recula contre Carlo. Il tourna la tête vers la cabine: son oncle était toujours en grande conversation au téléphone, les regardant tous les deux, mais regardant aussi la tempête qui approchait, derrière eux, à une vitesse terrifiante.

Vittorio fit une dernière remarque, referma le portable et le remit dans la poche de sa veste. Le geste raide, il ouvrit la porte et cria à Carlo de venir le retrouver dans la cabine.

Quittant Elettra, le jeune homme se dirigea vers son oncle; à ce moment-là, il sentit le bateau déjauger sous ses pieds, comme si une main géante l'avait à la fois soulevé et propulsé vers l'avant, l'entraînant dans le mouvement. Il se tourna et vit Elettra qui se tenait fermement au bastingage.

Il ouvrit la porte.

«Qu'est-ce qu'il y a?»

Au lieu de lui répondre, son oncle le prit par les revers de sa veste et le tira vers lui.

«Je t'avais dit qu'elle nous vaudrait que des ennuis, celle-là!» gronda-t-il. Une fois, deux fois, il tira violemment sur les revers de la veste et, lorsque le jeune homme essaya de se libérer, il le tira encore plus près de lui.

«Son patron est ici, dans le bar. Ils sont au courant pour Bottin et pour le coup de téléphone.»

Complètement pris au dépourvu, Carlo protesta :

« Qui sait quoi ? La Finanza ? Ils l'ont toujours su. Pourquoi crois-tu qu'ils m'ont fichu dehors ?

– Non, pas la Finanza, imbécile ! rétorqua Vittorio, criant pour lutter contre le vent qui s'était levé et poussait le bateau par la poupe. La police ! Son patron, là, le commissaire, il a l'enregistrement avec lui, et il l'a fait passer dans le bar, et cet ivrogne de Pavanello n'a rien trouvé de mieux que de gueuler que c'était avec Bottin que tu parlais ! »

Il relâcha les revers et chassa Carlo d'une claque, envoyée du dos de la main.

« Il faudrait qu'ils soient très cons pour ne pas comprendre que c'est moi qui les ai tués. »

Depuis que Carlo avait expliqué à sa famille pourquoi il avait dû démissionner de la Finanza, il avait toujours redouté que son oncle n'exerce une sorte de vengeance, s'y attendant même plus ou moins. Mais de l'entendre le déclarer aussi ouvertement fut un choc pour lui.

« Ne dis pas ça, je ne veux pas le savoir ! » protesta-t-il. Derrière lui, la porte de la cabine claquait sous l'effet du vent, et il sentait de la pluie sur ses épaules.

Vittorio eut un geste en direction de l'arrière.

« Qu'est-ce que tu lui as raconté ?

– Rien ! »

Le vent et les claquements du battant noyèrent la réplique de Vittorio, mais la rage visible qui l'animait avait largement de quoi inquiéter Carlo.

« Tu savais très bien où elle travaillait. Sa gourde de cousine l'a dit à tout le monde. Je t'avais averti de ne pas t'en approcher, mais monsieur est le plus malin ! Qu'est-ce qu'on va en faire, maintenant ? »

Le vent se déchaînait sur eux, emportant dans ses tourbillons toute pensée cohérente, dans l'esprit de Carlo, pour les disperser sur la mer, ne le laissant qu'avec une seule idée, celle d'Elettra. Il bondit hors de la chambre de barre et se précipita, avançant laborieusement, jusqu'à la jeune femme qui n'avait pas osé lâcher le bastingage. Elle tremblait tandis qu'il passait ses bras autour d'elle et que le ciel déversait sur eux une cataracte d'eau.

Vacillant, il libéra un de ses bras pour s'agripper au bastingage et, sans avoir vraiment conscience de ce qu'il faisait ni pris la décision de se déplacer, il la serra plus étroitement contre lui de son bras gauche ; puis, la tirant et la dirigeant, il l'entraîna vers la porte de la cabine, qu'il ouvrit d'un coup d'épaule, et le couple entra en trébuchant à l'abri pour être brutalement propulsé contre la paroi gauche par un coup de roulis venu de tribord.

La vague suivante envoya Elettra valser contre Vittorio, qui se contenta de la repousser d'un coup de coude pour s'agripper des deux mains à la roue. Carlo regarda par le pare-brise ; les essuie-glaces s'escrimaient en vain contre les trombes d'eau qui s'abattaient sur le vitrage. Avec l'obscurité qui était survenue en quelques instants, les trois projecteurs étaient impuissants et on ne distinguait rien, sinon la pluie et la menace panachée de blanc des vagues et de l'écume.

Le vacarme de la tempête montait de partout, lorsque soudain le hurlement du vent s'amplifia, noyant tous les autres bruits. Carlo sentit ses cheveux se hérisser sur sa nuque, mais il prit conscience de la sensation et de la vague de peur qui l'inondait avant de se rendre compte de la raison de ce brusque changement : le moteur s'était tu.

Il vit, sans rien entendre, Vittorio enfoncer le démarreur du pouce, la main à plat sur le tableau de bord pour sentir les vibrations qui lui indiqueraient si le moteur se remettait à tourner. À plusieurs reprises, il enfonça le bouton ; une seule fois, Carlo crut discerner un faible battement rythmique à travers le plancher. Mais il ne dura que quelques instants. Il vit le gros pouce carré presser, relâcher, presser ; et soudain, par les pieds, Carlo sentit le moteur qui s'ébrouait et commençait à brasser l'eau sur un rythme décalé.

La main de Vittorio revint à la roue de barre. Il se mit sur la pointe des pieds pour obtenir un maximum d'effet et pesa de tout son poids pour la faire tourner vers la gauche. À un moment donné, la roue résista et le souleva presque du plancher. Carlo passa devant une Elettra pétrifiée et, s'emparant de l'une des poignées de la roue, ajouta son poids à celui de son oncle. Le bateau réagit, et ils sentirent son assiette changer tandis que, obéissant à son gouvernail, il virait pesamment à gauche.

Carlo n'avait aucune idée de l'endroit où il se trouvait ni de ce que son oncle avait l'intention de faire. Le jeune homme ne pensa pas un instant à la carte, à Ca'Roman ou à Porto di Chioggia, à la passe par laquelle ils risquaient d'être entraînés dans l'Adriatique et ses vagues mortelles. Bien calés sur leurs jambes écartées, les deux hommes poursuivirent la manœuvre ; puis Vittorio lâcha la roue de sa main droite et poussa les gaz à fond. Toujours par les pieds, Carlo sentit les battements du moteur s'accélérer, mais ce qu'il percevait du monde extérieur était tellement confus qu'il ne détecta aucun changement d'allure dans le bâtiment. Puis il sentit, en même temps, le moteur qui calait et le bateau qui s'arrêtait brutalement, le projetant sur la roue de barre, son oncle sur lui. Il eut le temps d'apercevoir Elettra, projetée contre la paroi par le choc initial, rebondir dessus et être éjectée sur le pont par la porte ouverte de la cabine. Puis il y eut un énorme craquement qui fit trembler tout le bateau, suivi d'un calme soudain.

Carlo repoussa son oncle et se remit sur ses pieds. Il avait vaguement conscience d'une douleur au côté gauche, mais n'était inquiet que pour Elettra. La douleur le submergea dès qu'il fit un pas, mais il l'ignora et franchit le double battant de la cabine. Il se retrouva sous les détonations assourdissantes du tonnerre, les grondements et hurlements de la pluie et du vent. Dans la lumière qui passait par la porte de la cabine, il vit la jeune femme agenouillée sur le pont, déjà en train de se relever. Une vague vint se briser à l'arrière du bateau et balaya le pont, la faisant retomber et glisser en avant jusqu'à ce qu'elle se heurtât aux pieds de Carlo. Il voulut se pencher pour l'aider à se relever, mais l'élancement douloureux reprit de plus belle et il se pétrifia sur place, craignant soudain pour lui et, à cause de ça, pour elle.

Tandis qu'il la regardait, impuissant, le temps s'arrêta. Elettra se souleva sur un genou et leva la tête pour le regarder. Elle essaya de repousser ses cheveux de la main gauche, mais, comme ils étaient trempés de pluie et d'eau de mer, elle ne put que les rabattre sur le côté. Il se souvint de l'avoir vue dormir, une fois, le visage à moitié caché par ses cheveux de la même façon – puis la porte de la cabine explosa contre son dos. Vittorio venait de faire irruption sur le pont.

Tout se passa si vite que Carlo n'aurait pu l'arrêter, même s'il n'avait pas été paralysé par la douleur qui lui brûlait tout un côté et par la peur que tout mouvement ne l'amplifie. Vittorio se jeta sur Elettra, hurlant et rageant, tenant des propos qu'aucun des deux ne comprenait. Il la prit par les cheveux de sa main gauche, la repoussant de côté sans cesser de hurler. Il passa la main droite dans sa veste et, quand elle en ressortit, elle tenait son couteau à vider les poissons. Il brandit alors son arme de toute sa hauteur et frappa. Sans doute visait-il le visage ou le cou.

Carlo agit avant de penser. Agrippé d'une main au bastingage, il lança le pied, sans viser, à l'instinct. Sa botte atteignit le poignet de son oncle juste au moment où le bras armé passait à hauteur du visage de celui-ci, le repoussant contre lui. La lame entailla la manche gauche de la veste de Vittorio, lui ouvrant le bras et le poignet, puis coupa les cheveux qu'il tenait toujours aussi serrés dans son poing, frôlant le crâne de la jeune femme. Le vent emporta son hurlement en même temps que le couteau, qu'il avait lâché. La poignée de cheveux dansait follement au bout de sa main ensanglantée.

Il écarta alors les doigts et le vent lui arracha les cheveux. Il porta son bras blessé à son estomac et se tourna vers son neveu, comme s'il voulait se jeter sur lui, mais ce qu'il vit derrière Carlo lui fit faire volte-face et détaler vers l'avant du bateau, jusqu'à la proue. De là, il se jeta à l'eau sans un instant d'hésitation, protégeant son bras du mieux qu'il pouvait en le serrant contre lui. À cet instant la vague se brisa, renversant Carlo sur le pont et le projetant ensuite du côté incliné du bateau. Le reflux l'entraîna alors vers l'arrière, mais le corps d'Elettra lui barra le passage et ils se retrouvèrent sur le seuil de la chambre de barre, en partie à l'intérieur, en partie dehors, leurs corps emmêlés en une grotesque parodie du passé.

L'instinct prévalut une fois de plus chez Carlo, qui voulut se remettre debout et n'y réussit que lorsque Elettra, s'agenouillant à côté de lui, l'aida à se soulever. Le bruit rendant futile toute tentative pour se parler, il l'agrippa par le haut du bras et prit la direction de l'avant, ralenti par la douleur. Poussant, tirant, ils atteignirent la pointe de la proue et il la poussa par-dessus bord, sans même réfléchir. Les projecteurs, restés branchés, donnaient encore assez de lumière et il la vit plonger, puis revenir à la surface juste en dessous de lui. Il sauta derrière elle, se retrouva sous l'eau, refit surface et hurla son nom – sentant alors des doigts l'agripper par les cheveux et tirer sur lui comme s'il avait perdu toute notion des choses, même de la direction, et n'était plus capable de penser. Ses bras flottaient mollement le long de son corps et il se rendit compte qu'il était incapable de battre des jambes, qu'il n'avait pas la force de faire quoi que ce soit sinon se laisser ballotter dans le sillage de la main qui le tirait. Son pied heurta quelque chose, et ce contact l'irrita légèrement. L'apesanteur, en atténuant sa douleur au côté, était réconfortante ; il n'avait envie ni de nager, ni de se redresser, alors que flotter était tellement plus facile, si peu douloureux.

Mais il était incapable de résister à la main qui le tirait. Lorsque ses pieds, un instant, touchèrent le fond, la douleur prit cela comme un signal pour revenir. Frappant, entaillant, coupant, elle lui envahit tout le côté, le faisant se replier jusqu'à ce que ses pieds flottent librement, tandis que sa tête plongeait sous la surface. Mais la main, intraitable, raffermit sa prise sur ses cheveux et le tira d'un côté, de l'autre, en avant, loin de l'agréable sécurité des eaux profondes, du confort que lui procurait l'absence de poids. Il se laissa remorquer dans les remous sur un mètre, puis sur un autre ; soudain, il sentit qu'il ne pouvait aller plus loin. De la manière la plus logique – pensa-t-il –, il porta sa main droite à la main qui le tirait toujours et la tapota deux ou trois fois en disant, de sa voix la plus raisonnable :

« Merci, mais ça va comme ça. »

Comme les paroles du solitaire dans la forêt inhabitée, les siennes ne furent pas entendues, puis une vague énorme roula sur lui.

25

Telle une baleine échouée, Brunetti gisait sur le sable, incapable de bouger. Il avait ingurgité beaucoup d'eau et il était épuisé par la violente quinte de toux qui avait suivi. Alors qu'il était effondré sur la plage, sous la pluie, les vagues venaient flirter avec ses pieds et ses jambes, comme pour lui suggérer d'arrêter de se reposer et de venir nager et folâtrer dans l'eau. Mais il restait insensible à ces sollicitations. De temps en temps, et sans en avoir conscience, il enfonçait les doigts dans le sable et se hissait de quelques centimètres de plus pour s'éloigner du ressac joueur.

Sa panique diminua, puis le quitta lentement pendant qu'il reposait sur la terre ferme. Les hurlements du vent étaient toujours aussi violents, la pluie le fouettait toujours aussi brutalement, mais l'impression de solidité, sous lui, la sécurité de la plage, du sable de la terre-mère, tout cela finit par l'apaiser, lui donner le sentiment d'être au calme, protégé. Son esprit commença à dériver et il se prit à penser qu'il devrait porter son costume au nettoyage à sec, ou qu'il était peut-être fichu et ça l'embêtait parce que c'était son meilleur costume, celui qu'il avait pris pour aller témoigner à Milan, un an auparavant, dans une affaire de meurtre qui avait mis douze ans avant d'être jugée. Il songea alors que c'était bizarre de s'attarder sur des choses pareilles dans ces circonstances ; puis il réfléchit à sa capacité de juger de leur bizarrerie... Comme Paola allait être fière, elle qui l'accusait toujours d'avoir une vue simpliste des choses, quand il lui raconterait à quel point ses pensées étaient devenues complexes et souveraines, sur cette plage quelque part au-delà de Pellestrina. Elle lui ferait des reproches pour son costume, également, il en était sûr ; elle avait toujours affirmé que c'était le plus élégant de tous ceux qu'il possédait.

Il resta ainsi sous la pluie en pensant à sa femme et, au bout d'un moment, son évocation le poussa à ramener un genou sous lui, puis l'autre, pour finalement se relever. Il regarda autour de lui, et ne vit rien ; le bruit du vent et de la pluie lui emplissait toujours les oreilles. Il se tourna dans la direction par laquelle il pensait être arrivé, cherchant le bateau des yeux, ou au moins le projecteur resté branché lorsqu'il avait sauté à l'eau, mais il n'y avait que l'obscurité partout.

Il redressa la tête et cria : « Bonsuan, Bonsuan ! » dans la tempête. Seul le vent lui répondit, et il lança cette fois : « Danilo, Danilo ! » sans obtenir davantage de réaction. Il s'avança de quelques pas, les mains tendues comme un aveugle, tout en continuant d'appeler. Au bout d'un moment, sa main gauche heurta quelque chose : une surface plane qui s'élevait devant lui. Il devait s'agir du mur de Ca'Roman, le fort abandonné, qu'il ne connaissait jusqu'ici que comme un amer et un nom figurant sur la carte.

Il s'en rapprocha jusqu'à toucher le mur de la poitrine, puis tendit les bras de part et d'autre pour l'explorer. Toujours collé à la paroi, il se déplaça légèrement vers la droite, se tournant alors de côté pour pouvoir tendre les deux mains devant lui.

Il entendit un bruit derrière lui et s'immobilisa, non pas tant surpris par le bruit que par le fait d'avoir pu l'entendre. Il s'efforça de faire le vide dans son esprit et tendit l'oreille dans le vacarme de la tempête ; au bout de quelques instants, il eut la certitude qu'elle allait en diminuant. Puis il entendit nettement ce qui était le bruit du ressac, le grondement de tonnerre d'une vague s'abattant sur le sable. Il lui sembla, tandis qu'il restait ainsi aux aguets, que le vent soufflait aussi moins fort ; en même temps, il se mit à avoir plus froid, mais cela tenait peut-être à ce qu'il n'était plus autant sous le choc. Il défit son gilet de sauvetage et le laissa tomber à terre.

Il fit quelques pas de plus, mains toujours tendues devant lui, les doigts aussi délicats que des tentacules d'escargot. Soudain, la surface plane disparut sous sa main gauche, et lorsqu'il explora le vide rectangulaire et dur, il comprit rapidement qu'il avait affaire au linteau, à l'entrée d'une porte. Il en évalua les proportions au toucher, des deux mains, toujours sans rien voir ; puis il avança un pied prudent au milieu, à la recherche d'une marche, soit pour monter, soit pour descendre.

Il y avait bien des marches, et elles descendaient. S'appuyant des deux mains à ce qui lui faisait l'effet d'être un passage étroit, il les descendit, une, deux, puis trois, pour se retrouver alors dans un espace plus dégagé, qu'il explora d'un pied toujours aussi prudent.

Dans le silence relatif, maintenant qu'il était coupé du vent, ses autres sens se remirent en route et il fut submergé par une puanteur d'urine, de moisissure et de quelque chose d'autre. Loin des coups de boutoir du vent, il aurait dû avoir plus chaud, mais il avait plutôt l'impression du contraire, comme si le silence, à l'intérieur de l'édifice, donnait plus de force pénétrante au froid et à l'humidité.

Il se tint là, immobile, tendant l'oreille vers le vide devant lui et le lieu où il conduisait ; mais aussi vers l'arrière, vers les marches et la tempête qui diminuait d'intensité. Il se déplaça sur sa droite jusqu'à ce qu'il touche une paroi, puis se tourna pour s'appuyer contre la pierre, réconforté par sa stabilité. Il resta ainsi un long moment, jusqu'à ce que, regardant dans la direction de ce qu'il pensait être l'entrée, il vît de la lumière filtrer de l'extérieur. Il revint sur ses pas, et quand il y eut assez de clarté, leva le poignet à hauteur de son visage pour consulter sa montre. Elle fonctionnait encore. Il constata avec étonnement que l'après-midi était loin d'être écoulé. Il continua d'avancer vers les marches, à présent éclairées, attiré par la promesse de la lumière et par le silence qui semblait régner à l'extérieur.

Il émergea dans une splendeur radieuse : à l'ouest, le soleil se rapprochait langoureusement de l'horizon, jouant à cache-cache avec les quelques nuages que la tempête avait oubliés, éparpillés ici et là, avant de partir, et jetait sur les eaux calmées de la lagune les moirures de ses reflets. Il se tourna vers l'est, et vit, encore à proximité de la côte, l'arrière-garde de la tempête, cheminant dans un désordre violent vers les côtes de ce qui était autrefois la Yougoslavie, comme s'il lui tardait de voir quels autres dégâts elle allait pouvoir provoquer.

Un violent frisson secoua Brunetti, à croire que les effets conjugués de la faim, du stress et de la baisse de température avaient soudain décidé de frapper. Serrant les bras contre son buste, il partit droit devant lui en appelant Bonsuan, mais toujours en vain. D'après ce qu'il pouvait voir, le bout de terre sur lequel il se trouvait était entouré sur trois côtés par les eaux, une étroite crête sablonneuse repartant vers le nord. Son examen récent de la carte de la lagune lui permit de comprendre qu'il devait se trouver près de la réserve d'oiseaux de Ca'Roman, même si les animaux que le sanctuaire était censé protéger étaient invisibles, sans aucun doute obligés de s'envoler ou d'aller se mettre à couvert ailleurs à cause de la tempête.

Il se tourna et vit alors les ruines du fort, vers lesquelles il retourna ; peut-être la bâtisse comportait-elle d'autres entrées, et le pilote avait-il trouvé refuge ailleurs. À la gauche de celle qu'il avait utilisée, il s'en trouvait effectivement une deuxième. Là, l'escalier partait vers le haut; il grimpa l'unique volée de marches, avec l'espoir que le mouvement ramènerait un peu de chaleur dans son corps glacé, mais il ne trouva ni chaleur, ni Bonsuan. Retournant à l'extérieur, à l'endroit d'où il était parti, il ne vit toujours rien. Un peu plus loin sur sa gauche, il y avait une troisième entrée, conduisant, celle-ci, vers le bas.

Il lança le nom du pilote dès qu'il fut dans l'encadrement. Un bruit, peut-être une voix, lui répondit, et il descendit les quelques marches. Bonsuan était assis contre le mur, juste en bas, l'arrière du crâne appuyé aussi dessus, son corps recroquevillé illuminé par les rayons du soleil qui cascadaient jusqu'à lui. Lorsqu'il s'approcha du vieux pilote, Brunetti remarqua la pâleur de son visage, mais constata aussi que la coupure qu'il avait au front ne saignait plus. Comme lui, Bonsuan avait jeté son gilet de sauvetage.

«Allez, viens, Bonsuan, dit-il d'un ton qui se voulait chaleureux et responsable. Sortons d'ici et retournons à Pellestrina.»

Bonsuan sourit pour signifier son assentiment et commença à se relever, aidé par Brunetti. Une fois debout, le pilote parut ne pas avoir de problème d'équilibre.

«Comment tu te sens? demanda Brunetti.

– Je vous raconte pas le mal de tête, répondit le pilote avec un sourire, mais au moins, ça me permet de savoir que j'ai encore une tête.»

Il se dégagea de la main de Brunetti et attaqua les marches. Arrivé en haut, il se retourna pour lancer: «Bon Dieu, vous parlez d'une tempête! Jamais rien eu de pareil depuis 1927!»

Comme l'ombre de Bonsuan bloquait la lumière, dans l'escalier, Brunetti baissa les yeux pour repérer la première marche avant d'y poser le pied.

Lorsqu'il releva la tête, ce fut pour voir qu'une branche venait de pousser dans le corps du pilote. Avant même de prendre conscience de l'absurdité de la chose, la panique qu'il avait éprouvée pendant la tempête lui retomba dessus. Les branches ne poussent pas du corps des hommes ; des morceaux de bois ne dépassent pas d'une poitrine d'homme. Sauf si on les y a fait entrer par le dos.

Son cerveau en était encore à tenter de comprendre cette information que son corps bougeait déjà. Il laissa tomber la réflexion, le raisonnement de cause à effet, la capacité de tirer des conclusions, bref, toutes ces choses censées définir l'humanité. Il bondit dans l'escalier, bouche ouverte, émettant le grognement d'un fauve qui montrerait agressivement les dents. Bonsuan se tourna, tout en douceur, lentement, comme un marié s'apprêtant à embrasser la mariée, et s'effondra sur les marches, vers l'intérieur. Il pivota pendant sa chute, et son poids était tel que Brunetti ne pouvait espérer l'empêcher de tomber. Le morceau de bois qui dépassait de sa poitrine, un bout d'espar effilé qui avait peut-être fait autrefois partie d'une rame, ou venait tout simplement d'une branche cassée, se prit dans la laine de son pantalon et laissa une marque rouge sur ses cuisses.

Instinctivement, Brunetti comprit qu'il ne pouvait plus rien faire pour le pilote et il continua d'escalader les marches, se retrouvant dans la lumière déclinante d'une fin d'après-midi tranquille de printemps. Devant lui se trouvait un homme de petite taille, trapu, à la poitrine en forme de barrique, l'un des deux individus qu'il avait vus dans la boutique de la signora Follini ; il se tenait les mains levées, dans une pose de lutteur s'apprêtant à se jeter sur son adversaire. Il avait été pris de court par le cri puis par la soudaine apparition du policier, mais il retrouva rapidement ses esprits et fonça sur Brunetti, jambes écartées, son corps compact étant une menace en soi. Sa main gauche rougeoyait dans la lumière du soleil couchant.

Brunetti n'avait pas d'arme. Depuis qu'il était adulte, la parole et l'astuce avaient constitué l'essentiel de son arsenal et il avait eu rarement besoin de se défendre physiquement, en tant que policier. Cependant, élevé à Venise dans une famille pauvre, avec un père alcoolique et violent, il avait appris très tôt à se défendre ; non seulement contre son père, mais contre tous ceux qui se moquaient de lui à cause du comportement de ce dernier. Le Brunetti civilisé tomba le masque et le Brunetti enfant de la rue donna un violent coup de pied à l'agresseur, bien ajusté entre les jambes.

Spadini se plia en deux et s'effondra sur le sol avec un hurlement qui n'en finissait pas, se tenant inutilement les parties génitales à deux mains. Il resta là, gémissant et sanglotant, paralysé par la douleur. Brunetti courut au bas de l'escalier et mit doucement Bonsuan sur le dos ; le pilote le regarda avec de la surprise dans les yeux. Brunetti ouvrit sa veste et prit le couteau à cran d'arrêt dans la poche droite de son pantalon, là où il l'avait vu le remettre si souvent – cent fois, mille fois, depuis plus d'années que n'en comptait Chiara. Puis il remonta l'escalier en courant.

Le pêcheur gisait toujours sur le sol ; ses gémissements n'avaient pas cessé. Regardant autour de lui, Brunetti vit un sac en plastique qu'il alla ramasser et, s'aidant du couteau de Bonsuan, découpa en lanières. Puis il écarta les bras de Spadini et lui ramena brutalement les mains dans le dos. Sans ménagement, décidé à lui faire mal, le policier lui attacha les poignets ensemble ; il trouva un autre sac en plastique et recommença, sans s'inquiéter de savoir s'il serrait trop fort. Il essaya d'écarter les bras de l'homme, pour vérifier, mais le lien tenait bon. Ce n'était pas les sacs de ce genre qui manquaient, sur la plage, et le troisième, coupé également en lanières, lui permit d'attacher les chevilles de Spadini. Puis, se rappelant un article lu dans un rapport d'Amnesty International, il fabriqua une tresse de plastique pour relier l'attache des poignets à celle des chevilles, jusqu'à ce que l'homme se retrouve cambré, dans une position que Brunetti espérait encore plus pénible qu'elle n'en avait l'air.

Plus lentement cette fois, il redescendit à l'intérieur du fort en ruine pour retrouver Bonsuan. Il savait parfaitement qu'il fallait éviter de toucher le corps de la victime d'un meurtre tant que le médecin légiste n'en avait pas déclaré le décès, mais il se pencha sur le vieux pilote et lui ferma néanmoins les yeux, gardant les doigts posés sur ses paupières pendant quelques longues secondes. Quand il releva la main, les yeux restèrent fermés. Il fouilla ensuite les poches du pantalon de Bonsuan, puis celles de son blouson isolant, à présent ensanglanté, jusqu'à ce qu'il eût trouvé son portable.

Il ressortit et composa le 112. Le téléphone sonna quinze fois avant que quelqu'un décroche. Trop fatigué pour faire des commentaires, Brunetti déclina son identité et son rang, puis expliqua où il se trouvait, donnant un bref compte rendu de la situation et demandant qu'une vedette ou qu'un hélicoptère soit dépêché au plus vite sur les lieux.

« Vous êtes chez les carabiniers, commissaire, expliqua le jeune policier qui avait répondu. Il vaudrait peut-être mieux appeler vos propres services. »

Le froid glacial qui avait pénétré Brunetti jusqu'aux os passa dans sa voix.

« Officier, il est à présent dix-huit heures trente-sept. Si votre main courante n'indique pas que vous avez fait appel à une vedette ou à un hélicoptère dans les deux minutes qui suivent, vous allez le regretter. »

Tout en parlant, il imaginait les plans les plus délirants, comme trouver le nom de l'homme et s'arranger pour que le père de Paola, usant de son influence, menace de le faire mettre dehors, ou dire aux autres pilotes qu'il avait refusé d'aider Bonsuan.

Avant d'arriver jusqu'à la fin de sa liste, l'homme avait cependant répondu un «Oui, monsieur» précipité et raccroché.

De mémoire, Brunetti composa le numéro de Vianello.

«Vianello, fit une voix au bout de trois sonneries.

– C'est moi, Lorenzo.

– Qu'est-ce qui se passe?

– Bonsuan est mort. Je suis à Ca'Roman, à côté du fort.»

Il marqua une pause, mais le sergent attendait simplement la suite.

«Je tiens le type qui l'a tué. Il est ici.»

L'homme, effectivement, gisait à ses pieds, le visage empourpré à force de lutter contre la tension des liens qui le maintenaient dans cette position douloureuse, où il était incapable de faire quoi que ce soit. Brunetti le regarda et l'homme ouvrit la bouche, pour protester ou pour implorer.

Le policier lui donna un coup de pied. Il ne visa aucun endroit particulier, pas plus la tête que le visage. Il lança simplement son pied droit au hasard, et celui-ci atterrit à la jonction de l'épaule et du cou. Le pêcheur poussa un grognement, puis se tut.

Brunetti revint à Vianello.

«J'ai déjà appelé pour qu'on m'envoie une vedette ou un hélicoptère.

– Qui ça?

– Le 112.

– Ils sont nuls, décréta le sergent. Je vais appeler Massimo, et nous y serons dans une demi-heure. Où êtes-vous, exactement?

– Juste devant le fort, répondit Brunetti, sans s'inquiéter de savoir qui était Massimo ni de ce qu'allait faire Vianello.

– J'arrive.»

Sur ce, le sergent raccrocha.

Brunetti remit le portable dans sa poche, oubliant de le couper. Sans un regard pour l'homme au sol, il alla s'asseoir sur une énorme pierre posée le long du fort, et s'adossa au mur de celui-ci, tourné vers l'ouest, le visage réchauffé par les derniers rayons du soleil. Il retira les mains de ses aisselles et tendit les paumes vers l'astre, comme s'il se réchauffait au coin d'un feu. Il se demanda s'il ne ferait pas mieux d'enlever sa veste, mais c'était un effort trop grand, même s'il se doutait qu'il aurait plus chaud sans tout ce poids de tissu mouillé sur lui.

Il attendit que quelque chose se produise. Le pêcheur ficelé gémissait et gigotait par moments sur le sol, mais sinon, rien ne se produisait. Brunetti ne le regardait que de temps en temps, et seulement pour s'assurer que ses poignets et ses chevilles étaient toujours aussi solidement attachés. À un moment donné, il se dit qu'il pourrait prendre l'une des pierres dispersées sur le sol et frapper l'homme à la tête ; il lui suffirait de raconter que Spadini l'avait attaqué après avoir tué Bonsuan et qu'il n'avait trouvé que ce moyen pour en venir à bout, dans la bagarre qui avait suivi. Brunetti se sentit troublé d'envisager un tel acte, mais ce qui le troubla le plus fut de se rendre compte qu'il y avait renoncé, au moins en partie, à l'idée que les marques, laissées par les liens sur les poignets et les chevilles de l'homme, trahiraient la réalité.

Lentement, emportant la chaleur de la journée avec lui, le soleil se posa, comme s'il s'abandonnait, sur la ligne plate et grise de la côte. Au nord, la pénombre de plus en plus grande faisait disparaître les remparts hérissés de tours et de spires agressives de cette horreur, Marghera. Il entendit le bourdonnement d'une mouche. Tendant l'oreille, il comprit bientôt que ce n'était pas une mouche, mais le bruit lointain d'un moteur, bruit aigu et brutal, se rapprochant à toute vitesse. Une vedette de la questure ? Vianello et l'héroïque et mystérieux Massimo ? Brunetti n'avait aucune idée de qui allait être son sauveur ; il pouvait d'ailleurs tout aussi bien s'agir d'une embarcation qui passait, taxi ou bateau de quelqu'un qui sortait du travail et se pressait de rentrer chez lui, maintenant que la tempête était terminée et le calme rétabli. Il pensa un moment à quel point ce serait réconfortant de voir Vianello, Vianello le costaud et le coriace – puis il se souvint que le sergent était le meilleur ami de Bonsuan, à la questure.

Le pilote était le père de trois filles : l'une était médecin, la deuxième architecte et la dernière avocate. Et c'était avec son salaire de pilote dans la police qu'il les avait éle-vées, qu'il avait payé leurs études. Cependant, Bonsuan était toujours le premier à offrir de payer les cafés ou les verres, et la rumeur, parmi les policiers, voulait qu'ils aient aidé, lui et sa femme, une jeune Bosniaque qui avait fait ses études de droit avec la plus jeune de leurs filles, et à qui il ne restait plus que deux examens à passer pour décrocher son diplôme. Brunetti ignorait si c'était vrai, et sans doute, à présent, ne le saurait-il jamais. Ça n'avait guère d'importance, en vérité.

Le bourdonnement se rapprocha, puis s'arrêta, et il entendit une voix masculine l'appeler par son nom.

26

Brunetti se remit lourdement debout, éprouvant, pour la première fois de sa vie, un coup de semonce en provenance du territoire de l'âge. C'était donc ainsi : la hanche douloureuse, les muscles des cuisses qui tirent, le sol instable sous ses pieds et la prise de conscience écrasante que, franchement, rien de tout ça ne valait le mal qu'on se donnait. Il partit vers la plage, soit dans la direction de la voix qui avait crié son nom. Son soulier se prit dans une plante rampante, et il trébucha ; trois pas plus loin, il eut un mouvement de recul lorsqu'un oiseau s'envola à ses pieds avec beaucoup d'agitation, sans doute pour l'éloigner de son nid.

Protéger les jeunes, protéger les jeunes... et qui allait protéger les filles de Bonsuan, même si elles n'étaient plus des gamines ? Il entendit un bruit en provenance de la direction opposée et leva les yeux, espérant voir Vianello. C'était la signorina Elettra. Ou du moins, une jeune femme dépenaillée qui lui ressemblait énormément. Elle avait perdu une des manches de sa veste, et on voyait son mollet à travers la longue déchirure de son pantalon. Un de ses pieds était nu et avait une écorchure sanglante sur le dessus. Mais ce furent ses cheveux qui l'étonnèrent le plus, car ils étaient coupés au ras de son crâne sur toute une zone au-dessus de son oreille droite. Ce qu'il en restait se dressait comme les poils sur la tête des jeunes jaguars, en à peine plus longs.

«Vous allez bien ?» demanda-t-il.

Elle leva la main vers lui.

«Venez le chercher. Je vous en prie.» Elle n'attendit pas sa réponse et repartit dans la direction d'où elle était probablement venue. Il remarqua qu'elle s'appuyait davantage sur son pied droit, celui qui était chaussé.

«*Signore*», entendit-il Vianello dire derrière lui.

Brunetti se tourna. Le sergent était en jean et avait enfilé un lourd chandail de laine. Il en portait un second sur le bras. Derrière lui se tenait un autre homme en civil, un fusil de chasse dans les mains : Massimo, sans aucun doute, l'homme sur qui avait compté Vianello pour arriver le plus vite possible ici.

«Il y a un type à terre, à côté du fort. Surveillez-le», lança le commissaire à l'homme au fusil. Puis il fit signe à Vianello et se remit à suivre la signorina Elettra.

La plage était jonchée de toutes sortes de débris, de ces centaines de choses qui remontent du fond de la lagune à chaque tempête et se décomposent sur les plages jusqu'à ce qu'une autre tempête les expédie à nouveau dans leur décharge marine. Il y avait des bouées de sauvetage en morceaux, d'innombrables bouteilles en plastique, certaines ayant encore le bouchon solidement vissé dessus ; de grands pans de filets de pêche, des chaussures, des bottes, des couverts en plastique – assez pour équiper un bataillon. À chaque fois que Brunetti voyait un morceau de bois, fragment effilé de rame ou de branche, il détournait les yeux, préférant regarder les bouteilles et les gobelets en plastique.

Quand ils la rejoignirent, elle était agenouillée sur le sable, en bordure de l'eau. Échoué sur le haut-fond, juste devant elle, il y avait un chalutier. Le côté bâbord était à demi-enfoui dans le sable et l'eau, autour du bâtiment, se couvrait d'une couche noirâtre de gazole.

En les entendant approcher, Elettra leva la tête.

«Je ne sais pas ce qui est arrivé. Mais il a disparu.»

Vianello s'approcha d'elle, lui posa le chandail sur les épaules et tendit la main pour l'aider à se relever. Elle l'ignora et se débarrassa du chandail qu'elle laissa tomber sur le sable.

Vianello s'accroupit à côté d'elle. Avec des gestes un peu contraints, il ramassa le pull-over et le lui remit sur les épaules, prenant soin de nouer les manches sous le menton de la jeune femme.

«Allez. Venez avec nous, maintenant», dit-il. Il se leva et l'entraîna avec lui par la main.

Brunetti voulut parler, mais s'arrêta au bruit d'un moteur en provenance de Pellestrina. Tous les trois, tels des poulets sur leur perchoir, tournèrent la tête vers le grondement aigu annonçant l'arrivée des carabiniers.

Elettra se mit à trembler de manière incontrôlable.

Debout sur le sable, ils attendirent l'approche de la vedette. Elle décrivit une courbe serrée, le pilote coupa le moteur et l'embarcation alla s'arrêter à quelques mètres de la plage. Trois carabiniers en gilet pare-balles se tenaient à la proue, braquant des fusils dans la direction du petit groupe. L'homme à la barre reconnut alors Vianello et cria aux autres d'abaisser leurs armes; ce qu'ils firent, mais apparemment sans beaucoup d'enthousiasme.

«Que l'un d'entre vous vienne l'aider!» leur lança Brunetti, ignorant le fait que même son rang de commissaire ne lui donnait aucune autorité sur ces hommes.

«Il faut la conduire à l'hôpital.»

Les trois carabiniers regardèrent le pilote, pour savoir ce qu'ils devaient faire. Celui-ci acquiesça. Il n'y avait pas le moindre appontement, et ils allaient donc devoir sauter dans l'eau et patauger jusqu'à la plage. Pendant qu'ils hésitaient, la signorina Elettra se tourna vers Brunetti et dit:

«Mais je ne peux pas partir sans lui...»

Avant que Brunetti ait pu répondre, Vianello se tourna vers Elettra et la souleva, un bras sous ses épaules, l'autre sous ses genoux, puis s'avança dans l'eau jusqu'au bateau. Brunetti vit la jeune femme qui commençait à protester, mais les bruits d'éclaboussures noyèrent ses paroles comme la réponse de Vianello. Lorsque le sergent fut à côté de la vedette, l'un des carabiniers se pencha par-dessus bord et lui prit son fardeau des bras.

L'homme se redressa et Brunetti vit Vianello qui passait le bras par-dessus le plat-bord pour ajuster le chandail sur les épaules de la jeune femme ; puis le moteur redémarra et la vedette s'éloigna. Vianello, de l'eau jusqu'aux genoux, et Brunetti, depuis la plage, la regardèrent rapetisser, mais la signorina Elettra ne se tourna pas vers eux.

Le sergent revint sur la grève et les deux hommes retournèrent en silence auprès de Massimo et de son prisonnier. L'ami de Vianello s'était assis sur la pierre que Brunetti avait occupée un peu plus tôt, le fusil en travers des genoux. Quand il les vit arriver, l'homme ligoté se mit à crier, ordonnant qu'on le détache, mais les deux policiers l'ignorèrent.

«Bonsuan est là en bas», dit Brunetti avec un geste vers l'entrée et les quelques marches. On ne voyait pratiquement plus l'intérieur, maintenant que tombait le crépuscule.

«Passe-moi la torche, Massimo», demanda Vianello à son ami. L'homme prit une petite torche noire, mince et longue, dans l'une des multiples poches de sa veste de chasse et la tendit à Vianello.

«Attendez-nous», ajouta Brunetti.

Les deux policiers descendirent ensemble, Brunetti suppliant silencieusement l'Être en lequel il ne croyait pas de leur faire trouver un Bonsuan ressuscité dans le local en contrebas – blessé, sous le choc, mais vivant. Il avait depuis bien longtemps abandonné l'habitude, remontant à son enfance, de proposer un marché à Celui, quel qu'il fût, qui contrôlait ces choses, et demanda donc simplement que son vœu se réalise, sans rien offrir en échange.

Mais Bonsuan, s'il était incontestablement blessé, n'était pas vivant, et plus rien, jamais, ne le laisserait interloqué. Son dernier grand choc avait été la soudaine explosion de douleur dans sa poitrine lorsqu'il s'était tourné vers Brunetti en haut des marches, alors qu'il venait de plaisanter sur le fait qu'il avait encore une tête et s'émerveillait de la puissance de la tempête.

Vianello n'éclaira le visage de son vieil ami qu'un bref instant, puis laissa retomber la main. Le rond de lumière tombait à présent sur ses chaussures, une portion de sol couverte de détritus et l'épaule gauche de Bonsuan ; juste assez pour voir la pointe de bois ébréchée qui dépassait incongrûment de sa poitrine.

Au bout d'une minute, Vianello repartit vers les trois marches, prenant soin de ne pas éclairer à nouveau le visage du pilote. Brunetti le suivit. Une fois sur le seuil, ils virent que Massimo n'avait pas bougé, pas plus que le fusil, pas plus que le pêcheur ficelé.

« Je vous en prie, suppliait ce dernier, tout soupçon de menace ayant disparu de sa voix, je vous en prie... »

Vianello prit un couteau dans la poche arrière de son jean, l'ouvrit et s'accroupit à côté de Spadini. Brunetti se demanda, presque négligemment, si le sergent allait couper ses liens ou lui trancher la gorge, et découvrit que peu lui importait, dans un cas comme dans l'autre. Puis la masse de Vianello l'empêcha de voir ce qu'il faisait de son couteau. Le corps du pêcheur fut agité d'un soubresaut, et ses jambes se détendirent brusquement, détachées des poignets.

Il resta tranquille un moment ; la douleur que lui causait le moindre mouvement le faisait haleter. Immobile, il observait Vianello à travers la fente de ses yeux plissés. Le sergent referma son couteau et entama le mouvement pour le remettre dans la poche revolver de son jean. C'est à ce moment-là que Spadini choisit de frapper. Repliant les genoux contre sa poitrine, la respiration sifflante tant il lui était douloureux de contracter ses muscles courbatus, il frappa Vianello à hauteur de la taille de ses deux pieds attachés. Le sergent s'étala par terre de tout son long.

Spadini ramena ses genoux contre lui afin de frapper à nouveau, mais Massimo s'était levé et s'approchait, tenant le fusil à l'envers. Le pêcheur sentit sa présence et rallongea tranquillement les jambes dans une autre direction que celle de Vianello, lequel se remettait sur pied en chancelant.

«Très bien, très bien, j'arrête», dit Spadini avec un sourire. Massimo, aussi paisible que s'il plantait un piquet, brandit le fusil et le fit retomber, crosse la première, sur le nez de Spadini. Brunetti entendit le craquement, lorsqu'il se cassa : un son de broyage humide, comme lorsqu'on marche sur un cafard ou un gros coléoptère.

Spadini poussa un hurlement et se mit à rouler sur lui-même pour échapper à l'homme au fusil, les mains toujours prisonnières dans le dos. Sans se départir de son calme, Massimo pressa la crosse de l'arme contre une touffe d'herbes de dune qui se trouvait à ses pieds, la faisant aller et venir une demi-douzaine de fois dans la plante. Après quoi il l'inspecta, et la trouva suffisamment propre. Ignorant les sanglots de Spadini, dont le nez continuait à pisser le sang sur le sable, juste sous sa tête, Massimo alla reprendre place sur la pierre, contre le mur.

Il jeta alors un coup d'œil à Brunetti.

«J'avais l'habitude d'aller à la pêche avec Bonsuan.» Personne ne dit plus un mot jusqu'à l'arrivée d'un

véhicule tout-terrain des carabiniers, venu de Pellestrina, labourant le sable sans se soucier des destructions
qu'il provoquait dans les dunes ni des oiseaux en train
de couver qui ne pouvaient échapper à leurs roues.

27

Les carabiniers qui descendirent de la Jeep ne manifestèrent que peu de surprise devant le spectacle qui les attendait ; et lorsque Brunetti leur eut expliqué ce qu'il en était, leur intérêt pour cette histoire parut faiblir encore. L'un d'eux descendit dans le fortin ; quand il revint, il parlait déjà dans son portable pour appeler une ambulance afin qu'elle vienne chercher le corps.

En attendant, les deux autres avaient poussé Spadini dans la Jeep, sans prendre la peine de lui détacher les mains, le laissant adossé au siège arrière comme un paquet instable. Ni Brunetti ni Vianello ne voulaient abandonner le corps de Bonsuan, et ils refusèrent donc la proposition de retourner au poste des carabiniers, au Lido. L'un des trois hommes monta à l'arrière, à côté de Spadini, les deux autres à l'avant, et le véhicule repartit aussi vite qu'il était venu.

La carrure imposante de Vianello n'était plus cette promesse de réconfort animal dont avait rêvé Brunetti, et il s'éloigna du sergent pour s'avancer jusqu'au bord de l'eau. Vianello le laissa faire, préférant se tenir à la gauche du passage qui conduisait dans le petit fort. Pendant un moment, il observa un Brunetti immobile, tourné vers une ville immobile sur l'horizon, redevenue visible depuis que la tempête était passée. Ils étaient mouillés et glacés tous les deux mais n'y prêtèrent pas attention, jusqu'au moment où Massimo revint de son bateau en portant un caban pour Brunetti. Il aida le commissaire à enlever son veston et lui tint le vêtement sec pendant qu'il y glissait les bras. Brunetti laissa tomber son veston sur le sol. Au bruit d'une sirène signalant un bateau approchant du nord, Vianello s'intéressa aux nouveaux arrivants et abandonna son chef à ses réflexions.

Brunetti retourna vers le fort en entendant l'ambulance qui se garait. Ni lui ni Vianello ne descendirent dans la salle basse pour aider les ambulanciers à manœuvrer leur civière. Lorsque les deux hommes ressortirent, leur fardeau incliné dangereusement pour pouvoir négocier les marches et l'étroite entrée, le corps du pilote était recouvert d'un drap bleu qui le dissimulait, avec, presque en son centre, une étrange protubérance qui formait une pyramide pointue. Les deux hommes retournèrent à l'ambulance et firent glisser la civière par les portes arrière. Brunetti et Vianello montèrent à leur suite, déployèrent les sièges rabattables des deux côtés et s'installèrent. Pendant ce temps, Massimo regagnait son bateau pour le ramener à Venise. Les policiers n'échangèrent pas une parole pendant tout le chemin jusqu'au Lido, puis jusqu'à Venise sur le bateau-ambulance, en compagnie d'un Bonsuan aussi silencieux qu'eux.

À la questure, Brunetti lança la procédure visant à mettre Spadini en accusation pour le meurtre de Bonsuan. Comme le savait le commissaire, les preuves reliant le pêcheur aux trois meurtres – ceux des Bottin père et fils et de la signora Follini – seraient considérées comme purement circonstancielles, dans le meilleur des cas : on pouvait certes démontrer que l'homme avait eu un mobile, mais aucune preuve matérielle ne prouvait qu'il était l'auteur du triple assassinat. Il aurait sans aucun doute des alibis, des alibis évidemment apportés par d'autres pêcheurs qui, tous, jureraient que Spadini étaient avec eux quand les Bottin avaient été massacrés et lorsque la signora Follini s'était noyée.

Brunetti donna comme consigne au personnel de la morgue de ne pas toucher au pieu de bois qui avait tué Bonsuan et ordonna qu'un technicien aille y prendre les empreintes avant de le dégager du corps. Il était peu probable que, dans ce cas-là, Spadini puisse trouver un alibi.

Ses pensées se tournèrent ensuite vers la veuve de Bonsuan et ses trois filles, à présent orphelines de père. Les hommes règlent leurs comptes en s'entre-tuant, souvent pour défendre leur honneur – cette misérable marchandise de pacotille –, laissant aux femmes le soin d'en payer le prix. L'image d'une cinquième femme, la signorina Elettra, lui vint à l'esprit et il se demanda quel chagrin cela allait lui coûter. Chassant ces préoccupations, il se leva, quitta son bureau et, bien loin de toutes ces idées d'honneur, alla porter la mauvaise nouvelle à la veuve de Bonsuan.

Plus tard, chez lui, il expliqua à Paola, du mieux qu'il put, comment l'entrevue s'était passée.

« Elle n'arrêtait pas de répéter que tout ce qui lui restait c'était un an avant de prendre sa retraite, et que tout ce qu'il désirait c'était aller à la pêche et profiter de ses petits-enfants. »

Ces paroles lui revenaient constamment à l'esprit, collaient à lui comme les robes de feu qui avaient consumé la fille de Créon ; il avait beau tenter d'y échapper par tous les moyens, elles le rongeaient de leur brûlure.

Brunetti et Paola s'étaient installés sur la terrasse pour parler tandis que les enfants, tels des anachorètes, s'étaient réfugiés dans leur chambre pour préparer leurs examens de fin d'année. À l'ouest, les derniers feux du couchant s'étaient éteints depuis longtemps; ne restaient plus que les sons, et le souvenir d'une forme et d'une ligne.

«Qu'est-ce qu'elle va faire? demanda Paola.

– Qui, Anna?» Guido pensait encore à la veuve de Bonsuan.

«Non. Elle a sa famille. Elettra.»

Surpris par la question, il répondit qu'il ne savait pas, qu'il n'y avait pas pensé.

«Ce jeune homme... il est mort?

– On le cherche.» Brunetti n'avait aucune autre réponse à lui fournir.

«Qui ça, on?

– La Guardia di Finanza a envoyé deux bateaux sur place, en plus de notre vedette.

– Et alors?

– Ça m'étonnerait qu'ils le retrouvent. Pas après une pareille tempête.»

Paola ne voyait pas quel commentaire elle aurait pu faire à cette réponse, et demanda alors:

«Et l'oncle?»

Brunetti avait passé les dernières heures à réfléchir à la question.

«J'ai bien peur que nous ne trouvions jamais quelqu'un, à Pellestrina, pour dire qu'il sait quelque chose sur les meurtres. Même avec un type comme Spadini, ils ne parleront pas.

– Seigneur... et dire que nous accusons les Méridionaux de pratiquer l'omerta!» s'exclama Paola. Comme Brunetti ne réagissait pas à sa remarque, elle ajouta:

«Et pour Bonsuan?

– Là, il n'a aucun moyen de s'en sortir. Il va en prendre pour vingt ans», dit Brunetti, se disant que ça ne faisait vraiment pas beaucoup de différence.

Ils gardèrent le silence un long moment.

Finalement, tournant ses pensées vers ceux qui étaient en vie, Paola demanda:

«Et Elettra, elle s'en sortira?

– Je ne sais pas, répondit Brunetti, hésitant. Au fond, je ne la connais pas si bien», ajouta-t-il à sa propre surprise.

Paola réfléchit longuement là-dessus, avant de remarquer: «Nous ne les connaissons jamais vraiment bien, tu ne crois pas?

– Qui ça?

– Les vraies personnes.

– Que veux-tu dire, *les vraies personnes*?

– Par rapport aux personnages de roman, expliqua Paola. Ce sont les seuls que nous connaissions vraiment bien, que nous connaissions véritablement.»

Elle réfléchit de nouveau quelques instants avant de reprendre.

«Peut-être parce que ce sont les seuls sur lesquels nous disposons d'informations fiables.»

Elle lui jeta un coup d'œil, puis ajouta, comme elle l'aurait fait en classe pour vérifier que les étudiants la suivaient:

«Les narrateurs ne mentent jamais.

– Et la perception que j'ai de toi?» demanda-t-il d'un ton proche de l'indignation, sinon de la colère, soit à cause du côté apparemment saugrenu de cette conversation, soit du fait des circonstances dans lesquelles elle avait choisi de l'amorcer.

«Elle n'est pas vraie?»

Elle sourit.

«Aussi vraie que la mienne de toi.

– C'est une réponse qui ne me plaît pas, rétorqua-t-il sur-le-champ.

– La question n'est pas là, mon cher.»

Ils retombèrent dans le silence. Au bout d'un long moment, elle posa la main sur le bras de Guido.

«Elle ira bien tant qu'elle sera sûre qu'elle est aimée de ses amis.»

Brunetti ne se demanda pas si le mot « ami », dans la bouche de Paola, était au masculin, au féminin, ou exprimait les deux.

« Nous l'aimons.

– Je sais », répondit Paola qui se leva pour aller voir ce que faisaient les enfants.

Donna Leon

UNE QUESTION
D'HONNEUR

ROMAN

Traduit de l'anglais (États-Unis)
par William Olivier Desmond

Calmann-Lévy

À Daniel Hungerbühler.

I dubbi, i sospetti
Gelare mi fan.

Doutes et soupçons
Me glacent.

MOZART, *Les Noces de Figaro*

1

L'explosion eut lieu au petit déjeuner. Même si, en tant que commissaire de police, Guido Brunetti était plus exposé qu'un citoyen ordinaire à ce genre d'événements, le cadre n'en était pas moins étrange. Car celle-là était liée non pas à sa profession de policier, mais à sa situation personnelle en tant qu'époux d'une femme ayant des vues et des opinions politiques incandescentes, bien que pas toujours très cohérentes.

« Pourquoi sommes-nous assez bêtes pour lire ce torchon écœurant ? » tonna soudain Paola en faisant claquer un exemplaire replié du *Gazzettino* si brutalement sur la table que le sucrier se renversa.

Brunetti se pencha sur la table, repoussa le journal d'un doigt et redressa le sucrier. Puis il prit une seconde brioche et mordit dedans, ne doutant pas un instant qu'une explication de texte n'allait pas tarder.

« Écoute-moi ça, reprit Paola, dépliant à nouveau le journal pour lire la manchette du grand article de première page. FULVIA PRATO RACONTE SON TERRIBLE CALVAIRE. »

Comme toute l'Italie, Brunetti savait qui était Fulvia Prato : la femme d'un riche industriel de Florence, kidnappée treize mois auparavant ; ses ravisseurs l'avaient laissée enfermée pendant tout ce temps dans une cave. Libérée par les carabiniers deux semaines auparavant, elle avait tenu une conférence de presse la veille.

299

Brunetti n'avait aucune idée de ce qui scandalisait Paola dans cette manchette.

«Et ça ! reprit-elle en se rendant au bas de la page cinq. UNE COMMISSAIRE EUROPÉENNE AVOUE AVOIR ÉTÉ VICTIME DE HARCÈLEMENT SEXUEL SUR SON ANCIEN LIEU DE TRAVAIL.»

Le policier était également au courant de ce cas : la commissaire en question, qui occupait effectivement un poste (Brunetti ne savait plus exactement lequel : sans doute un de ces strapontins comme on en donne en général aux femmes) à la Commission de Bruxelles, avait déclaré la veille, au cours d'une conférence de presse, avoir été victime d'une agression sexuelle vingt ans plus tôt, à l'époque où elle travaillait dans une entreprise de travaux publics.

Ayant appris l'art de la patience au bout de plus de vingt ans de mariage, Brunetti attendit donc, imperturbable, les explications de Paola.

«Est-ce que tu te rends compte du terme qu'ils ont utilisé ? La signora Prato n'a pas eu à *avouer* qu'elle avait été victime d'un enlèvement, mais cette malheureuse, elle, *avoue* avoir été victime d'une forme ou d'une autre d'agression sexuelle. C'est typique de ces troglodytes, ajouta-t-elle avec un revers de main méprisant pour le journal, de ne même pas dire ce qui s'est passé – juste que c'était sexuel. Bon Dieu, je me demande pourquoi on prend la peine de lire ce torchon.

– C'est difficile à croire, hein ?» approuva Brunetti, lui-même sincèrement choqué par l'emploi de ce verbe, mais peut-être davantage encore de ne pas avoir remarqué cette dissonance avant que Paola ne la lui fasse remarquer.

Bien des années auparavant, il avait commencé à la taquiner gentiment sur ce qu'il appelait ses «sermons du petit déj», autrement dit les fulminations que provoquait chez elle la lecture des journaux du matin ; mais,

300

avec les années, il avait dû finir par reconnaître qu'il y avait beaucoup de logique dans ces crises de rage passagères.

«Au fait, est-ce qu'il t'est arrivé d'avoir affaire à ce genre de choses ? demanda-t-elle. Tu ne m'en as jamais parlé.» Elle tendait vers lui l'article de la page cinq, pour bien montrer qu'elle ne faisait pas allusion à l'enlèvement.

«Oui, une fois, il y a des années.

– Où ça ?

– À Naples. Quand j'y étais en poste.

– Qu'est-ce qui s'est passé ?

– Une femme est venue déposer une plainte pour viol. Elle tenait absolument à dénoncer son violeur (il se tut un instant). C'était son mari.»

Paola ne réagit pas tout de suite.

«Et alors ?

– L'interrogatoire a été conduit par le commissaire sous les ordres duquel j'étais à l'époque.

– Et ?

– Il lui a conseillé de bien réfléchir à ce qu'elle faisait, parce que la plainte allait entraîner beaucoup d'ennuis pour son mari.»

Cette fois-ci, le silence de Paola l'incita à poursuivre.

«Après l'avoir écouté, elle a répondu qu'elle avait besoin de temps pour y penser, et elle est partie.» Il se souvenait encore des épaules affaissées de la femme, au moment où elle avait quitté le commissariat. «Elle n'est jamais revenue.»

Paola poussa un soupir.

«Les choses ont-elles beaucoup changé, depuis ?

– Un peu.

– En mieux ?

– Oh, à peine. Nous essayons au moins que le premier interrogatoire soit conduit par une femme de nos effectifs.

« – Vous essayez ?

– S'il y a une policière en service quand la femme se présente.

– Et s'il n'y en a pas ?

– On passe quelques coups de fil pour essayer d'en rappeler une.

– Et si personne n'est disponible ? »

Il se demanda fugitivement comment, d'un petit déjeuner tranquille, on était passé à cette procédure d'inquisition en règle.

« S'il n'y en pas, elle est interrogée par le premier qui est disponible.

– Ce qui signifie, j'imagine, que l'interrogatoire peut très bien être conduit par des personnages comme Alvise ou le lieutenant Scarpa. » Elle ne fit rien pour dissimuler son écœurement en mentionnant ces noms.

« Ce n'est pas véritablement un interrogatoire, Paola, pas comme quand on cuisine un suspect. »

Elle tapota d'un index nerveux la manchette de l'article de la page cinq.

« Dans une ville où une telle chose est possible, je préfère ne pas penser à quoi doit ressembler ce genre d'interrogatoire. »

Il était sur le point de rétorquer quelque chose, lorsque, sentant peut-être l'arrivée de l'orage, Paola changea complètement de ton pour demander :

« Et comment s'annonce ta journée ? Tu reviens pour déjeuner ? »

Soulagé, conscient de tenter le diable mais incapable de s'en empêcher, il répondit :

« C'est possible. Les criminels de Venise semblent avoir pris des vacances.

– Seigneur, si seulement mes étudiants avaient pu en faire autant ! marmonna-t-elle avec résignation.

– Voyons, Paola, ça ne fait que six jours que les cours ont repris », ne put-il s'empêcher de lui faire remarquer.

Il se demanda comment elle avait réussi à monopoliser le droit de se plaindre de son travail. Après tout, c'était lui qui avait affaire, sinon quotidiennement, du moins avec une fréquence quelque peu déstabilisante, à des meurtres, à des viols et à des gens battus, alors que la pire des choses pouvant arriver dans l'une des classes de Paola était qu'un de ses élèves soit incapable de citer le premier vers de la tirade de Hamlet. Il était sur le point d'ironiser sur ce thème, lorsqu'il surprit une expression inhabituelle dans les yeux de sa femme.

«Qu'est-ce qu'il y a?

– Hein?»

Il n'eut aucun mal à voir qu'elle n'avait pas envie de répondre.

«Je t'ai demandé ce qui se passait.

– Oh, des étudiants difficiles. La routine.»

Décidément, il y avait quelque chose dont elle n'avait pas envie de parler. Il repoussa sa chaise, se leva, fit le tour de la table et, posant une main sur l'épaule de sa femme, se pencha sur elle pour l'embrasser sur le sommet du crâne.

«Alors à tout à l'heure, pour le déjeuner.

– Je ne vais vivre que dans cette attente», répondit-elle avec un geste pour ramasser le sucre en poudre renversé.

Encore attablée, Paola dut décider si elle préférait achever la lecture du journal ou faire la vaisselle: la perspective de la vaisselle lui parut plus séduisante. La corvée terminée, elle consulta sa montre, constata que le seul cours qu'elle avait à donner de la journée allait commencer dans moins d'une heure, et se rendit donc dans la chambre pour finir de s'habiller, tout absorbée, comme c'était souvent le cas, par les écrits de Henry James; aujourd'hui, c'était seulement dans le cadre du cours qu'elle devait donner sur Edith Wharton: dans quelle mesure James l'avait-il influencée?

Dans ses cours, elle avait récemment parlé du thème de l'honneur et de celui du comportement honorable, expliquant comment ce dernier constituait un élément central dans les trois grands romans de Wharton ; elle se demandait cependant avec inquiétude si ce mot avait le même sens pour elle et pour ses étudiants – et même s'il en avait un pour eux. Elle aurait aimé en parler à Guido, ce matin, car elle respectait son opinion sur ce genre de sujet, mais sa réaction aux manchettes du *Gazzettino* l'avait entraînée ailleurs.

Au bout de tant d'années, elle ne pouvait plus faire semblant d'ignorer ce qui était devenu la stratégie habituelle de Guido devant ses sermons du petit déj : quitter au plus vite la table. Elle sourit en pensant à cette expression qu'il avait inventée et qu'il employait affectueusement. Elle n'ignorait pas qu'elle réagissait trop promptement et de manière disproportionnée à la moindre des provocations. Un jour qu'elle l'avait mis en colère, Brunetti avait même énuméré, avec la rigueur d'un juge d'instruction, la longue liste des sujets qui avaient le don de lui faire perdre son sang-froid. Mais elle préférait oublier ce catalogue, la seule idée de sa précision suffisant à la faire frissonner.

Les premiers frimas de l'automne avaient enveloppé la lagune, la veille, si bien qu'elle enfila un manteau en lainage léger avant de prendre son porte-documents et de quitter l'appartement. Et tandis qu'elle marchait dans les rues de Venise pour rejoindre sa classe, c'étaient celles de New York qui hantaient ses pensées, New York, la ville où s'était déroulée la vie des héroïnes de Wharton, un siècle auparavant. Dans leurs efforts pour naviguer entre les multiples écueils des usages et coutumes, des fortunes anciennes et nouvelles, du pouvoir établi des hommes, et de ceux, parfois encore plus grands, de leur beauté et de leur charme, les trois femmes s'étaient trouvées constamment prisonnières des règles de l'honneur. Mais aujourd'hui, se dit Paola, plus personne ne s'accordait sur la définition d'un comportement honorable.

Ce n'étaient certes pas les romans de Wharton qui suggéraient que l'honneur triomphait : dans le premier cas, il coûtait sa vie à l'héroïne ; dans le deuxième, il lui faisait perdre tout espoir de bonheur ; dans le troisième, l'héroïne ne triomphait que parce qu'elle était incapable d'en saisir la valeur. Comment, dans ces conditions, faire comprendre son importance, en particulier à des jeunes gens qui ne s'identifieraient – s'ils étaient capables de s'identifier avec d'autres personnages que ceux des films – qu'avec la troisième héroïne ?

Le cours se déroula comme elle s'y était attendue et, lorsqu'il arriva à son terme, elle fut prise de l'envie de leur citer le passage de la Bible (livre pour lequel elle n'éprouvait aucune sympathie particulière) dans lequel il est reproché aux hommes d'avoir des yeux et de ne pas voir, des oreilles et de ne pas entendre. Mais elle préféra s'en abstenir, songeant que ses étudiants seraient aussi imperméables aux paroles de l'Évangile qu'ils l'avaient été aux états d'âme des héroïnes de Wharton.

Tout ce petit monde quitta la salle à la queue leu leu et Paola commença à ranger livres et notes dans son porte-documents. Ce qu'elle considérait comme un échec professionnel ne la déprimait plus autant que lorsqu'elle avait pris conscience, quelques années plus tôt, à quel point ce qu'elle disait (et probablement aussi ce qu'elle croyait) était incompréhensible pour ses étudiants. Alors qu'elle enseignait déjà depuis sept ans, elle avait fait une allusion à l'*Iliade* et, devant l'expression perplexe de son auditoire, elle avait découvert qu'un seul des étudiants de la classe se souvenait vaguement d'en avoir lu des fragments ; mais même lui s'était montré incapable de comprendre la notion de comportement héroïque. Les Troyens avaient perdu, non ? Quelle importance avait, dans ce cas, la manière dont Hector s'était comporté ?

«Tout fout le camp», marmonna-t-elle en anglais, avant de sursauter quand elle se rendit compte qu'une des jeunes étudiantes était restée et se tenait près d'elle – sans doute convaincue, à présent, que sa prof était cinglée.

«Oui, Claudia ?» demanda-t-elle, à peu près certaine que c'était bien le prénom de la jeune fille. Petite, l'œil et le cheveu noirs, elle avait un teint laiteux, à croire qu'elle ne s'exposait jamais au soleil. Elle avait suivi un cours de Paola l'année précédente. Elle demandait rarement la parole, prenait beaucoup de notes et avait d'excellents résultats dans ses travaux écrits ; elle laissait à Paola l'impression générale d'une jeune femme brillante, mais handicapée par sa timidité.

«Je me demandais si je pouvais vous parler, madame.»

Se souvenant qu'elle ne pouvait se permettre de répliques acerbes que vis-à-vis de ses propres enfants, Paola ne lui fit pas remarquer que c'était précisément ce qu'elle faisait. Au lieu de cela, elle pressa les fermoirs de son porte-documents avant de répondre.

«Mais bien entendu. De quoi s'agit-il ? De Wharton ?

– En un sens, oui, mais pas vraiment, madame.»

Une fois de plus, Paola dut réfréner son envie d'observer qu'il y avait contradiction flagrante dans les termes de la réponse.

«C'est à propos de quoi, alors ?»

Elle sourit cependant en posant sa question, par crainte d'intimider cette jeune fille déjà si réservée en temps normal. Et pour éviter de la laisser penser qu'elle était impatiente de quitter la classe, Paola laissa le porte-documents sur le bureau, contre lequel elle s'appuya, adressant un nouveau sourire à la jeune fille.

«À propos de ma grand-mère», répondit celle-ci avec un regard inquisiteur, comme pour vérifier si Paola savait ce qu'était une grand-mère.

306

Elle jeta un coup d'œil vers la porte, revint vers Paola, puis regarda de nouveau la porte.

«Il y a quelque chose qui la tracasse, et j'aimerais avoir un avis là-dessus.»

Sur quoi elle se tut.

Comme il semblait que Claudia n'allait rien ajouter, Paola reprit son porte-documents et se dirigea vers la porte, marchant à pas lents. La jeune fille se faufila devant elle pour ouvrir le battant, mais recula d'un pas pour laisser passer son professeur. À la fois satisfaite par cette manifestation de respect et contrariée de l'être, Paola lui demanda alors – consciente que la réponse n'avait pas beaucoup d'importance, mais que cela donnerait à Claudia l'occasion de lui fournir davantage de précisions – s'il s'agissait de sa grand-mère maternelle ou paternelle.

«En fait, ni l'une ni l'autre, madame.»

Se promettant une solide gratification pour avoir ravalé autant de répliques bien senties au cours de cette conversation – si c'était bien une conversation qu'elles avaient –, Paola demanda alors:

«Une grand-mère honoraire, en quelque sorte?»

Claudia sourit, réaction qui se manifestait avant tout dans ses yeux et qui n'en était que plus touchante.

«Oui, c'est ça. Elle n'est pas vraiment ma grand-mère, mais c'est toujours ainsi que je l'ai appelée. *Nonna Hedi*, parce qu'elle était autrichienne, vous voyez.»

Non, Paola ne voyait pas le rapport.

«Elle est de la famille de vos parents, une grand-tante, quelque chose comme ça?»

La question mit de toute évidence la jeune fille mal à l'aise.

«Non, pas du tout.»

Elle réfléchit quelques instants avant de lâcher:

«C'était l'amie de mon grand-père, vous comprenez.

– Ah ! » Voilà qui devenait beaucoup plus compliqué que ce que Paola avait supposé.

« Et que voulez-vous me demander à son propos ?

– En fait, cela concerne votre mari, madame. »

Paola fut tellement surprise qu'elle ne put que répéter bêtement :

« Mon mari ?

– Oui. Il est dans la police, non ?

– En effet.

– Eh bien, je me demandais si vous ne pourriez pas lui demander quelque chose de ma part, je veux dire de la part de ma grand-mère.

– Rien de plus facile. Et que dois-je lui demander ?

– Eh bien, s'il connaît quelque chose à la question de la grâce.

– De la grâce ?

– Oui, dans le cas d'un crime.

– Tu veux parler d'une amnistie ?

– Non, ça, c'est ce que fait le gouvernement quand les prisons sont trop pleines et que ça revient trop cher de garder les gens enfermés : on les laisse sortir en disant que c'est parce que c'est la fête nationale ou un truc comme ça. Ce n'est pas ce que je veux dire. Je parle d'un acte officiel officiel, une déclaration formelle de la part de l'État comme quoi telle personne n'était pas coupable d'un crime. »

Tout en discutant, elles avaient lentement descendu l'escalier depuis le quatrième étage. Paola s'arrêta.

« Je ne suis pas sûre de bien comprendre où tu veux en venir, Claudia.

– Ça ne fait rien, madame. J'ai été voir un avocat, mais il voulait deux mille cinq cents euros pour me donner une réponse. Je me suis alors rappelé que votre mari était dans la police, et j'ai pensé qu'il pourrait peut-être me renseigner. »

D'un signe de tête bref, Paola indiqua qu'elle avait compris, cette fois.

«Pourrais-tu me dire plus précisément ce que tu veux que je lui demande, Claudia?

– Oui. Je veux savoir s'il existe une procédure légale qui permet de gracier quelqu'un après sa mort, pour quelque chose dont il a été accusé.

– Seulement accusé?

– Oui.»

Paola commençait à perdre patience, et ça se voyait.

«Qui n'a pas été condamné, ni envoyé en prison?

– Pas vraiment. C'est-à-dire… qui a été condamné mais pas envoyé en prison.»

Paola sourit et posa une main sur l'épaule de la jeune fille.

«Je ne suis pas sûre de bien saisir. Condamné, mais pas emprisonné? Comment est-ce possible?»

La jeune fille eut un coup d'œil par-dessus la rampe, vers la porte ouverte du bâtiment, comme si la question de Paola lui avait donné envie de prendre la fuite. Puis elle se tourna de nouveau vers son professeur:

«Parce que la cour l'a déclaré fou.»

Paola, prenant bien soin de ne pas demander de qui il s'agissait, réfléchit quelques instants avant de répondre.

«Et où l'a-t-on envoyé?

– À San Servolo. Il y est mort.»

Comme tous les Vénitiens, Paola savait que l'île de San Servolo avait autrefois abrité un asile d'aliénés jusqu'à ce que la loi Basaglia fasse fermer ce genre d'institutions, rendant les patients à la liberté ou les plaçant dans des centres de soins moins épouvantables.

Se doutant que la jeune fille n'allait pas lui répondre, Paola lui demanda tout de même:

«Peux-tu me dire de quel crime il était accusé?

– Non, je ne crois pas.» Sur quoi elle s'éloigna et, arrivée à la dernière marche, se retourna.

«Vous lui demanderez?

– Bien sûr», répondit Paola, autant parce que sa curiosité était piquée, à présent, que parce qu'elle avait envie de faire plaisir à son étudiante.

«Merci, madame. On se verra en cours la semaine prochaine, alors.» La jeune fille fit alors quelques pas en direction de la porte et s'immobilisa de nouveau.

«J'ai vraiment aimé ces romans, madame, lança-t-elle en direction de l'escalier. Ça m'a fendu le cœur de voir que Lily mourait de cette façon. Mais c'était une mort honorable, non?»

Paola répondit d'un signe de tête affirmatif, heureuse qu'au moins une personne, parmi ses étudiants, ait compris ce qu'elle avait tenté de leur expliquer.

Réalisation : PAO Éditions du Seuil
Achevé d'imprimer par Firmin-Didot
au Mesnil-sur-l'Estrée
Dépôt légal : avril 2005. N° 59345 (72718)
Imprimé en France

Collection Points

DERNIERS TITRES PARUS

P1170. L'Appel du couchant, *par Gamal Ghitany*
P1171. Lettres de Drancy
P1172. Quand les parents se séparent, *par Françoise Dolto*
P1173. Amours sorcières, *par Tahar Ben Jelloun*
P1174. Sale Temps, *par Sara Paretsky*
P1175. L'Ange du Bronx, *par Ed Dee*
P1176. La Maison du désir, *par France Huser*
P1177. Cytomégalovirus, *par Hervé Guibert*
P1178. Les Treize Pas, *par Mo Yan*
P1179. Le Pays de l'alcool, *par Mo Yan*
P1180. Le Principe de Frédelle, *par Agnès Desarthe*
P1181. Les Gauchers, *par Yves Pagès*
P1182. Rimbaud en Abyssinie, *par Alain Borer*
P1183. Tout est illuminé, *par Jonathan Safran Foer*
P1184. L'Enfant zigzag, *par David Grossman*
P1185. La Pierre de Rosette, *par Robert Solé et Dominique Valbelle*
P1186. Le Maître de Pétersbourg, *par J.M. Coetzee*
P1187. Les Chiens de Riga, *par Henning Mankell*
P1188. Le Tueur, *par Eraldo Baldini*
P1189. Un silence de fer, *par Marcello Fois*
P1190. La Filière du jasmin, *par Denise Hamilton*
P1191. Déportée en Sibérie, *par Margarete Buber-Neumann*
P1192. Les Mystères de Buenos Aires, *par Manuel Puig*
P1193. La Mort de la phalène, *par Virginia Woolf*
P1194. Sionoco, *par Leon de Winter*
P1195. Poèmes et Chansons, *par Georges Brassens*
P1196. Innocente, *par Dominique Souton*
P1197. Taking Lives/Destins violés, *par Michael Pye*
P1198. Gang, *par Toby Litt*
P1199. Elle est partie, *par Catherine Guillebaud*
P1200. Le Luthier de Crémone, *par Herbert Le Porrier*
P1201. Le Temps des déracinés, *par Elie Wiesel*
P1202. Les Portes du sang, *par Michel del Castillo*
P1203. Featherstone, *par Kirsty Gunn*
P1204. Un vrai crime pour livres d'enfants, *par Chloe Hooper*
P1205. Les Vagabonds de la faim, *par Tom Kromer*
P1206. Mister Candid, *par Jules Hardy*
P1207. Déchaînée, *par Lauren Henderson*
P1208. Hypnose mode d'emploi, *par Gérard Miller*
P1209. Corse, *par Jean-Noël Pancrazi et Raymond Depardon*
P1210. Le Dernier Viking, *par Patrick Grainville*

P1211. Charles et Camille, *par Frédéric Vitoux*
P1212. Siloé, *par Paul Gadenne*
P1213. Bob Marley, *par Stephen Davies*
P1214. Ça ne peut plus durer, *par Joseph Connolly*
P1215. Tombe la pluie, *par Andrew Klavan*
P1216. Quatre Soldats, *par Hubert Mingarelli*
P1217. Les Cheveux de Bérénice, *par Denis Guedj*
P1218. Les Garçons d'en face, *par Michèle Gazier*
P1219. Talion, *par Christian de Montella*
P1220. Les Images, *par Alain Rémond*
P1221. La Reine du Sud, *par Arturo Perez-Reverte*
P1222. Vieille Menteuse, *par Anne Fine*
P1223. Danse, danse, danse, *par Haruki Murakami*
P1224. Le Vagabond de Holmby Park, *par Herbert Lieberman*
P1225. Des amis haut placés, *par Donna Leon*
P1226. Tableaux d'une ex., *par Jean-Luc Benoziglio*
P1227. La Compagnie, le grand roman de la CIA
        par Robert Little
P1228. Chair et Sang, *par Jonathan Kellerman*
P1230. Darling Lilly, *par Michael Connelly*
P1231. Les Tortues de Zanzibar, *par Giles Foden*
P1232. Il a fait l'idiot à la chapelle !, *par Daniel Auteuil*
P1233. Lewis & Alice, *par Didier Decoin*
P1234. Dialogue avec mon jardinier, *par Henri Cueco*
P1235. L'Émeute, *par Shashi Tharoor*
P1236. Le Palais des Miroirs, *par Amitav Ghosh*
P1237. La Mémoire du corps, *par Shauna Singh Baldwin*
P1238. Middlesex, *par Jeffrey Eugenides*
P1239. Je suis mort hier, *par Alexandra Marinina*
P1240. Cendrillon, mon amour, *par Lawrence Block*
P1241. L'Inconnue de Baltimore, *par Laura Lippman*
P1242. Berlinale Blitz, *par Stéphanie Benson*
P1243. Abattoir 5, *par Kurt Vonnegut*
P1244. Catalogue des idées reçues sur la langue
        par Marina Yaguello
P1245. Tout se paye, *par Georges P. Pelacanos*
P1246. Autoportrait à l'ouvre-boîte, *par Philippe Ségur*
P1247. Tout s'avale, *par Hubert Michel*
P1248. Quand on aime son bourreau, *par Jim Lewis*
P1249. Tempête de glace, *par Rick Moody*
P1250. Dernières Nouvelles du bourbier, *par Alexandre Ikonnikov*
P1251. Le Rameau brisé, *par Jonathan Kellerman*
P1252. Passage à l'ennemie, *par Lydie Salvayre*
P1253. Une saison de machettes, *par Jean Hatzfeld*
P1254. Le Goût de l'avenir, *par Jean-Claude Guillebaud*
P1255. L'Étoile d'Alger, *par Aziz Chouaki*

P1256. Cartel en tête, *par John McLaren*
P1257. Sans penser à mal, *par Barbara Seranella*
P1258. Tsili, *par Aharon Appelfeld*
P1259. Le Temps des prodiges, *par Aharon Appelfeld*
P1260. Ruines-de-Rome, *par Pierre Sengès*
P1261. La Beauté des loutres, *par Hubert Mingarelli*
P1262. La Fin de tout, *par Jay McInerney*
P1263. Jeanne et les siens, *par Michel Winock*
P1264. Les Chats mots, *par Anny Duperey*
P1265. Quand j'avais cinq ans, je m'ai tué
       par Howard Buten
P1266. Vers l'âge d'homme, *par J.M. Coetzee*
P1267. L'Invention de Paris, *par Eric Hazan*
P1268. Chroniques de l'oiseau à ressort
       par Haruki Murakami
P1269. En crabe, *par Günter Grass*
P1270. Mon père, ce harki, *par Dalila Kerchouche*
P1271. Lumière morte, *par Michael Connelly*
P1272. Détonations rapprochées, *par C.J. Box*
P1273. Lorsque la nature parlait aux Égyptiens
       par Christian Desroches Noblecourt
P1274. Le Tribunal des Flagrants Délires, t. 1
       par Pierre Desproges
P1275. Le Tribunal des Flagrants Délires, t. 2
       par Pierre Desproges
P1276. Un amant naïf et sentimental, *par John le Carré*
P1277. Fragiles, *par Philippe Delerm et Martine Delerm*
P1278. La Chambre blanche, *par Christine Jordis*
P1279. Adieu la vie, adieu l'amour, *par Juan Marsé*
P1280. N'entre pas si vite dans cette nuit noire
       par António Lobo Antunes
P1281. L'Évangile selon saint Loubard, *par Guy Gilbert*
P1282. La femme qui attendait, *par Andreï Makine*
P1283. Les Candidats, *parYun Sun Limet*
P1284. Petit Traité de désinvolture
       par Denis Grozdanovitch
P1285. Personne, *par Linda Lê*
P1286. Sur la photo, *par Marie-Hélène Lafon*
P1287. Le Mal du pays, *par Patrick Roegiers*
P1288. Politique, *par Adam Thirlwell*
P1289. Érec et Énide, *par Manuel Vazquez Montalban*
P1290. La Dormeuse de Naples, *par Adrien Goetz*
P1291. Le croque-mort a la vie dure, *par Tim Cockey*
P1292. Pretty Boy, *par Lauren Henderson*
P1293. La Vie sexuelle en France
       par Janine Mossuz-Lavau

P1294. Souvenirs obscurs d'un Juif polonais né en France
        par Pierre Goldman
P1295. Dans l'alcool, *par Thierry Vimal*
P1296. Le Monument, *par Claude Duneton*
P1297. Mon nerf, *par Rachid Djaïdani*
P1298. Plutôt mourir, *par Marcello Fois*
P1299. Les pingouins n'ont jamais froid
        par Andreï Kourkov
P1300. La Mitrailleuse d'argile, *par Viktor Pelevine*
P1301. Un été à Baden-Baden, *par Leonid Tsypkin*
P1302. Hasard des maux, *par Kate Jennings*
P1303. Le Temps des erreurs, *par Mohammed Choukri*
P1304. Boumkœur, *par Rachid Djaïdani*
P1305. Vodka-Cola, *par Irina Denejkina*
P1306. La Lionne blanche, *par Henning Mankell*
P1307. Le Styliste, *par Alexandra Marinina*
P1308. Pas d'erreur sur la personne, *par Ed Dee*
P1309. Le Casseur, *par Walter Mosley*
P1310. Le Dernier Ami, *par Tahar Ben Jelloun*
P1311. La Joie d'Aurélie, *par Patrick Grainville*
P1312. L'Aîné des orphelins, *par Tierno Monénembo*
P1313. Le Marteau pique-cœur, *par Azouz Begag*
P1314. Les Âmes perdues, *par Michael Collins*
P1315. Écrits fantômes, *par David Mitchell*
P1316. Le Nageur, *par Zsuzsa Bánk*
P1317. Quelqu'un avec qui courir, *par David Grossman*
P1318. L'Attrapeur d'ombres, *par Patrick Bard*
P1320. Le Gone du Chaâba, *par Azouz Begag*
P1319. Venin, *par Saneh Sangsuk*
P1321. Béni ou le paradis privé, *par Azouz Begag*
P1322. Mésaventures du Paradis, *par Erik Orsenna*
        et Bernard Matussière
P1323. L'Âme au poing, *par Patrick Rotman*
P1324. Comedia Infantil, *par Henning Mankell*
P1325. Niagara, *par Jane Urquhart*
P1326. Une amitié absolue, *par John le Carré*
P1327. Le Fils du vent, *par Henning Mankell*
P1328. Le Témoin du mensonge, *par Mylène Dressler*
P1329. Pellé le conquérant 1
        par Martin Andreson Nexo
P1330. Pellé le conquérant 2
        par Martin Andreson Nexo
P1331. Mortes-eaux, *par Donna Leon*
P1332. Déviances mortelles, *par Chris Mooney*
P1333. Les Naufragés du *Batavia*, *par Simon Leys*
P1334. L'Amandière, *par Simonetta Agnello Hornby*